现代游记丛编

范烟桥游记

范烟桥 著
王稼句 编

上海三联书店

前 言

王稼句

范烟桥先生,江苏吴江人,世居同里,一八九四年生,名镛,小名爱莲,字味韶,别署含凉、鸥夷、西灶、乔木、愁城侠客等。早年入同川公学,师从金天羽。一九一一年就读郡城草桥的苏州公立第一中学堂,与顾颉刚、叶圣陶、吴湖帆、陈子清、江红蕉、蒋吟秋、郑逸梅等同学。苏州光复,停课返乡,与里中少年结同南社,编印《同南》。民初就读杭州之江学堂、南京民国大学,皆未及半载,因故辍学。在乡执教期间,受包天笑奖掖,在《时报》副刊《馀兴》发表小品和弹词。一九二二年移家苏州温家岸,渐与苏沪文人交往,作品散见于《小说丛报》、《小说世界》、《紫罗兰》、《快活》、《星期》、《红玫瑰》、《家庭》、《红》等杂志。与赵眠云编小型周报《星》,发起组织星社,初仅九人,后发展至一百馀人。又主编《小日报》、《珊瑚》半月刊、《新吴江》等。一九三六年后任明星影片公司文书科长、金星影片公司文书、正养中学校长、东吴大学附中教员等。一九五〇年代先后出任苏州市文联副主席、苏州市文化局局长、江苏省文联副主席、苏州市文管会副主任等职。一九六七年三月三十一日病逝于苏州，年七十四岁。

范烟桥著作繁富，主要作品有长篇小说《孤掌惊鸣记》、《花草苏州》，短篇小说集《花蕊夫人》，弹词《家室飘摇记》、《太平天国》，笔记小品集《茶烟歇》，杂集《烟丝集》，专著《中国小说史》、《民国旧派小说史略》、《学诗门径》、《书信写作法》，电影剧本《乱世英雄》、《西厢记》、《秦淮世家》、《三笑》、《无花果》、《花解语》、《长相思》，由他填词的插曲《拷红》、《月圆花好》、《夜上海》等，经剧中主角周璇演唱后，风靡一时，且传唱至今。

范烟桥生平好游，放情丘壑，寻访幽胜，兴致不薄。一九六五年，他自订年谱《驹光留影录》，其中记载了一生游踪的大略，摘抄如下，可为读者提供他所作游记的背景：

一九〇七年，"暑假至杭州，侍父母居城隍山吴郡会馆，父于听鼓馀闲，常挈游西湖诸胜"。

一九一二年秋，入杭州之江学堂，"每值星期日，辄潜行下二龙头，恣游西湖，于附近云栖、五云、六和塔、虎跑寺、石屋洞诸胜，游迹更多"。

一九一三年，"至南京，入民国大学商科一年级，宿校外，出入自由，往往独游明孝陵、清凉山、莫愁湖、沿山十二洞及燕子矶诸胜"。

一九二〇年，居家乡同里，常在退思园作文酒之会，"每值春秋佳日,提壶携榼,为蝴蝶会,游宴甚乐。四乡演春台戏,常买舟往随喜,踏青、拾菜、斗酒、纵博,长幼咸集"。

一九二二年,迁居苏州,结星社,"苏州去上海近,文人来游览者众,余每为东道主"。

一九二三年秋,至无锡,助编《苏民报》,"余驻馆,对面为公园,常以之为休憩茗话之所。而新辟之梅园、鼋头渚,湖光山色,足以游目骋怀"。

一九二六年十一月,至济南,助编《新鲁日报》,"得游大明湖、趵突泉、千佛山诸胜,观泺口黄河"。

一九二七年,至青岛,"游公园,观樱花,登劳山"。

一九二九年秋,"至西湖,参观博览会,折游莫干山,观日出"。

一九三三年,"参与津浦路旅行团,至泰安,登泰山,至曲阜,游孔林、孔庙,观祀孔典礼"。

一九三四年,"游宜兴善卷、张公二洞,深奥曲折,冠于东南,石乳奇姿异态,难以形容。前人病其险,不敢深入。近年宜兴人储南强整理、润色,乃便游览。善卷一名善权,尤胜,可以小舟通后洞,而山泉起伏,作种种声势,有种种不同之音响。入城,得尝刀鱼及桃花蕈"。"张一麐、费树蔚诸公常为东道主,文酒游宴,遍历名山故园,余追随其间,亲其馨欬,拾其馀绪,记其踪迹。"

一九三五年,"与沈赓虞至绍兴,揽胜鉴湖、兰亭、禹王庙,饮善酿酒。独游诸暨,观五泄,寻浣纱溪"。

一九五五年八月,至北京,出席民进全国代表大会,"得游览故宫、颐和园、北海公园、中山公园、碧云寺诸胜"。

一九六〇年夏,至北京,出席民进中央委员会扩大会议,"参观人民大会堂、历史博物馆、军事博物馆、火车站、民族文化宫等大建筑,富丽堂皇,均以不足一年之时间落成。天安门外扩大东西长安街,华灯璀璨,夜分如白昼,气象万千。余从京汉路到汉口,与崇海一家相见,观长江大桥,又为空前大建筑,跨长江,舟车通行遂无风波之险,并游新辟之东湖。乘江安轮船东下,大江两岸形胜,得以畅观"。

一九六四年,"至邓尉观梅,香雪海已成梯田,添种梅花数百株。至南京观梅花山梅花,品种较佳,尝新植雨花茶"。

据范烟桥自述,其虽有好游之心,但踪迹未广,江浙沪外,仅山东济南、青岛、泰安,湖北汉口和北京。这一方面是时代的局限,当时文化交流以地域为主,现代交通也尚在草创时期;另一方面,他忙于写作、编辑、教书,昼作夜思,殚精毕力,哪有闲暇去做壮游天下的旅行家?故他的游览,不少是在寄寓之地,如在杭州读之江学堂,在南京读民国大学,在无锡编《苏民报》,在济南编《新鲁日报》,在上海执教正风中学、持志大学。这种就近游览,相对不受时日限制,可以游得更宽绰,更深入,更从容,比之走马观花般的泛泛一游,当然很不一样。这不但在领略风景、探访古迹、获悉掌故上,而且对一方风土人情的了解,也更具体而微。至于对故乡的山水风物,自然是更亲近、更稔熟了。因此他的记游文字,往往是个人生活的部分记录,反映了自然环境和社会环境的真实,且饱含着个人的情感，闪烁着思想的火花。

　　就范烟桥的文学历程来说，游记写作较早，始于民初，不绝如缕，直至晚年，前后持续半个多世纪。行文由浅近文言而"雨夹雪"，由"雨夹雪"而流利白话，又因擅长作诗填词，在前期游记中往往以此点缀穿插，与周瘦鹃、郁达夫、黄炎培辈相仿佛，不但丰富了游记的内涵，而且调节了游记的节奏，在游记文学中是别开生面的一路。况且他的叙事表情，不模仿，不矫饰，如实写来，随物赋形，庄谐并存，洋洋洒洒，具有自己的独特风采。因此，范烟桥的游记，既具有人文地理学上的价值，又可供欣赏，可让渴慕烟霞、喜好山水的读者来作卧游。

二〇一九年四月十六日

目 录

1 前　言 / 王稼句

001 鸡鸣寺记
003 明故宫游记
005 海上游尘
008 夜航闲话
011 京口屐痕
018 苏游小记
022 白门小住散记
032 邓尉寻梅琐记
039 西子湖泛舟记
041 莺脰湖荡舟记
044 卧游录
047 故家乔木
053 湖上小住散记
076 拙政园挹爽记
078 冒失游记
083 屐痕小识
087 惠荫洞天记
090 洞庭山水记
097 梅园万顷堂游览记
100 行春桥串月

102	渐渐的冷落了
105	学圃花木观
107	吴门消夏录
110	湖州之游
122	行春桥奔月记
124	历下烟云录
152	青岛一瞥录
157	八卦轿的点心钱
163	沪西沪北之壮游
168	唐塑波澜
185	记　潮
187	旅　坐
194	居然江北复江南
203	湖山壮兮洞天奇
217	倦羽记
231	青阳港上看菊花
234	游踪第一书
237	游踪第二书
240	游踪第三书
243	游踪第四书
248	茶烟歇［选录］
258	庚桑善卷纪胜
263	吴根越角纪春游
289	会稽三美
291	济南之泉
294	上龙华去

297　张家桥

301　野　饮

303　记江曲书庄

307　上海行

310　垂虹桥

315　狮子林

317　天平山与范坟

319　从太湖号想到锡湖轮船

321　西湖忆语：平湖秋月的旧梦

323　游踪所至

325　旅行中的车价

326　宛在水中央

328　劳山不劳

330　曲折回环：九溪十八涧

332　可是小舟号摇笔

334　秦淮河的已往与将来

336　吴门胜迹"观音峰"

338　木渎风景线

341　黄天荡看荷花

343　第四桥

345　漠西之游

349　串月与观潮

351　花市沧桑

353　归绥八景

355　"多情应笑"

361　劫火话金山

364　莫干山
366　泰岱印象
369　园林艺术的大集成
373　水秀山明话石湖
377　花之社
381　浏河渔港一瞥
384　太湖碎锦

388　后　记

鸡鸣寺记

频年飘泊于天涯,乐自然之风物。既辞西子,乃谒南都。拾学日之馀,与吴县陆子搢方,越北极之培塿,游鸡鸣之古刹,觅六朝之鳞爪。得志公台焉,碑记为梁武施食之所。循墙而走,登高百馀级,达佛天清净之境,联于门云:"浩劫历红羊,叹江北江南,惟兹选佛名场,留得六朝佳胜在;平湖飞白鹭,更莲花莲叶,现在华严妙境,好将一幅画图看。"可以知其胜概矣。殿祀大士,故俗又以观音楼名。楼负一阁,题曰豁蒙。曩时张之洞建幕金陵,慨胜地之无多,恫名区之半败,乃葺而新之,以其豁然开朗,有披襟当风之乐,撷杜少陵"忧来豁蒙蔽"而颜之。凭阑而望,清凉之山,峙乎迷离烟树之间;玄武之湖,渚乎汗漫云天之际。而台城则阁麓断垣,隐约之处,是固锺毓之所归也。顾陆子而言曰:"使月白风清,携酒提笔,尽竟夕之欢,岂非浮生快梦哉。"陆子莞尔颔之。嗟夫,梁武以偏安天子,不事图存,惟存西方极乐之遐思,兵临城阙,荷荷徒呼,至今蔓草荒烟,台城亦已矣。虽然,余知梁武将转语曰"四大皆空"耳。

(《同南》1915年第3集,署名烟桥)

明故宫游记

余既客南都，亟亟访山川之美，欲谒故宫，同学有曾游者，为余言曰："故宫荒凉，无足观，徒增禾黍之感，曷其已欤。"余则谓陆子曰："名胜为历史之陈迹，彼哲人顾顾时游于印度波斯之墟，未尝以故国之就芜而阻屐齿也。况明之亡系乎华夷消涨之机，乌可以已。"陆子韪之，相与驱车往访。约六七里，过天津桥，是非洛阳杜宇之低徊而已，不胜河清人寿之感矣。入西华门，左右砖头石屑，历历伤心，一代巨制，尽付灰劫，宫墙范为菜圃，而三十六宫，春草青而秋叶黄矣，断垣残壁，蔓草斜阳，一片荒榛，尘沙乱眼，冷风劈面，泥沾征衣，诚苍凉已。入西安门，为大内遗址，宫殿规模庄严，犹可仿佛。午门既过，衣带溶溶，横成一字，驾五龙桥，则御沟也。余诗云："午门得得复萧萧，宛似当年趁早朝。红叶御沟春消息，至今犹过五龙桥。"过桥数武，拾宫砖建为亭，树丰碑，方正学先生血迹之纪念也，摩挲断陛，点点血痕，精神之感，可谓极矣。余诗云："六代豪华春去也，可怜剩得蒋山青。读书种子成何事，亘古人间血迹亭。"亭左数十弓，为梳妆台，红泥露蚀，宫眷胭脂，碧藓蔓缘，美人粉黛，兴亡之感，何必逢开天宫人话当年掌故，而后青衫湿透耶。陆子顾余曰："朱元璋氏光复夫汉土，而卒沦湑于胡域，至今还我河山，回想丰功，当杯酒酬之，杯酒吊之，而杯酒慰之矣。"

（《同南》1915年第4集，署名烟桥）

海上游尘

上海如美人,过眼即留影于脑,时欲一见,以为可餐秀色,如佩忘忧之草也。烟桥别上海经年矣,是更不可不作重来崔护矣。

从同里至苏州,有汽油船,驶行尚不迟缓,第轮机震动,颠人如病疟。某君云,如坐孕妇,未至苏州,恐欲包浆破矣。同舟有两媪,各手念珠,喃喃诵经不止,殆长途寂寞,聊以自遣欤,抑需菩萨助力快驶欤。

既抵金阊,轻车至火车站,倏汽车自南京来,即附之以去。坐左有广东人,云自京华来,相谈甚得,出酒见饷,谢之。审视酒瓶,则三鞭壮阳酒也,大骇,此何可酬客耶?未便问究竟,岂南韶喜热性饮食料耶?

下车伊始,即逢旧雨,因同坐电车,至大新街,寓某旅馆,略坐,闻隔院歌声,不知何处教玉人也。出门,即见女子奇装束者二,一则发截如小草披茸，妃红衫子，露臂可尺许，又短及腰下，不逾两寸，自后视之，扑朔迷离，竟不能辨；一则裤离踵三寸，衣离腕一尺，发挽钿螺髻两个，髻心五色，意谓国徽也，红袜白鞋，与弹词中所云，白袜红鞋、轻举步者适相反，是非服妖而何？

某烟店有三喜牌纸烟，形似三炮台，直可乱真，为南洋兄弟烟草公司出品，味亦和善，欲多买些，答云只有少许，因彼中为英美烟草公司控告假冒，不能连售。其实货真价实，不必模仿他人，自可风行宇内。现以白纸小包，容二十支，上盖"暂代三喜"之印，惟出售亦不多也。

剧场中布景告白，有别字而极寻常者，亦可异也。如某新剧社之"晤言一室"，写作"悟言一室"；某舞台之"诸公请坐"，写作"诸公请座"。荒谬至此，岂无一人见及而更正之耶？贻笑大雅，令人齿冷，旧戏馆不足责，新剧社则难辞咎矣。

新世界建筑宏大，过楼外楼，游人甚众，云建筑费二十万元，每日开销须二百元。商店陈设，尚要言不繁，第最好纯粹国货，则名器尤重，供游览之敷设甚少，宜略置各种图画玩物（如凸凹镜种种游戏品），庶留得游人足也，惟爱情交换又添一支部矣。

晤某君，语余一骇闻云，某书局司事，收帐二百馀元，过三洋泾桥，时在夜分，忽来两素不相识者，遮道要索，出利器恐吓。已而巡捕来问，来人云："渠欠余银，久不相值，今适相遇，故相索也。"司事急辩之，同捉将官里云。判云，各有不是，拘留一宿而去，来人以有利器，须取保释放。司事受二十四小时之苦，归告局长,急请律师起诉,彼人已不知去向矣,幸银洋尚完璧耳。归之日,有某同车,见查票者至,出四等票,云补三等,问其故,曰:"车站中人,误以四等票给余。余诘之,谓将开车,调恐不及矣。"其实沪宁路三四等卖票不分两地,此人撒谎,意欲倖免查票便宜一半耳。

(《馀兴》1916年第18期,署名烟桥)

夜航闲话

江浙间多奉宪船（航船），诗有之"野航恰受两三人"，此中风味，月必一二尝之，然大抵呆坐过去而已，无有如此次二十四里中之有味焉，不可不记。

余下船，即问是何风？缺齿之舟子，掀唇而答曰："戏班风。"细寻释之，乃知进门西北也，大懊丧，以为延长监禁期矣。

过货物税分所，改头换面之扞子手，张其目，探其头，望舱中舟子，向之作胡语（不能解，故云胡语，非真洋泾浜语也），领首而去，盖其意以为已一目了然，无漏网矣。虽然，此我辈之猜测耳。

同舟某君，饷余以旧闻一束，余谢颔之。今以纲目告读者，不能语以详，如必需请来趁船，可得同等之见闻。

一、压货猪之恶作剧。

二、纸头人之破获。

三、龟去壳,大如罡。

四、刘猛将驱蝗。

五、立庙祀黄鳝精。

余闻之,如读《封神榜》、《西游记》,甚乐甚乐,请吸香烟以为报。

"乌阿海海浪阿,上桥一步高一步,下桥步步后头高。""好啊!"舟子自唱自读,以博我辈笑。我辈却之为不恭,乃各各假笑,舟子乃真笑矣。

豁剌一声如裂帛,乃过断船搔背也,脱橹人头合梢大忙者十秒钟,即恢复其常度。舟子相互作隐语,都不能解,大抵各攻其私,盖面部青筋大起,甚受激刺也。愈闹愈烈,无笑声,有打意。幸白龙桥至,须扳纤换班矣,乃解。

同船除盛赐多珍之某君外,尚有某家母子,初不欲记,盖碌碌无长处也,不意失之宰予矣。子哭,母抚之,子更哭,母扑之,子益哭,母乃温谕之,温谕之辞,多不胜计,惟一语可以记之。母曰:"夠哭,才是俚朵勿好。"余固不解,是何罪过,受此勿好之诬告也。天乎天乎,有报应矣。子大拆烂污,作汽车开行声,黄白物若决江河,济然莫御,母乃两手提三锣,无手张罗矣。于是蝉翼纱裙,乃着以黄金之点,呜呼!屋漏更遭连夜雨,船迟又遇打头风,子又晕船而吐及肩窝矣,罪过罪过,余之不能隐恶也。

"到哉到哉!""明朝会罢。"

(《馀兴》1916年第19期,署名烟桥)

京口屐痕

京口三山，曰金，曰焦，曰北固，俱负盛名，桥亦耳之久矣。犹忆去年秋日，方欲摒挡行具，一餍素愿，卒以道路查检甚严，殊煞风景，不果行也。一年梦想，倏忽又中秋矣。中秋之夕，听雨于苏友家。翌日，始同徐大乘籐轿冲雨出金阊，轻车而去，马路以石子铺，不平殊甚，车行颠簸如醉。至车站候车，从海上来，附之以去。一时二十分，过宝盖山洞，忽晦忽明，颇具奇观。越十分钟，抵京口矣。坐小轿，较之杭州黑漆灯笼，似稍胜耳。所过马路，萧条荒芜，较之苏州青阳地，可胜一筹也。过日新街，斯热闹矣。至江边，寓大观楼，凭阑山色四围，江流不断，左金右焦，北固为侧室，占尽江山艳福。侍者问："需饭否？"曰："秀色可餐，忘饥渴矣。"时雨初霁，山如新沐，坐对作刘桢平视良久。思去北固，因坐小轿去。山有寺，曰甘露，相传吴国太相婿刘皇

011

叔于此。轿停山下，入寺，有"天下第一江山"六大字，远望字凸出，如阳文，因光泽反射之故也。寺右有楼，曰"多景"，对江而立，惜破落，蓬首垢面矣，僧云："为梳妆台故址。"徐大问："是吴国太梳妆地乎，抑为孙夫人乎？"僧不能辨吴音，所对非所问，终未明白。楼凡三层，中层有联云："夕阳曾泊藕亭红，独上感苍凉，岂徒访万岁楼空，问千秋桥没；胜迹重经焦叶绿，登高殊曩昔，好同看一城山色，望百里江流。"楼右十步小亭，曰一览；五步大亭，曰江山多处。略坐即出，憩于方丈，僧云："寺故有藏经楼，楼无存，经亦无存矣。"方丈左为石帆楼，败落不能登；再左为彭杨魁三祠，而关帝庙介乎其间；最左为乾隆和东坡诗碑亭，甘露之胜尽此矣。再稍坐，出寺，对面如青螺小髻者，谓即北固山，负地理历史上重名，于风光却蠢蠢无足观。上有炮台，不能去，亦不必去也，因坐轿返旅舍。

夜阑无所事事，问人有戏馆否。云旧有两处，一为第一台，近演新剧，以无好脚色停锣矣（彼中特别名词，直书不计通否也）；一为凤舞台，颇有好坤角，可去一观。从之，其大概与十年前苏州大观茶园相仿佛，惟坐处作长排，极力学上海派，惟地不作坡形，所谓变弗透也。包厢中殊多扎管女士（以带束裤管如男子者），莺莺如骂，所谓别有风味者欤。戏能描写不可说处，颇能学上海，看戏人参差鼓掌，而时加以喝彩，不能一致，盖中犹有保存国粹者在也。看四出，不能效劳矣。出馆返旅舍，纳头便睡，不知东方之既白。

第二日九时起身，天畅爽，淡日微风，谢天公予我侪以好日子也。出门去万华楼饮茶，吃点心，以蟹黄馒头最佳。座上垂辫者不少，不意于此见旧官僚也。本地小报有两种，一为《京江日报》，石印两张，文字鄙劣，恃花界告白费以过度；一为《镇铎日报》，则用钢笔板油印矣。噫，渡江名士多如鲫，殆皆至上海作洋泾才子欤。

既果腹，唤轿游金山。近处多木行，两边绿杨下拂荷花一泓，犹留残叶，万绿丛中一点红。隐约见山上浮图，钟声煌然，已入清凉世界矣。山门题曰"江天禅寺"，曰金山寺者，俗称也。入门随山而高，拾级而登，为大雄宝殿，阿罗汉初庄严。殿后上十馀级，为藏经楼，以在礼忏，未登焉。楼后为乾隆诗碑亭，凡三亭。右稍上为塔，塔七级，登最高层四望，江山之佳，不可言喻。对面有亭翼然，康熙题"江天一览"四字，即妙高台遗址也。塔下有法海洞，黝黑不辨手指，又香烟障眼，不耐片刻留。洞外有碑曰"浮玉山"，盖金山旧名为浮玉也。再下有观音阁，大钟所在，前所闻者，即为此声。阁下有大僧，长六尺五寸，食须每次四升，云是安徽人，有妹长七尺，三十馀岁，无偶而死，时有西人发好奇心，来摄影而去也。最下为楞伽丈室，故楞伽台也。僧出示苏东坡玉带，相传东坡赴杭过此，与佛印赌参禅语输却者，此公真好风趣也。带装以盘，上下表里，乾隆各题以诗，带系玉十馀，中四方为乾隆命玉工补之者，上亦刊以诗。出方丈，出寺，坐轿游第一泉，赫赫有名者也。泉栏作方形，"天下第一泉"之题，

013

为水所没，不能见。另有题碑曰"中泠泉"者，为其别号也。入室小坐，出茶相饷。另以碗贮泉水，高出碗口二三分而不溢，其厚冽与虎跑相类，饮之甘美，五年不尝此味矣。出，乘轿归旅舍，时尚早，因散步街市，注意社会上之奇观，以实我笔也。

马路粗劣如南京，仅租界一段耳。城内外通行独轮车，俗名狗头车，两边坐人载物，若偏重一边，则必以手压平之，其手段灵敏有力，足使坐者惬心愉快也。轮声呷哑，殊厌人，而坐者甚多。

妇女装束，无如今日上海流行之衣才过腰者，发髻一致为堕马式，据云较之十年前，其发髻位置，已低下五寸许矣。脂粉一物，中流以上妇女尚未肯舍去，每值戏园开场，若辈必加料敷面，以为修饰上注意所在焉。

有店门前悬有木制作数百文钱串形者，问之，为兑换银洋之标帜也，此他方所仅见者。有再悬兑换银洋之小招牌者，所谓重言以申明之欤。

烧饼大及径尺之盘，为车夫、脚夫之常餐品，以秤权其分量，分切而售之。小酒店以钱三四文，可买咸酸辣数味，各注数滴，中和而食之也。

游兴既阑，因归旅邸。时则电火已明，月朦胧现云际，射江水如银，焦山一拳远举，隐约见灯火如小星也。江上轮船停泊，离岸数丈，有形似船舶之码头，为上下之过渡也。汽笛声如狮子吼，江流声如钱塘八月之潮，东坡云："惊涛拍岸，卷起千堆雪。"此景得之矣。

第三日晨起，令侍者去救生会雇红船（一名救生船，所以备捞救覆溺也，可雇之游玩），渡江去焦山。水溜甚急，舟行不易，扬重帆以去，尚见迅速，水黄澄，不如内河之清澈。行近焦山，以水急离岸远走，避出山背折水之冲也。良久至山麓，竹篱植花，娇艳可爱，则海若庵也。庵右为乾隆诗碑亭，天子风流，真好福也。再右为文昌阁，入文殊庵，登东昇楼，楼凭江，极明畅，彭雪琴云："足入焦山诸胜之首。"出示凤凰蛋，云是通州张季直留赠者，作碧绿色，嗅之有似松香，长之径约五寸强。又，赵大年《湖山风月》长卷，石谷老人山水画册，《平定新疆战图》，一一饱眼。有本山所拓碑帖出售，因买《瘗鹤铭》一纸，殆如至雨花台必买石子也。

出过海云庵，以新毁未入。入自然庵，登观澜阁，同东昇之大观。僧涤心出示鸵鸟蛋，大如凤凰蛋，作黄色，有小黑点，又书画册子多种，与之语，尚不俗。出庵过石壁、香林、玉峰、松寥、海门、碧山、水晶诸庵，皆过门不入，以引导者云，无足观也。右伽蓝忽现，则定慧寺矣，门外有娑罗树，每枝七叶俱生，亦一奇品。左行宫已毁，右有轩，题曰"松寥竹坞"，为乾隆所书，有宝座、诸葛鼓。再右为枯木堂，坐茶，出示明杨文襄公玉带，杨忠愍公墨迹一，《开煤山记》一，《谪所苦阴雨》一，《述怀诗》一，《哀商中丞诗》一，《元旦有感诗》一，《与王继津书》墨拓，字皆极龙跳虎跃之致，忠义之气，开卷若具在。右为瘗鹤铭亭，字磨漶极矣，有一二字，已为若辈斧凿损坏，以堕水而见重，将以出水而损其天真矣。右有大墙，题"海不扬波"四大字，所对处即曰不波亭。右为海西庵，即焦光祠，壁嵌汉三诏之碑石。后为仰止轩，祀椒山像。出庵，右折上山，观放翁、米芾诸题名石。山半有三诏洞，谓即焦光隐处也。洞狭小，不能容膝也，视今日之所谓隐者，夷楼十幢，美妾如屏，为何如？登观音崖，入观音阁，坐夕阳楼，上西笑阁，折上数十级，为迴光精舍，再上为炮台，再上为吸江楼，上供四面佛，一面终年向壁，达摩无此苦也。凭槛四眺，群山相绕于膝下，象山则隔江仰首，若承颜色也。下山入松寥阁，登枕江阁，返自然庵食素斋，计十六品，各臻异味，而以本山独产无心白果为尤佳，饮百花酒，味略甜，芳冽而性强。食后又出示其祖师六瀞所书山水，亦佳。渠又云："此山时有名僧，因日长无事，既不须粥鱼更鼓，又无烦唪经礼佛，而往来多名士达官，非具此种学问技能，不能得若辈之欢心，盖亦此间和尚独有之衣钵也。"语甚隽妙。略坐即出，上船，以水逆流，不能成直线而行，须靠近江边，而又山弯多折，风与水夅见峭厉。经象山时，每逢转弯，舟子登岸，以绳系于山下石柱，一面转舵而过，然后以轴轳收绳。行时良久，焦山尚在背后，不逾一箭也。五时始抵旅馆，数日劳顿，夜眠甚酣，故隔壁绝妙之凤阳花鼓调，只领略一二声而已，作槐安游矣。

　　第四日晨，至车站候车，自南京来，附之返故乡。回味昨游，觉故乡无此好江山，似不能不记之，又以同此山水之嗜者，频频问讯，絮絮相语，视桥如从桃花源归也，甚以为苦。因思我友《馀兴》，能以不可思议之方法，代为发表于爱读诸君之前也，爰拉杂书之,代桥笔墨口舌之劳。今虽亦费不折不扣七十分钟之工夫,然可一劳永逸矣,但未知《馀兴》女郎耐烦读此洋洋数千言之钜制否也。

(《馀兴》1916年第22期,署名烟桥)

苏游小记

北风怒号，万象皆呈肃杀之象，重貂失温，意兴索然，学校放寒假，可以归矣。迨以风狂，河中浪花起伏，如兔起鹘落，欸乃一叶扁舟，打船头势汹汹，摇一尺反退两尺，舟子不堪胜矣，乃仍返棹焉。饭后，同事过君去苏，耸余同行，余心大动，况六出花飞，一天云冻，借酒暖怀，固胜村居，坐听玻璃窗刻刻震动，身体亦波及而微颤也。因提小笈，同至大浦桥头候轮来，四望一片皆白，粉装玉琢，满眼缟素，桥弯弯映水，如水晶宫阙，寒鸦噤啼，树减青苍。已而汽笛声呜呜，则至矣，时十二月十九日下午二时四十五分钟也。

是轮从湖州来，有嘉兴人某，高谈时局，大具击碎唾壶之概，而语甚趣，云："云南去此殆万里，四面皆山，官军何从去打，况且四川、贵州、广东、广西，从前老弟兄也不少，如同药线四伏，一着火就如放百响了。"侧坐老者冷然语曰："原来做皇帝也不是容易的，江山铁打成，从前朱太祖打天下，何等费事，唾手而得，就容易旋踵而失。故此一番争战，也是创业时不可少的。"言时若自命为富于经验派者。又有滑稽生挽语曰："从前行了马吊扑满，那拆鞑子，清一失，都成谶语，满政府真个扑灭了。如今行了什么扑克，就起了云南革命，可知世事自有前定啊。"此言与湘绮老人"汉当涂异人楚归"之说，可以互相发明矣。长途中得此谈话，殊解寂寞。

七时抵金阊城外，登岸。行马路中，清凉殊甚，雪结成冰，滑不留步，冷风扑面，噤口不能声，而隐约琵琶门巷，杨柳楼台间，羌笛声声如泣诉，如怨慕，冷落人作断肠声，听来回肠荡气，感喟无已。至苏台旅馆，择安静处下榻，盖凤闻此中夜阑时，冶叶倡条，撩人可厌也。此时饥肠辘辘矣，因同过君去大庆楼小饮，过君不善饮，余乃引壶觞以自酌，诉离绪兮低徊，缘过君将于明日归无锡也。酒酣耳热，天地皆有春意，出门惘惘，又似身出玉门关外，电火轮车，不觉繁华，只见萧索。良以苏城自光复后，商业一蹶未振，而游客来往，大都志在海上，借此地一经过耳，米则无锡夺而去，丝绸则以欧战见滞顿，故彼踆蹲街头，西风砭骨，绝少大腹贾缠头十万，而此十里平康，遂各各门前冷落矣。

十二时卧，以地理上之优势，幸未受若辈之惊动，得酣然入睡乡。

翌日早起，阳火融融，照窗而入。过君尚须去第一师范追悼杨校长月如，余乃先别，唤轿乘之，至观前食面、购物。诸事就理，乃去大郎桥巷访友赵二。门巷静悄，仅中留人迹一线，此外则填平崎岖之路矣。至友家，叩门入，云："主人尚未起来也。"时已十时三十七分钟矣，寒恋重衾觉梦多，未免太写意也。已而主人出，一见欢然，则两眼曚眬，犹有一二分未醒意，深致歉谢，各坐谈心，方知草桥旧雨刘君无咎，忽以咯血卒。刘君年仅弱冠，学于东吴大学，学问超出侪辈，人亦和蔼，书翰小品文字，尤轻清入妙，中秋赵二婚，渠有贺诗云："他日刘郎许平视，珊珊莫怪我来迟。"其隽妙多类此。盖此时已病不能出门，而尚能握管作八分书，应酬朋友也。伤哉！予友对之颇具悲观，大有人生如梦、何事空劳之意。予笑慰之，越半时许而别。至观前乘轿出外，于小饭店中作午餐。既果腹，出至轮埠，乘轮至同里。二时开驶，舟中晤里人叶君，方从京华来，四十八里之长途，遂倩其悬河之谈为消遣。其述刘喜奎云："刘伶之名，满布朝野，京中无论士夫走卒，皆一致推戴无异言。刘少少襆被而归，言去亦值得，而刘王之声价益增，易五樊老，亦老子婆娑，兴复不浅，咏歌之者，日见于报章，可谓盛矣。"又云："京中多演日戏，而刘伶之登场，又每在日暮，电火不似南中之灿烂，故举国若狂，一见颜色，以为荣者，恒不得饱餐秀色而去。于是于剧终时，围刘伶之马车而观者，不减诸侯军之于壁上也。"其述云南事云："都下秘密殊甚，语也不详，且侦骑四布，咸作寒蝉噤口矣。当时唐任电至，内史以为贺电也，译之，则大惊骇，惧祸至，急重封送内府，而稍稍言于亲故，于是外间遂沸腾人口，家喻户晓，谓云南反对矣。盖当时元首接得此电，尚欲收功于文字之间，消祸害于无形也，至是乃不得不宣告罪状，大起盘旋矣。"其言信否不可知，但倏忽之间，已抵故乡，若犹津津有馀味者，是则不得不致谢叶君之厚贶也。惟渠劝予读书大学之理由，予殊不赞同之。渠问予："何遂淡于进取如此？"予曰："读书亦无甚兴会。"渠云："但求有此大学毕业之资格，可以应文官考试矣。"予笑曰："做官乎，此生无此缘分也，况做官亦非易事，不观夫大批知事，只落得卡片上留一条头衔，某省候补县知事而已矣。"叶君大笑，遂同登岸，各归家。

（《馀兴》1917年第24期，署名烟桥）

白门小住散记

壬子读书钱唐都百日，盖乐山水之清嘉，借佛游春也。明年又慕金陵风景，擅雄奇之胜，慕清凉之奇，乃复读书于北极阁下之民国大学，于今忽忽三易寒暑，校闭而同学亦风流云散，则此小住所记，等之明日黄花矣。惟摅怀旧之蓄念，发思古之幽情，有足述者，谓之汪洋感旧之篇，其年箧衍之集，亦无不可耳。

癸丑正月十六日，从同里乘轮船至苏，为时已晚，寓苏台旅馆。旅次孤寂，谁与为欢。隔院笙歌如潮，正恼人眠不得也，门外又蹄声得得，轮韵隆隆，中夜始息，余乃得入华胥之国焉。

十七日晨，驱车至铁道站，风骤雨斜，迎人猖獗，行装半湿。抵站候车自沪来，九时五十分开驶，磷磷呜呜，瞬息丈里。车中晤同邑陈君其楼，就学第四师范，喜得同行伴侣。至下关唤车入城，诸多指引，甚相感也。过钟鼓楼须分道，详叩究竟而别。抵校，知膳宿在双龙巷，乃复驱车就之。门巷咫尺即是，舍凡五进，进凡三楹，楹居三人，一为吴县陆摺方珽，一为吴县陶厚仲扶亚，一为同邑曹成杰吴榛，合余而为四。

十八日为休沐日，晨同厚仲登北极阁。去舍不过一矢，高不及十丈，门额题"高耸天宫"四字。入之，荒凉殊甚，有老僧来索香资，备言民军蹂躏之无状。当时曾驻军守之，与清凉山犄角，故历历兵火之痕，似经大创。端左有廊，曲园刊三字碑曰"塑锁梳"，云是修身正心、养气怡性之大道也。殿后高十馀级，有亭翼然，驻碑曰"旷观"，今只留"观"之一字。亭凡三层，破不可登，周视全城，约略在目。山下宁省铁道所经，煤烟缕缕，车声磷磷，似龙蛇走大陆也，徘徊久之而返。

二十日，午后无课，与摺方诸子游鸡鸣寺。寺在校后之鸡鸣山，唐李义山鸡鸣埭诗即此，山接北极阁，故风景极佳。山门题曰"古鸡鸣寺"，入门左有室，题曰"志公台"，为施食之所，碑记谓建自梁武，亦六朝鳞爪也。出登高百馀级为寺门，有联云："浩劫历红羊，叹江北江南，惟兹选佛名场，留得六朝佳胜在；平湖飞白鹭，更莲花莲叶，现在华严妙境，好将一幅画图看。"殿庑几楹，中祀观世音，故又以观音楼名。后有一阁颇轩敞，为张子洞所建，取杜诗"忧来豁蒙蔽"意，题曰"豁蒙楼"，字径尺，极挺秀雄奇，有长联云："遥对清凉山，近临北极阁，更看台城遗址，塔影横江，妙景入樽前，一幅画图传胜迹；昔题凭墅处，今曰豁蒙楼，却喜元武名湖，荷花满沼，好风来座右，数声钟磬答莲歌。"写实也，盖清凉山在前，元武湖在右，而台城则楼下断垣隐约、乱草蒙茸之处也。半城佳胜，都在包罗两眼中，而豁然开朗，尤有披襟当风之乐。北极阁麓有九眼井，亦一古迹，惟仅一洞，何云九眼，斯则莫名其妙耳。

二十一日，课后与摺方游钟鼓楼。虽楼丈馀，地势渐高如坡，楼似城闉。凡三门，中门通车马，为往来孔道。从左门入，有石级四十，登楼欲更上层楼，则以梯断不可登。楼祀关帝，殿外为庭，凭槛而望，一城景物，约略可数。楼下车相接毂，人相摩肩，忽此扰攘声中，传来钟声喤然，何来此梵宇棒喝也。迹之则北去数十弓，有红亭高耸，似从此出，乃下楼折道赴之。至则一寺院耳，入门有亭，题曰"大钟"，悬钟于亭，其大无伦，云重四万五千斤，铸自洪武二十一年之秋，即明故宫景阳钟也。以锤击之，其声铿鎝震屋瓦。柱梁均铁制，钟径达丈，而高则达二丈，而强厚五寸。后读《龚定庵集》，公有词咏之，当时露卧于野焉。僧导观姊妹殿，塑三女像，云是铸此钟者之女，以范铸不成，而又惧祸，三女乃效干将莫邪故事，投炉以殉，卒得成功。事近不经，而亦一谈助也。出门以别道归舍。

二十五日，又为休沐日矣，同室四人作野游。款款前行，忘路之远近，带有地图，按之则去随园遗址不远矣，乃振步访之，约二里许，有牌楼题"随园遗址"四字，左为先生祠堂，入之仅存一楹，为田舍郎牧牛休息之地，老树槎枒，断垣隐约，无复可仿佛矣。回想当年，诗酒风流，一时声价，水山云物，过眼皆非，可胜太息。执途人问随园居士之墓，欲往一凭吊之，指云去此不远，乃复进行，杳不可得。约里许，甚懊恼间，忽闻笳吹，异之，按图则近清凉山矣，精神为之一壮。过破屋一所，为左公祠，光复时驻军于此，故败落殊甚。左行数百武，为清凉寺，不过寻常古刹而已。余有诗云："山穷蓦地听笳声，香径湾湾浅草生。古寺佛闲门久闭，深山僧懒梦初醒。燕泥庭院寂蛩响，钟韵丛林乱叩鸣。此地清凉别有味，最宜斗酒看星明。"出寺，左有山路数十级，为扫叶楼，门有联云："一径风声飞落叶，六朝山色拥重楼。"入登佛殿，不知其祀何菩萨也。别室题曰"来青阁"，阁上有楼，即扫叶也。登之，清光大来，爽气扑人眉宇。疥壁题咏殆满，有八指头陀，自云是木强不识丁，二十八岁始识书，嗜诗，题者独多渊雅，不类寻常方外，而字殊丑劣，亦奇人也。中悬像，拥帚萧然而立，识云是明龚半千扫叶像。半千名贤，字柴丈，号野遗，上元人，能诗，工画兰，遭明季之乱，客游四方，晚归金陵，筑半亩园于清凉山下，自号半千，隐居不仕，尝自写小照，作扫叶僧状，因名所居曰扫叶楼。或云，梁昭明太子读书亦在此，云见之唐人郑谷之诗。同人于焉品茗休息，凭栏四眺，则渺渺扬子之水，隐隐如水晶帘外，兀兀石头之城，迢迢如长蛇走陆，风景自非寻常，太史公所谓"低徊留之不能去"焉。

楼后有殿庑数事，下楼上对面之山，有寺亦题曰"清凉"，盖斯则为清凉主山矣。有地一片，劫灰痕在，挈娑石碣，知为翠微亭也，其存废历史，不得而知，问之寺僧，亦多影响。下山左折,过马公祠,惜阴书院改为图书馆,江南通志局亦在焉,曾公祠改祀湖南唐才常烈士,今且驻兵焉。此行殊乐,意各各欣然而返。适午饭,既果腹,复与摺方乘人力车往游行宫,约六七里,渡天津桥,有城闉者,为西华门,门内砖头石屑,作不规则之铺陈,一代巨制,尽成陈迹,宫砖圈作菜圃矣。余有诗云:"西华门外有人家,收拾宫砖种菜花。约略炊烟吹几缕,可怜也说住京华。"荒草斜阳,又复尘沙迷眼,冷风劈面,倍觉苍凉。再过西安门,为禁宫遗址矣。有午门,对门横以御沟,驾桥五,曰五龙桥。过桥数武有亭,中驻丰碑,为左宗棠《血迹亭记》,有所谓血迹石者,隐隐于陛石云章间,见血痕几点,云是方正学不愿草诏,而喷血于阶,至今犹想见其当时。呜呼!精神所致,金石为开,信哉。亭左数十武,为梳妆台遗址。西去数十弓有矮屋,云是内宫,在在为伤心之陈迹矣。乘车东出东安门,则访半山寺也。至则一抹红墙,蓬门虚掩,颇有山居之致。寺为宋王安石宅厅事,亦供佛菩萨,有于此教读者,书声琅琅,极空谷跫音之致。寺外左向,有培塿亭在焉,是谓晋谢太傅退奕之所,视彼宫殿巍峨,曾不及此文人之一丘一壑可以亘古。余有诗云:"半邻城郭半山村,冷落游车半掩门。昔日闻名今日见,荆公别墅谢公墩。"时则夕阳在山矣,驾车急归,入城已灯火万家矣。

三十日,天公游戏,白雪乱飞,始则如撕如摘,继则似倾囊倒箧而来矣。课后欲归,叹行不得也,乃雇人力车,从雪地中行,其声瑟瑟,不辨方向,从车帘偷看北极,如粉装玉琢,方解颐痴喜，而雪乃击余中鼻，殆相憎也。抵巷门，已堆积没踝。一夜梦乡，不管风光奚似。

二月一日，黎明即起，盥漱既竟，开门四望，屋瓦皆白，失却本来面目，参天玉树寒无影，堕地银河冻不流，雪里风光，别饶兴致。因着革靴，杖竹竿，拨雪开径，从僻处行。浅草池塘，冻成明镜，白光耀眼，分外壮观。西仓桥头，人迹微微，有似西子湖上断桥光景。至北极阁麓，仰见楼台玉琢，殿阁银装，欲上者再，以路冻为冰，滑不留步。时有军人一队，为雪中远足之戏，鼓舞而登，几声刁斗，已跻其颠，为之艳羡。返见一角红楼，缀以粉装，则钟鼓楼也。因思登而望之，亦不减北极焉，乃跻跄而去，更上层楼，佳胜满眼，四边水天云物，莫辨其为天为地，而墨痕点点，天然文章，则云树与人家也。

初二日，阳光昌明，冰雪咸熔，与成杰乘人力车，访同邑洪君和铃于警官养成所，并晤五年前小学校中之同学沈君，旧雨重逢，喜可知也。稍稍憩坐，出至夫子庙，品茶得月楼，秦淮衣带，凭槛得之，而紫金山奇峰对耸，如异军苍头之特起。午正，饭于乐意园。复乘车游雨花台，至则山势蜿蜒而上，有方正学祠墓，庙貌冷落殊甚。沿途有以花石求售者，一篮中四五碗，碗贮水，五色灿烂可爱，以五十文得三十馀枚，就中得一二佳者。就永宁泉茶社，汲第二泉饮之，亦复不恶。时有以较好之花石来，纹隐隐如云霞，有中含黄色一点如蛋黄者，索价特昂，后以四角易之。出社登山巅，有营垒在焉，想当时弹雨枪林，此为重地，而去岁光复，又于此大洒英雄之血，抚今吊古，感慨何如耳。闻钟声警觉，则安隐寺也。路上点点埋沙土中，尽花石也，闻雨后益见灿烂，诚哉其为雨花焉。

十六日，草桥中学同学许君来访，始知任记室于宪兵练习所，粥后许君别去。余乃访新同学徐君牧湖于海云仙馆，同之驾车游孝陵。过明故宫，忽忽而去，余有长歌，中句云："伤心历历不忍驱，出朝阳，心更酸。"盖朝阳门外，地势渐高，已属陵地，石羊石马，伏道之左右，翁仲四立，完好无损。迤逦里许，过石桥，即为甬道，地如坡，有门洞然，题曰"明孝陵"，展以长道，为殿一，植清乾隆"治隆唐宋"之碑。殿后又展以一矢之路，为殿一，悬明祖遗像，栩栩英姿，有儒者气象，何从识其为恢复汉土之雄哉。殿后又为甬道，有若城门者，入之如鸭之上滩，其上楼阁已非，于瓦砾中见一二黄色之磁片，有云章之可见，盖即琉璃瓦也。后为山，松柏青苍，郁然成林，有小径，曲折而登，谒其所为陵，云即阜然略起处也。席地而坐，放眼以观，则胜概飞来。石城蜿蜒如长蛇，狮山蹲伏如封豕，而天堡城居群山之上而为之领袖，北极、富贵、清凉、幕府诸山，累累如娇儿弱女，依附于长者之膝下，长江衣带，秦淮眉黛，真好形势也。时有同游者，述天堡城之险要，云当日革新之际，以五百健儿建帜于其上，即以制一城之活命。盖所谓龙蟠者，此其夭矫之首也；所谓虎踞者，此其峥嵘之额也。诚天府天下之雄国矣，饱我眼福，其幸实多，徘徊久之而归。

十七日，校中以宋钝初被刺逝世，为民国痛失长城，为学校痛失柱石，是日宣告停课一天，以志哀思云。去今四日，钝初先生以校董之资格，来校演说，余以晏起，未与欢迎之会，不能一睹言论丰采，至今思之，犹觉懊恼。午后忽起大风，飞沙走石，天地为之变色，行路时患眯目，舍中几席，沾尘分许，亦奇状也。

金陵马路四通，而两边多植杨柳，城北尤多，一着春风，又复垂垂青矣。白门秋柳之几价，此一段春光，亦复不让耳。去舍左近，有地平康，植桃花十馀本，嫣红姹紫，几疑读《桃花源记》矣，折一枝归，为墨床笔架生色。他日雨后，友人以经雨桃花相赠，则有虢国夫人淡扫蛾眉之致矣。余乃作《白门青色》四律，一曰《蒋山青》，二曰《秦淮碧》，三曰《杨柳绿》，四曰《桃花红》。

三月一日，校中表庆祝国会开幕之忱，休课三日。展南洋劝业会指南，有盐山十二洞，为金陵胜迹，跃跃欲往。约之同室三君，咸愿偕行，唤车无知之者，询巡士，亦东西乱指，叩之行人，云幕府山麓有之。于是驱车出神策门，下车北行，约里许，村落几家，问去路，云大约在前山，乃复前行二里许，阻以山，就山村农人问，指以山路，听之过山，益莫衷一是，执樵子叩之，则知误至北固山下矣。

时风渐大，兼以微雨，同游者有怯色，余耸之，因折别道走里许，再问村人，云去此不过五六里有盐山也，心为之壮，振步越三四岭，于山脊见寺。入之，住持笑迎曰："惫矣乎？"入门即见洞，云是二台洞，仰首以观，山石累累如垂乳，天然而非人工也。洞后又有洞，黝黑不辨物，住持烛之，得石级，下走十馀步，阻以石板，踏之，声宏似中空，云二十年前可篝火走里许也。更有梯上，登为楼，凭槛以望，则长江即槛外矣，胸襟为之一爽。住持烹茶润喉舌，与之谈，其言娓娓，曰盐山十二洞，可得而游者不过五六，馀者或在山之巅，或在水之涯，草草不恭也，而五六之中，此二台者为翘楚矣。余辈相喜此行为不虚也。又向之问归路，云右为三台洞，里许为玉笥洞，渡盐山之岭，走福利门，四里即神策门，此捷径也。若欲平易些，则左走观音门十馀里，亦至神策门矣。天晴日，可于江边雇舟至下关，费不及三百青蚨，今则风大，江浪如虎不适也。余辈听其第二说，下山行不半里，山麓有洞，曰上台，深广不及二台之半，正者居之，不堪伫足。循山脚曲折有山径，盘旋而上，得永济寺，山僧告余曰，此地名七根柱，铁锁连孤舟，形势最为雄。古寺临江倚山，颇具大观。殿后有洞，题"自在天"，小仅容五人耳。为时已午，因不复勾留，下山数十武，又见梵宇，亦题"永济"，想是山门，可知其当日规模之宏大矣。左行半里许为市，从僻巷过，有培塿如拳，即历史上重要之峻险燕子矶也。登之，有亭翼然，临乎其上，勒碑大书之矶头，突飞江上，以风大吹人欲倒，不得前以俯瞰，一探其雄势，是为憾焉。左右帆樯如林，半避风也，盖风大，不能偷从燕颔过也。北去为光复战地，幕府山也。下山假座茶坊，煮鸡子以为餐。二时从盐山之凹而上，过观音门，二十六里至神策门。缓步当车，过绿筠花圃，南京之公园也，结构点缀，似吴中植园而略逊之，元宁农会在焉，略坐小亭而出，于半路觅车驱返，时已欲晚。是役也，有雨游邓尉之奇趣，兼独渡五云之苦况也。

六日，校中以奉教育部电，巴西首先承认我中华民国，特停课志谢。是日草桥旧雨，同邑沈氏二阮来，入文科肄业，藉以畅聚别情，甚乐，并为之觅旅次于振凤精舍。

十一日，假归。嗣以南中不靖，学校移沪，余亦意倦风尘矣，乃与金陵作长别。而今风物如何，殊不能知，况中经大创，想益凋落，怆怀旧游，殊令人悒悒于心。此五十馀日之作客，差幸得揽名胜不少，殊餍心愿，惟莫愁之湖未游，为一缺憾耳。犹忆观南洋劝业会归，余友徐大以南都景物相诩，今得遍寻佳胜，更有寻常之所不易得者，今亦一一入我眼，非可转以傲徐大乎？

（《馀兴》1917年第24期，署名烟桥）

邓尉寻梅琐记

"一夜东风齐着力，百花头上占先魁"，咏梅之开放也；"疏影横斜水清浅，暗香浮动月黄昏"，咏梅之姿态也。梅之为群花之冠，自有不可异议处，非余之矫情推戴也。曩登孤山，拜林和靖，欲一睹梅妻丰采，以非其时，不可得。今者春暖如酥，庭中盘腰驼背之老梅，亦孕一身花矣。因思邓尉香雪海梅花，与罗浮相比，不可不一看之。言于同侪，得舅氏钱子云翚，与庞子乐庵之同愿，乃于元宵前二日之晨，轮声辘辘送往焉。

轮泊金阊，驾车至胥门外，候木渎轮船来，盖将由木渎而光福，取径截也。下船晤袁先生雪荎，江南名画手也，乐庵为其画弟子。余戏作绝句赠袁先生，不敢出示，乐庵遽搅去呈之，至今犹恧然也，诗曰："料想山中春到早，冲寒香雪探梅花。昔闻今见郑三绝，倾倒江南老画家。"

过敌楼，为明戚继光筑以拒倭也，想见当时英雄功德，低徊今日，能毋怆然。抵木渎，袁先生招去小叙，固谢不可，乃大扰郇厨，醉酒饱德，备极可感。席间曾聆得趣史，足供一噱。则是日吴县考塾师，有七十老翁，蹒跚而来，卷用三易韵七古十句，末云"古稀老人作童生"，不仅文不对题，并未知题目之为策论也。有向侁手借烟袋，而暗中传递者，为监视者所见，夺而撕作蝴蝶飞，亦可怜矣。席散，乐庵之友葛君石庵，招去宿。夜阑，议明日行程，或主步行，可以随处留恋山水；或主乘轿，可以省力，留以待登山也。各张其词，莫衷一是，终乃从葛君之言，明日唤小舟去光福，越日归，好在袁先生介绍当地邵君为之指引，已先关致矣。

元宵前一日晨兴，茗叙香溪楼。少顷买棹而去，溯香水溪而上，过灵岩山脚，望见山色如环，塔影高耸。乐庵笑曰："君见山半痴汉，在望我辈去也。"盖石状甚相似也。过善人桥，同登岸，缓步看山一里，而余以足痹不胜步，乃先下船，哦诗自遣，诗曰："山入吴中平淡多，吴娘柔橹卷微波。四围峦气疑云雨，听到销魂是棹歌。"书所见也。又作诗曰："灵岩山色晓时清，孤塔崔嵬眼看明。记得五年前过此，振衣长啸有馀情。"此写真纪实也，盖五年前余曾一度来游，崔护重来，旧游可数焉。又作诗曰："轻舟漾过善人桥，为此山光尘俗消。半日短篷谈笑剧，几回诗思向人撩。"读书人好弄，童心正未易除，所谓文人结习者，大抵如此，诗之丑劣，犹敝帚之爱也。又作诗曰："一弯香水泻成溪，山下人家合姓西。当日风流痕迹在，绿阴两岸压船低。"唐突西子，罪过罪过。

时两君亦足疲，呼船泊岸曰："范大夫载西子去耶，吴王追兵踵至矣。"余曰："西子无诗，却有四绝也。"因以所作示之，同声高唱，此短篷中酸气氤氲矣。举目而见，孤塔远峙，则光福至矣。既泊岸，即去访邵君，留午餐，相谈甚得。邵君字立斋，小学校长也。既果腹，引去玄墓。玄墓者，邓尉之别称也，其实邓尉为一带山称，而玄墓则一抔黄土，千古名山，未免喧宾夺主耳。

山行三数里，山半入圣恩禅寺，坐万峰精舍，登还元阁。住持松桥出所藏郏铚鼎相示，鼎柄有刺，下如磬，为潘祖荫相国所购致者，曾为不肖僧窃，冯公桂芬觅得之，乃题诗加跋以张之，谓显之可以得数世宝护也，可谓好事矣。余因邵君之请，污卷一诗云："梅花万树中，山色入楼空。犹有禅因在，幸多诗思通。还元证鸟语，小阁听松风。历尽东南美，盛名属梵宫。"谛闲前年曾来讲《楞严经》于山中讲经精舍，而乾隆帝则有"松风水月"之题于寺后小阁，故诗中及之。云翚亦题一诗曰："寂寞乱山中，层楼曲径通。梅花千树雪，帆影五湖风。危槛依残照，声寒动碧空。如何名胜地，都在梵王宫。"又见《一蒲团外万梅花》册页，为胡三桥画，题咏甚多，画中红梅绿萼，装点殆满，中坐老衲，意境淡然，令人萧然神往。小坐食面，出游御殿，留有杖锡各一，谓当日以之赐住持也。右殿佛前方砖，有额痕足印，凹入三分，云昔有老僧苦修之痕也。出登山，抚晋青州刺史郁太玄之墓碑，方知玄墓之名。墓右稍上，有石如园林之所堆叠者，而块然玲珑，不似人间斧凿也，是名真假山，谓真山而有假山之奇。初出再坐还元阁，对面太湖，凭栏细看湖光山色，山多于鳞，不能尽其名。湖心横卧者，曰渔洋山，如牛之涉水来也，是可为吴中山岭，皆从天目渡来之一证矣，或云是虞山之脉，非也。

略略盘桓，即出寺下山寻梅。既得，辄依恋芬芳不忍去，盖来时匆匆，未暇细探。邵君曰："莫贪花，日暮矣，明日可镇日梅花中生活也。"日落始抵校借宿焉。夜半闻淅沥雨声，甚嗟游福之不佳，天明见阳光，始各释然大喜，谢天公之好我也。

是日为元宵矣，佳节今宵，一年明月初圆也。晨起，唤山轿去畅游矣。邵君以事未同往，渠因命侍者相导焉。山轿即篮舆旧制也，健步如驰，而带甚稳。适余口占云："趁早入山晓气清，见花即去未忘情。桑麻细听相逢话，一片樵苏讶许声。"山中多植树为业，松柏桑梅为最，而女子则樵柴以得资，故朝时一肩黄叶，相接于道，俭而健哉。

至柏因社，俗呼司徒庙，后庭四柏具盛名，乾隆题曰"清奇古怪"，声价益重，今范以铁栏，恐相损也。清者了无异，但千仞高上，翠绿如盖耳；奇者下半中空，可藏人；古者树皮纹作绞丝状，螺旋而上，为仅见也；怪者倒而为二，本又四裂，如绕帛飞巾，不可状拟矣，极天下之奇观哉。余作诗曰："朝叩柏因社，入门见古姿。不知年久暂，难以状雄奇。摩抚叹观止，徘徊不忍离。司徒好幸福，名与此同垂。"

同社登舆，一路梅花不绝，或三四丈有十馀花，或一二尺有三四花。轿高花枝招展碍帽，不许作刘桢平视也，故余诗曰："四围山色肩尖叠，一抹湖光舆外浮。可是嫌人太暇逸，梅花故意压人头。"至最多处停舆上山，山固有御道，又荒芜没踝，颇费攀拂。登破亭，只存四柱，碑反卧作人坐具。下望熳烂皆花，是即所谓香雪海也。缘当日花更盛，洁白如雪，弥望如海，故乾隆帝有雅锡也。今则海枯石烂，只可名香雪池塘耳。下山过此，花若断若续，不绝如缕，三四里始已。余诗曰："一半梅花寒未开，寻诗苦向乱山隈。有心欲见偏难见，香每吹从无意来。"见花狂嗅，反不得香，而松风中约略带来，偏觉喜从天外也。山人云："时尚早，须再越七日，可齐放矣。"盖山中花不同家园花，山中花纯得天气，少假人力，非受春足不易开也。此中花多绿瓣红萼，品上于千叶，且结梅子，山中人一年之一熟也，故数百年未尝减焉。

过铜壁山，至石壁，为湖边一小山。山有庵，庵侧有石壁，广十丈，如削甚平，山下即汪洋三万六千顷矣，境奇险。一登山岭，胸臆顿舒，长啸四顾，旷无古今。于石壁轩之壁间得碑，知是山为名蟠螭也。向寺僧索笔墨，题诗壁上曰："振衣立峭壁，长啸山灵惊。安得十年住，日夕听涛声。""瘗鹤摩娑记昨游，惊涛拍岸四围秋。于今健步蟠螭上，到此无心鸿爪留。门外醉看铜井立，崖头细数洞庭浮。何年天斧开翡翠，问有僧来面壁不。"去秋焦山之游，瘗鹤铭边，江流湃溯，与此太湖涛声正相似也。时已午，乃命作午时餐，山菇树菌，同菜根香一例可口也。余谓素斋第一当让烟霞洞，次则焦山，而吴中诸丛林，殊不可望及也，老饕怀抱，得毋可哂。饭后下山寻山根,爱水澄清,因坐山脚磐石濯足,冷沁肺腑,如受棒喝,心地大清,歌曰:"沧浪之水清兮,可以濯我缨;沧浪之水浊兮,可以濯我足。"濯竟而舆人寻来矣,因复上。

下山乘舆至石楼,石楼非石建为楼也,以山名,名所居也。余初惑之,已而求石楼不得,问老僧,始知之。山中多竹,小阁外万竿琳琅,绿人眉宇,此境与云栖相类,不知黄冈竹楼如此否。余谓名石楼,不如名竹楼之为宜也。寺外有泉,题曰"留馀"。看泉归,寺僧即以巨石固寺门,异之,曰:"山中多盗,此间已四经扰攘矣。"老僧曾被拘,扑击伤膝,逸出伏草中,盗再三践踏,搜寻未得而去,可谓险矣。名山佳丽,乃有此杀风景事,隐亦难矣,相与唏嘘久之。出寺上,登万峰台,奇石四攒而已,了无他异。下山命轿随行,余得一绝曰:"空有虚声说石楼,留馀泉浊在山流。万竿竹拥三间屋,眉宇帘栊绿似油。"

过东圌山,乘舆行三四里,返光福时才未正,因别邵君,掉昨来小舟,归木渎。明月照人,满船载去,诵"只今惟有西江月,曾照吴王宫里人",为之仰望灵岩,低徊不止。夜,云翚书联赠邵君、葛君,以谢东道,余为之撰句,赠邵君云:"游山五岳东道主,拥书百城南面王。"集定公句也;赠葛君云:"灵岩山色天然画,香水溪流自在春。"则本地风光也,字俱超妙,飘然有仙气。琴声曰:"此去殊值得也。"渠乃得笔头精神不少。余曰:"君亦不负此行,他日《邓尉探梅图》成,可传也。余则真无所得耳,惟日记上十叶为铅笔污诗云乎哉,不如吴侬山歌之可听也。"惟归之夕,梦山灵谢我曰:"是游也,得诗书画三绝。"余甚愧之。翌日复雨,附轮舟而归。余念《馀兴》女郎,相结文字殆八月,献岁以来,未上椒花之颂,"江南无所有,聊赠一枝春",迤逦写来,不暇修饰,女郎以之点额,未知入时否。

(《馀兴》1917年第25期,署名烟桥)

西子湖泛舟记

一别西子湖，忽忽五年，颇闻湖光依旧而风景大殊，渴欲一证之。会赵子中任将去国而之新大陆，于此过渡之际，思一游名胜，以事休息，与余约，同为武林之游。乃于夏六月越朔三日，由海上附汽车往焉。夫海上固尘嚣十丈之地也，信宿而离，征衣已有俗尘几许，既到武林，竟为湖光山色荡涤以尽，不待披襟当风，而后为快哉之呼矣。到之夕，于葛岭下觅得旅舍而居。旅舍有艇，荡乎里湖，两面翠盖红裳，各有清香缕缕，与微风俱至，轻桨破水，水声淙淙，掠人萤火，疑是星移，斯时之乐，何减东坡之赤壁夜游。惜乎中天明月，仅露如牙，而万籁寂然，孤舟无侣，斯为微缺耳。时方欲出锦带桥，荡舟外湖，舟子谓戒严，不能夜游，相叹为杀风景而已。翌日，上云隐道，听春淙、壑雷之泉，一静一动，相离咫尺，天机人力，两不可知。复登韬光，观钱塘江外之海天一角，时则林重日阴，天高风厚，几忘其为夏令矣。下山后于酒楼觅饮，待夫夕阳衔山，雷峰红染，于平湖秋月树底水边，瀹茗清谈，四顾山色翠浮，湖光镜漾，直欲老于是乡。维时西山之巅，墨云兴焉，凉飙吹来，大似秋气。湖中游艇，咸亟亟有归意，舟子亦以为请，余与赵子以归路非遥，不妨稍待，将以穷山水之变幻，一尽奇观，而弥天皆水墨之云，雨亦随至，声如玉珮之相击，状如珠玉之落盘，南屏诸山，若纱蒙幂，两高峰迷不可见矣。待夫云散天霁，乃返棹也，雨气初蒸，荷香益冽，叶面浮珠，捉之心凉，其乐可傲神仙矣。赵子曰："湖之夜，湖之风雨，诚已尽之矣。湖之晨，必有可观，曷于翌晨游之？"余颔首曰："善。"戒旦而起，晨光稀微，星斗可摘，爽气四溢，鸟方刷羽以待飞，鱼惊浪动而争避，山峦含雾，隐起若烟，引吭高歌，则有水鸥上下，若深讶客来之何早也。余曰："西子好梦，不亦为吾侪惊破哉。"日光初露，景色顿殊，乃返。综数日之游，自谓与俗大殊酸咸，山灵有知，谓之何哉。

（《同南》1918年第7集，署名范镛）

莺脰湖荡舟记

八测客居，了无游观之乐，久伏思动，会平望天籁，三载神交，缘悭一面，屡以书来相约，久久未赴，悁怀靡切，缘乘休沐之暇，偕同事三数，棹舟往游，藉了素愿。

八测去平望二十三里，俗谓"南廿三、北廿四"，南指平望，北则指吴江城也。半途有敌楼，方十许丈，与木渎间之敌楼相似，相传为明戚继光御倭寇于此。时过境迁，星移物换，此雄峙之堡，殆成废物，然可为历史上陈迹。奈长吏为利孳孳，乃以百六十金售之匠人，行将拆为平地矣，古迹渐泯，得毋可惜。

舟停长老桥，桥凡三洞，坚固高大，巨制也。上岸啜茗莺湖八景楼，楼倚塘，对面即莺脰湖，湖广三里，俗则呼为杏登湖，谐声相讹，几忘本名。湖中有平波台，如西湖之湖心亭，南湖之烟雨楼，湖半栏以长堤，连植细柳，垂丝招展，如垂帘幙，见平波台于水晶帘下,隐约而已。楼敞爽,风来习习,不禁披襟呼快。右则梵宇琳宫,参差相见,九华禅寺也。

余亟欲一晤天籁,同游沈君固素识,因央之去邀。少顷至,相见欢然如夙,絮絮道问近况,则渠习静杜门,读书学画,风雅萧闲,无异葛天之民也。稍坐,天籁邀去酒楼小饮,酒逢知己千杯少,余与天籁不禁数浮大白,意兴陶然。

余以莺脰风光,未得亲见,坚欲鼓棹一游,同游都赞可。因于塘以上二百青蚨,雇得短篷一叶,相与曲肱箕踞于其中,余则坐鹢首,饱览湖光。舟入湖心,四围爽气,清人肺腑,遥望平波,如青螺小髻,与故乡罗星洲相似。既至而登,芳草绵芊,没及人踝,知客来少也。三椽矮屋,都住佛菩萨。久闻吴珊珊夫人诗碑在,遍觅不得,问之天籁,云亦良久不见,殆埋弃湖中矣。因叹物之隐现,未尝无天,此块然芳泽,不知何时始得出世也。

按珊珊夫人,黎里徐待诏达源室,工诗,为随园女弟子。前年有遗像石碑,子孙不德,售之贩贾,将磨砻为础石矣,幸同里蔡君识之,出金赎之,相传以为义,陈君去病曾记之。是则天之陌珊珊夫人者,不仅此也,然而像有时而获存,则诗亦有时可见欤。

天籁云,台随水高下,辛亥大水,市廛街衢尽没水,而台仍依然出水面如平时。相传中秋夜有铁链浮水上,虽荒诞亦可异矣。

一望清空而已,此外了无足观,乃返棹折游九华禅寺,略略瞻仰庄严而出。

天籁导游吴氏八慵园,主人不在,天籁径入园林,虽小而布置甚精，楼阁假山，亦颇曲折。余最爱迎秋阁，凭槛可望见一角鸳湖也。园为吴梅隐先生所建，曲园题"八慵园"三字，勒为碑，以少事洒扫，阴霾殊甚，不可久留，因坐端友居，侍婢饷以茶，相集清谈，亦复不恶。

兴尽出门，以时光将晚，即辞天籁，天籁固留，临行约荷花生日同集罗星洲。

（《新游记汇刊》第三册，中华书局1921年5月初版，署名烟桥）

卧游录

同学赵中任去国，之美之法，而止于瑞士。瑞士为世界绝美之地，有世界公园之目，中任又性好游，春秋佳日，一杖一箧，往来意大利、罗马间，辄以风景之片，万里远投。余与中任有同嗜，顾不能追随游屐，惟有对之神往而已，撷其佳胜，以饷读者，与余有同感者，当亦有取乎斯文。

第一片，自罗崔尔发，片印名园之风景，有悬瀑二，回廊四绕，绿阴红屋，相映成趣，有我国名园之结构，而豪放过之。中任云，书此片时，在山上咖啡店中，四围山色如环，下临平湖，仿佛登吴山旷望时也。

第二片，自越乃芜发，其言曰，越乃芜滨莱蒙湖畔，为瑞士名胜之区，以善制钟表名震全球。翻视其图，则夏屋渠渠，与纽约、巴黎、伦敦相颉颃，而所谓山明水秀之胜，不可得见也。

第三片，为威尼斯之风景，与世界闻名之阜姆，隔阿掘来的克海以相望。中任云，曾于城中，登一百米达之高塔，俯瞰阿掘来的克海，隐约可见阜姆，犹隔帘以望世界之尤物也。又云，翌日至奇拿阿，为哥伦布诞生之地，惜未得其景物之大概耳。片为油漆所印，青天碧海，于灯下观之，几乎身乘康渡拉舟，以容与中流矣。

第四片，寄自去年七月十九号，是日也，为瑞士文学家开銮百年纪念，全国贺之如国庆，即德国南部诸大城，亦莫不同声欣祝云。观于彼邦人士崇拜国粹之文学家，如是其隆重，反顾我国，当作如何感想耶？片即为开銮之遗像，虬髯炯眸，丰采可睹焉。

第五片，为奈布里之巨室，白石之柱，雕镂至工，空庭无纤屑之尘，古趣盎然也。

第六片，为米兰，意大利惟一之大都会也，其间建筑之古，为世界第一，距瑞士之秋立许不过半日之行程。片印大礼拜堂，巍巍宏制，足以见西方信教之深也。

第七片，寄自哈台尔之山中，山高五千馀尺，然尚不及少妇山之峻也。少妇山立介湖间，高出海面一万四千馀尺，有铁道可达山巅，山巅积雪，四时不消。不能上喜马拉雅峰，而得登少妇山头，亦可以解嘲矣。其名绝艳，而其风景之佳，亦可以望文生训，想象得之矣。

第八片，为初克山，一抹湖光与漫天白雪相衬，而云峦起伏，又似山外之山，殊有奇境。云，离秋立许，乘火车半小时可达，似吾吴门之距无锡也。又云，湖鱼味美，名闻瑞士。未知较之西湖宋娘遗制之醋鱼如何？较之季鹰挂组归来以求得之鲈脍复如何？山高九百馀米达，游之日，为十一月之晦日，全山皆雪，而下望初克海，依然一泓清涟，碧如翡翠，隆冬亦不减盛夏之可爱也。

第九片，奇峰特起，而市廛结于对面之江边，日对翠屏，人如画里矣，为路根诺。

第十片，劈头书云，吾乃死矣乎，不然当此荷夏，正人间苦暑，挥汗且不暇，而吾乃在一万二千尺冰天雪海之中，所谓别有天地。非人间者，非耶，盖渠方游崔尔麦脱也，虽在盛夏，有如江南小春天气，故各国人士往避暑者，多不胜计。噫，不意天地间，尚有此清凉世界也。

第十一片，寄自圣马里次，云，回忆出国时，曾与足下作西湖之游，瑞士之圣马里次，犹之吾国之西湖也，湖不及吾国之大，而地出海面六千尺，大伏时犹之吾乡春秋佳日，英美人士来游者，岁以万计。前希腊首相某，近亦来此，盖以希腊复辟，乃不能复容彼于国中矣，闻彼将于九月间在伦敦续弦，新娘乃希腊丽姝也。此片为最近所寄，而零星风景，一鳞一爪，不复记，亦不尽可记也。

　　畏友王一之，去岁由巴西之法之德之奥，每至一胜地，辄以函片见贶，水驿山程，无异亲历。恨予俗冗且懒，未克如鸥君之作《卧游录》也，翘首云天，曷胜怅惘。——鹃附识

（《半月》1922年第1卷第9期，署名鸥夷）

故家乔木

　　去年今日，我接着我的朋友一封恳挚的信，招我去作平原十日之游，我因为闲着无事，借此散散心，放放眼，未尝不可，过了两天，买棹前往。
　　我的朋友，住在一个市镇上，那里商业很是发达，米行十多家，都用机器碾米了，还有油坊、酱园，也是很装潢的。听说每天香烟要销一百多块钱，每月奖券差不多有六七千元的交易。照此看来，这个市镇也可以算得兴盛了。但是究竟流出的多，输入的少，幸亏没有精细的统计，否则不是要吓倒了人么。我的朋友，住在市梢，并不是自己的房屋，是租赁下来的。他的家况很好，和所住的庐舍，大大的不称。他原想拓地兴建的，只是急切也没有适合的地方，因此便因循的过去了。我在他家里住了三四天，在那酒后茶馀，他把先人的遗墨手泽给我看，我虽是门外汉，但是看到那些雍容华贵的作品，觉得有一种"世代书香"的精神，充满在里头，一时盍簪裙屐，一个个名重当世，可见当初也是一方眉目。中间有一册是《江村雅集图》，题咏的几乎收尽大江南北的诗人文字了。那个"江村"，并不是现在所住的去处，却另外有个所在，我便请愿我的朋友，明天须得去访一回才好。他说，去是毫没有妨碍，只是满目荒凉，没有什么可观，只索惹起你许多牢骚呢。我赌誓说，尽许不堪稍留，我也不则一声。

到了明天，如我的愿，我和我的朋友坐了船去了。离开市镇，约莫行了十多里路，见是一个大湖荡，却巧那天风细得几乎没有，所以波浪也很平靖，白茫茫一片，无边无际，心下觉得顿地清明，不禁呜呜咽咽的唱起歌来了。我的朋友说，这个湖荡，很是险恶，为着面积广大，港汊分歧，往往有做那《水浒》中间的勾当。到了秋收的时候，啸聚五七十个泼皮，蜂拥而来，连偷带劫的打了一回秋风去了。我们忍心的把旧梁抛去，另觅枝栖，也是为着连遭风雨，委实吃惊不起呢。我说，可以依着《水浒》做去，照着祝家庄也练起庄丁来，等他们来，预备厮杀，以逸待劳，没有什么可虑。他说，讲起练团防卫，却有一桩趣事，我偶然整理残书，在那故纸堆中，发见了一篇奇文，题目是《两先生传》，记我家的佳话。一位王先生，是我家五十年前的西席，骨瘦如柴，人家呼他"病关索"，说他一来有病，二来关在书房里，坐定冷板凳，更是索索无生气了。一位朱先生，是当时所请的拳教师，据他自己说，在山东道上当过保镖，只要车上插了一面小旗，上边写一个"朱"字，便安安稳稳的过去，没有敢犯了。但是他自从到我家里，教我家诸父，每天只把一套八段锦练习，什么刀儿枪儿，只是擦得雪亮，插在架上，映着日光，显些光来，也没有见他试过。他说兵是凶器，没有十二分功夫，切不可去玩着。王先生虽是斯文，却也喜欢嘴上谈兵，他们俩到了黄昏时候，一个把历史上英雄豪杰讲出来，令人毛骨悚然；一个从旁点缀，更是生色。且喜两三年来，相安无事，大家都说是朱先生的威声所致。有一年冬天的夜里，很冷，屋上的霜都结了冰。王先生早已入梦了，忽听得朱先生嚷起来，说是有贼，把王先生的好梦惊破了，吓得他牙齿捉对儿相打。朱先生结束停当，提了大棍，走到院子里，四面张看。那时节，庄里的人都起来了，四下里找寻，却一些不见影踪，后来见有一个黑影，从王先生的屋子里出来，跳上屋走了。朱先生也上了屋追赶，大家呐喊了一回，有的走出庄门，也没有找到什么，但是朱先生还没有回来，到了天明，仍旧不见他的红旗捷报。后来一个村农，气喘吁吁的走来，说前面弥陀庵里，有一个扎捆得很紧的人，在那里呻吟，不知道是谁。大家赶去一看，谁知道却是那位雄赳赳气昂昂的朱先生，急忙松开绳缚，问他究竟。他说，地上结了冰，很是滑溜，只管尽力的追，不提防跌了，正想挣起，那个贼回身转来，把我身子踏住，便被他捆缚，挟着放在庵里，眼睁睁看他扬长而去了。这一回虽是闹了笑话，却没有损失，只是王先生因惊成病，卧床一月。从此朱先生也不敢夸口，过了几天，不别而行的走了。以后也没有请过教师，到了光宣之际，群盗如毛，更不是朱先生那样武术可以保卫了，因此才迁居避患呢。

　　这一席话讲完，我的朋友的故居也快到了，相近的地方，有多许杨柳，正在那里吐出青芽来，若是在清明时候，一定有一幅绝妙的图画在这里呢。船停在一条石桥的脚下，我们俩登了岸，见着一抹粉墙，足足有一百多丈，石基比我的身子还高些，外面剥蚀得几乎没有一方丈完好了，但是好像劳动的人，越是决肿露肘，反显出他十分强毅的筋骨来。到了门口，把带来的钥匙，开去了锁，各自执着一竿细竹，把蛛络卷去，一间一间的走进去，什么堂，什么轩，还有隐隐约约的题额，可以辨识，只是方砖上，都生了青苔和燕泥，宛然是许多古铜器了。仓廒庖湢，都是很大的建筑。把全庄估起来，尽是住着一千年，也不至坍坏。如今没有人在这里，尽着城狐社鼠，自然损失的地方很多，比方一个健全的人，天天放浪着，也享不来大寿呢。

　　有一幢楼，窗的里面，都把囫囵的粗木，横成栅栏的模样，简直不能探首窗外呢。屋顶的内部，除了天花板以外，还钉了无数竹爿，似篱笆般紧密。我的朋友说，这是我家的内寝，所以这样防卫得严密，但是小窃果然可以绝迹，那大盗却不是穿窬肮筬的手段，因此后来竟完全失了效用，不得不溜之大吉了。后来走到一间很幽雅的书室，是船室的格局。我的朋友说，此地就是王老先生皋比高坐之所在，当时明窗净几，很是清逸，我在童年时代，也是在这里念书的。记得偶然私怀了一只枇杷，正想大嚼，却巧我的启蒙先生橐橐的踱进来了，那位先生虽很和善，但是闲食却非常反对，若是在他面前吃东西，那是万万不能通融放过，一定要加赠些"爆熟栗子"、"马蹄糕"呢，因此赶快抛在天井里去，后来放学，忘去拾还，不想到了明年，却生了一株树苗，不上五年，已经长得齐屋檐了。我的父亲以为是鸟衔留种，很是吉祥，便不去损伤它。如今已是二十年了，你看竟满盖了一天井呢，唉，"树犹如此，而况人乎"！我听了不禁笑起来了，对他说，老哥不要掉文袋罢，如此大大的一所庄子，不知道有几许树木，在那里不住的生长，只是失了盘桓摩抚的主人，未免有些茫茫可怜呢。说到这里，听见空中飞过了一两声"不如归去"，我的朋友说，走罢，你听杜宇也不欲我们多受感触了。我笑了一笑，随他出来，又是曲曲折折的走过了许多院落，似乎和刚才所走的，有同样的规模。我的朋友说，这是我家叔祖的宅子，说起很可太息。他家单传三代，到了我的堂弟的手，却把祖宗积下的财产，消磨殆尽，再过几年，恐怕要把一所老屋易主了。我问他是不是有了嗜好，才这样堕落。他说，我的堂弟，从小骄养，华衣丰食，是惯常的，在这里呢，没有什么大用处，虽是可以出村去顽着，但是不甚便利，因此也有限制。自从和我家迁移出去，他便羡慕着浮华，索性一径住在苏州。你想一个血气正盛的少年，又是有虚荣浮奢的素习，却生活在纸醉金迷、花天酒地的地方，那里有抵抗外欲支持本来的能力，自然烟哩赌哩嫖哩吃哩着哩，一桩桩登记了大名，还是不肯罢休，便仿着遗老，纳了外宠。他在起初呢，以为资财丰足，

051

不忧竭蹶，到了后来，渐渐消磨，有些觉悟，却已是撙节不来，只得忍着痛，失尺失寸的破产了。我在去年的新年，循例到苏州去贺岁，那时已是落灯时候，他刚受了一宗大大的损失，原来他受了人家的欺，赌输了二千多元，他的姨太太，又是卷去了三千多元的首饰。看他的面色，全失了唇红齿白的青年气概，简直委靡不振。他对我说，若是早些和你住在一起，不向那奢华晏安的路上走去，再也不会像现在的局面呢。我听他的预算，也很吃惊，单单就他吸烟一项而论，每年要负很大的债呢。我的朋友又说，就是我的生活，也只有保守的能力，没有创业的希望，比较从前雇用长工，自己种田，那生产额减少了不少，住在市镇上，一切消耗，和都会不相上下，比起乡村来，直要加上二三倍，不是小心翼翼的撙节过去，也有些难以支持呢。我听了他一大堆的话，觉得那一种"人贫世富"的潜势力，真是可怕，所以没有独立生活的精神，尽许有上上等的荫蔽，也有些不稳当呢。我们受了许多暗示的教训，离开了古屋，回到镇上。

隔了几天，我别了我的朋友，到上海去探亲。我的亲戚也是从乡村中间迁移来的，他家故居也是一所很大的庄子，但是他们都会赚钱，所以境况很是舒泰。他们离开质朴简单诚实平淡的乡村生活，不到五年，却一辈子全受了"海风"，再也不想重返故乡了，就是故乡也欢迎不到他们的芳躅呢。

（《半月》1922年第1卷第15期，署名范烟桥）

湖上小住散记

一

去年冬，松江朱云裳同学，与其夫人惠华新女士，游孤山，见余题名而有秋水之感，来书道契阔，并招余往游西子湖。盖云裳在武林，为人师，且移家焉。余喜甚，即作诗四律以寄怀。今夏复来坚约，余以人事卒卒鲜暇，未往也。秋八月，天气清和，颇动游兴，而西湖虽已数数游，惟每度归来，辄存梦想，殆如读奇书，百回不厌也，兼以故人在，益思一访之。招同伴得李君诒縠、孙君剑影，于十三日之晨，自八测趁轮船赴禾城，拟折游鸳鸯湖，以赴杭慢车犹相竢，未开，乃罢。即附车至清泰门，坐人力车至湖滨旅馆。地临湖边，湖光山色，在襟袖间，颇快。稍息，至西园小饮，知云裳寓龙翔里，相去甚迩，命侍者往招之，片刻即到。

余与云裳别已七年，此日相见，曾不知为喜为惊也，龚定公有"六九童心尚未消"之句，观于云裳，豪爽慷慨，未改旧习，益信斯言之妙矣。余劝之饮，彼云五年前饮甚豪，后一病几殆，遂不胜酒，然是夕未少饮，余知其中心之乐与余同也。历三时别去，吾侪归旅馆。

十四日，天方黎明，诒穀、剑影已披衣起，谓将往湖畔望西子晓妆矣。余犹惺忪未醒，颔之而已，已而市声渐喧，乃亦起。盥漱既竟，缓步湖滨公园，坐游椅上，时晓风扑面，爽气宜人，惜有雾，山色都为云气笼罩，隐约难辨。此景当日在钱唐江上二龙头屡见之，其迷濛汗漫，殆如烟海，较此更呈奇观也。

"晓起先看雾里山，分明西子露烟鬟。钱唐江上当年见，身在迷濛出世间。"

湖滨辟地，杂植荫树，铺以青草，围以短垣，断续凡五处，咸称湖滨公园，颇宜游眺，而以第三公园为最胜，盖正对西湖也。此地人恒欲得之以建别业，而杭人士留此作公众随喜之所，其思想洵高人一等也。

旋见诒穀、剑影于于而来，笑容可掬，但呼好好而已，问之，则云已绕湖滨半规尽矣。稍坐，同往市上，作早餐。雇瓜皮艇游湖，抵小瀛洲登岸，入退省庵，今改先贤祠，祀吕留良、黄黎洲诸人，恩仇之变迁如是，其倏忽也，毕竟无愧良心，虽屈抑于一时，必当发皇于千古耳。过九曲桥，两面池荷，只存残叶。忆去年与赵君汉威，冒暑游湖，于黎明时一棹来此，翠盖红裳，正大好时也，此情此景，令人回味津津焉。至三潭印月亭，下舟到南屏山麓，游净慈寺，剑影见"南屏晚钟"碑，问钟声果有否？余曰："今日做和尚者，谁知撞钟是其本分，故只多香烟气，无钟声矣。"下舟划至赤山埠，走山路里许，游石屋洞。洞壁石佛，昔多失其头颅，今已装塑一新。过石屋岭，走烟霞岭，约二里许，至半亭，疲甚。在昔往往自江头徒步走赤山埠，然后买棹游湖竟夕，及夕阳在山，又复步归，往来达十馀里，未尝以为苦。某夕独游云栖，盘五云山归，山僧为之惊失色，行脚之健，固不让苦行头陀也。曾几何时，而颓唐如此，可笑亦可怜矣，然诒穀与剑影较余实健。稍坐，即复上，至烟霞洞，余坐方丈饮茶，二君则四处游观，不肯稍坐。方丈有康南海诗，洞侧旧有钱神像，汤蛰仙改为东坡像，郑苏龛作诗张之壁间，亦一佳话也。余品佳茗，读名诗，几忘岁月几何矣。

"名山千古人千古，太息风流前辈亡。饱吸烟霞禅坐久，可曾闻得木樨香。"

余方游神太空，忽闻天半相语声，辨为二君，呼之，则从南高峰下，云："一望众山小，不复思登泰岱矣。"既来，坐方丈，饮茶片刻，下山去。抵埠，划舟沿苏堤六桥而过，泊楼外楼作午餐。

对面阮公墩方在填泥筑岸，云将建杨善德祠。当日阮芸台督学之江，欲于湖中建别墅，与退省庵争美，岂意才覆一篑，而芸台归道山矣。然湖上常留此一拳土，无不知为阮公墩也，今欲改建崇祠，不知几十年后，尚说阮公墩否？

饮后，命舟至岳庙，而嘱艤舟于平湖秋月相俟。吾侪则瞻仰庙貌，庙在重修，墓所将改为林，与孔林并重，殆亦军阀时代之一纪念也。二君欲游紫云洞，已上山矣，为樵子所误，未觅得，废然而返。乃沿湖滨次第游览，若湖山春社，若凤林寺，若秋墓，若徐墓，若苏小墓等处。余于此等去处，不甚措意，盖游湖必过此，几如司空见惯矣。上西泠桥，过广化寺、俞楼、西泠印社，而至公园稍憩。至罗苑，为犹太哈同氏所建，以其夫人氏罗，故名之，占地数百弓，作书卷式，土木工程，一年有馀，穷极富丽，入之得观其半，其半则有眷属未得入。余尝谓湖上诸别墅，无一有丘壑者，皆如不善学山水者，以青丝点染为美也，罗苑亦不能免，令人思念吴中狮子林不置矣。已而至平湖秋月，瀹茗看山，二君则游孤山，迨其既返，乃划舟而归。时已六时，赴云裳之招，是夕食素馔，风味独有。余谓今日游烟霞洞，夜食烟霞味，故人正体想入微，却到好处也。各畅饮尽二瓶，余写数诗赠云裳。

"好山好友不多逢，一见襟怀尘翳空。饷我盘飧世外味，何须莼脍忆秋风。"

"一廛却在湖山外，喜有湖山秀色锺。形迹几年疏阔后，淡交诗酒已嫌浓。"

"才从岭上吸烟霞，斋饭蒙施不厌奢。归去应多禅悦味，几能到处便为家。"

"曾记山头秋病时，多君持护感心知。别来我更蹉跎老，此日当年两种诗。"

酒罢，云裳复示所得书画金石，渠治石甚高古，书法北碑，深得神髓，真当括目也。然视其手拙如力田，理其笔，殆若帚敝，可知纸墨精良者，非必善书者也。兴阑，相辞归，云裳坚约俟二君游罢，来下榻，余谢应之。步月东坡路，诵"琼楼玉宇，高处不胜寒"之句，意象空阔，真欲仙去。到旅馆，以日间劳顿，着枕即入梦矣。

十五日晨起，食早点后，买棹至高庄，以园丁不在，叩门无应者，未入，而花港观鱼又在修建，亦未往。迳至刘庄，久无人住，门户零落矣。守者云，有狐常出为祟，时衰鬼弄，斯言实也。是地布置结构，颇具匠心，在湖上诸园林中，足为翘楚，第恐从此坍塌耳。旋游宋庄，坐船室，品茗，萧然意得。后划舟至茅家埠，登岸欲游灵隐，于分路处，竟误走龙井山路，幸问樵子始知之，亟回步，然已多走里许程矣。夫以湖上游人之众，于歧路处，宜置指南，游者实德之也。既到灵隐，过春淙亭，时久晴，泉流微细，何有淙淙之韵，而壑雷亭泉声虽好，亦无巨响，若在雨后来听，如钱唐之潮，如狮子之吼，天籁洵可听也。余在冷泉亭少坐，二君则上韬光观海，余复瞻仰新建之大雄宝殿，阿罗汉未敷金焉。殿为盛杏孙所捐募建筑，其柱木合两人抱，皆自美利坚来，兴工以迄落成，迨历十年，可谓钜矣。尝谓以我国人所经营之绀宇琳宫，移为图书之馆、博物之院，其造福岂下于结佛缘哉，惜乎悟此者鲜也。时已逾午，腹饥，遂于山门酒楼小饮，尽一壶矣，未见二君来，乃索纸笔作两律：

"山路盘磴上，峰来觌面奇。久晴泉失响，早雾翠都迷。佛国喧如此，尘天纷若斯。最难佳日过，秋气挹杯卮。"

"登山须少年，我已不如前。无福同观海，有心来听泉。一身云气绕，片刻佛仙缘。绝胜湖山处，飞来此洞天。"

诗成，闻诒縠唤声，余急迎之，二君皆大笑，云自北高峰来，盖乐极矣，各尽啖饭二盂。余微醺，二君亦力竭不胜走山，乃坐轿到埠，划舟出里湖，登湖心亭。余去夏所题诗为新供之南湖公主龛所掩，公主何人，无从稽考，岂以余诗陋劣，恐贻人笑，故为之掩饰耶，一笑。少坐，即返棹湖滨。二君欲于明晨返，乃送之上车，赴城站。余于是寄榻云裳所，云裳不佣人，洒扫炊煮，夫妇自为之，余颇不自安，然留余甚坚，乃亦安之。夜饭后，与云裳及华新夫人，步月闲谈，偕坐湖滨公园游椅上，游目骋怀，至为快适。是夕为中秋节，城中士女咸来步月，故湖中游船络绎，疏零灯火，别有佳景，而市上更摩肩击毂，裙屐纷纭焉。夫一年十二度月圆，其间阴晴晦明，至不可测，中秋之月，得如是美满皎洁，而余又得于山明水秀间赏之，人世如此，能有几回，然而尚输却云裳一筹，盖彼以伉俪之美满，而乐此团圞之美满，益觉美满无间矣。后至市场，买西湖明信片三，一寄荑弟，一寄稗稗，一寄树声，使三人知余今夕之乐也。归寓所，倩云裳题日记六字，以为此行之纪念。

二

　　十六日晨，云裳夫妇俱赴学校授课，余往城隍山环山一行。山上有仓圣殿，哈同设仓圣明智学校于是，入内参观，见学生十馀，纵横谈笑而已。乃出，下山至大井巷胡庆馀堂买药，清和坊舒莲记买扇，此皆杭游应有事也。两肆源流已长，每岁贸易额输数十万，其致此之术，惟"不欺"二字耳。杭城商店，都有沿革历史，每为主顾者所乐道，如张小溪剪刀店，其招牌乃书小溪以下七代名字，以为其正确之证，非奇事乎。在饭店作午餐后，乘人力车至湖滨，坐划船，到平湖秋月，登孤山，坐放鹤亭品茗。此处有空谷传声之胜，小童作怪声，对面山谷亦报怪声，无少异，倘作连续语，亦字字清晰，如顽童学舌。惜如张山来云，阮步兵后无能长啸者，不然长啸一声，不将使山灵吓走耶。亭下稍右有柳亚子题名碑，书者李息庵叔同，于去春披缁入山，为灵隐寺僧矣。冯小青墓上有署名二十六宜称斋主题诗一绝，句虽未工，而意不犹人，泂别调也，其结句云："鸳闱当日如偕老，安有芳坟万古留。"相传小青为大妇所妒，致殉情焉，题墓者大都下同情之泪，为无病之呻，而此独作狡狯语，可喜也。余方吟味，忽有操海上音问余姓氏，余报之而反叩之，则为吾里前税务所长李君也。渠自谓做官无味，今弃脚靴手版，从大腹贾经理贸迁事矣。其言深有味，渠左右其主，意甚得也，已而别去。余登巢居阁，见有张于左壁者，为和靖先生降乩诗，示仙潭胡复，云"前生有旧"，诗有警

059

导出尘意。余于乩不甚信,其为有神,或者文人游戏,与灵魂游戏,兼而有之耳。诗中一绝,颇与和靖出处相似,特录之:"不效相如封禅书,黄庭两卷乐居诸。六桥烟柳今无恙,且向湖头放钓车。"余和之云:"神仙不绝载前书,此甚荒唐岂有诸。谁料一言成谶语,孤山脚下住游车。"守者来与余闲话,彼云:"游人都羡住湖边,吾辈虽贫乏,实较之为有福。人生那得百年,不来西湖,枉生一世,先生以为然否?"余云:"天下山水尽多,何必此间方乐,第山温水柔,独宜散淡为可爱耳。"余索笔砚,彼大骇,问何所用,余知彼误为题壁矣,乃告彼用以录壁间诗,非作诗也。彼始欣然去,取纸笔来。余录出乩诗诸韵,归舟中步韵成四绝:

"摇曳秋生水蓼红,一舟闲系柳丝东。山灵应答传空谷,说是人工却化工。"

"客来煮茗便呼童,坐看云西水向东。顿觉心头大澈悟,钟声琅琅起山中。"

"我爱西湖在自然,群山苍翠白鸥眠。孤坟凭吊浑多事,能悟无为不羡仙。"

"游戏人间信有之,风流老去耐长思。西山灵气青葱失,知是雷峰夕照时。"

命舟至葛岭下,游葛隐山庄、杨庄,两处桂花盛放,偶从廊间微步,天香飘来,真有出尘想也。出西泠桥,至公园,在山半饮茶,对面诸山,云鬟雾鬓,风景宜人,从山顶环游一周。当日翠华临幸之时,何其煊赫,供奉周张,于湖上选此胜地,足以揽全湖于襟袖之间，亦云苦心孤诣矣。今以宫禁森严之地，为大众游眺之所，殆深合共和之旨也。时游人有组辫者，摩娑御题，若不胜欷歔者，知其感触正大异也。茗已淡，日已斜，乃归舟，命舟子缓划桨子，沿白堤行，烟柳长堤，风光秀逸，扣舷而歌，鲦鱼往来，水清可鉴，望保俶诸山，方弗舟从画屏间过也。

"为看烟柳缓行舟，绿里殷红几画楼。底事珠帘犹未落，欲将山翠上眉钩。"

白堤此日实较苏堤为胜，盖苏堤草芜不治，且两边植桑，于山人诚有利，而于风景则大减，所谓"六桥烟柳自轻盈"者，大非今日之写真矣。至白堤，则自钱塘门去，而车马纷至，时有鞭丝帽影，在垂髫低拂中过，一幅画图，煞是可观。

夜作日记，后与云裳饮酒，华新夫人善治庖厨，作宋四嫂醋鱼，味津津焉。云裳工象棋，邀余与下三局，余皆北。出示袁爽秋遗墨信笺四纸，可宝也，信中有"急思摆脱"语，若当日果能摆脱，便无今日之传名，可知时穷见节义，名不名，要在时会耳。

十七日，以阳历计，为十月十日国庆日。朝餐后，出门见新市场国旗飘扬，大有新气象，惟悬旗者不多，可知人民对于国家观念，殊薄弱也。余沿湖滨至图书馆阅报，学生来借阅小说及杂志甚多。后往劝工场，外层为商店，内层为陈列馆，纳铜元一枚，买券入览。以国货为本位，而英美烟公司等出品，列为参考部。其他所列者，浙产与上海产约各占半，蚕业学校、工业学校出品，皆依制作次序，制为标本。见方正大茶号装潢美丽，乃往购数瓶，备馈友也。顺道买天竺筷，索虚价甚钜，亦陋习也。午饭后，返寓所，作书寄家中，取旅资十五元，以所携少，已告罄矣。云裳自校中庆祝来，同至湖滨，命舟至平湖秋月，迳向孤山品茶。守者有天目山石，云裳择其稍具山势者购一块。至日暮下山，过浙江攻宁阵亡将士墓，墓门深闭，芜草未除，殆无人来祭也。元年湖上，此日各军咸来野祭，两堤烟柳间，缀以国徽，湖山生色不少。今日寂寂无生气，不亦有负成仁诸将乎，感赋一诗：

"藏弓烹狗本寻常，并此馨香亦渐忘。白骨已成诸将业，青山行见断碑荒。应多感慨中天月，依旧萧条几树杨。岂是英雄输儿女，小青坟畔写诗忙。"

至平湖秋月唤渡，见归舟络绎颇盛，同渡者一中年人，与云裳讲谶纬事，颇足发噱，盖一地理师也。既抵湖滨，云裳返家，余至公共运动场，观举行庆祝式，为杭州学生会所筹备，到者十馀校，观者千人。后游行街市，市人多附和热闹而已，安得欢欣鼓舞，举国若狂，如美之国父节乎，恐非百年之功也。戏作两绝，仿香艳体：

"城中士女如云至，却为中天月正圆。偏是侬知双十节，破颜一笑到湖边。"

"灿烂灯花耀眼明，湖山影里漾旗旌。心头与俗殊滋味，归去萧然背月行。"

归寓，适云裳之尊甫鸿儒先生自松江至，晋礼后，闲谈灯下，颇不寂寞。偶忆日间孤山之乐，不可不咏以诗：

"茗碗相看山外山，片时胸臆与云间。钟声识自凤林至，山翠都从葛岭还。笑指初阳台作髻，合将湖上柳成环。何来铁笛吹潮起，归去船篷夕照殷。"

"若把西湖比西子，淡妆浓抹总相宜"，此东坡句也，十年前有感时者，改为"欲把西湖比西子，而今西子作西装"。不谓年来处处作欧美装束，若岳王庙自当依古代体制，而岂知亦易其镂铁之门，涂红之砖矣。惟孤山一片，尚未波起耳。国人美感殊见缺乏，古迹名胜，自当随其素尚，岂可盲从。彼人以为新，余谓不如其旧也；彼人以为美，余谓以此为美宁弗美也。

夜煎水烹旗枪，其风味颇佳。东坡有云："从来佳茗似佳人。"余饮佳人茗，游西子湖，可谓艳福不浅矣。

三

十八日晨起，食早餐后，出步湖滨，正大雾，湖天混成一色，群山均不可见。

"晓起湖滨偶步宜，望中似海竟成疑。朝曦光若团圆月，远树烟笼疏落枝。顿使群山失苍翠，幻将楼阁尽迷离。孤舟天外微波静，方弗南来一雁时。"

至通俗图书馆阅报，并看《东坡轶事》，忽遇莘溪凌君、嘉兴朱君来游，云将去南星观潮，并邀余与俱。余以今日雾重，潮来海外，恐不亲切，谢之。按钱塘潮七八月最盛，而以月之望后一二日为尤盛。余在山读书时,无日不听潮声,看潮至也。人之恒于十八日来看潮者,以相传是日为镠王射潮使退之日,故特众。余沿湖滨,缓步当车,至钱塘门旧址而返。云裳云,有之江同学王华恩湛园新婚,将治筵觞客,盍往一贺,余乃作联,倩云裳书之:"金粟香时,客来不速;琼楼高处,兆有合欢。"皆拾前人语也。

午饭未熟,百无聊赖,乃作竹枝词数什:

"晚来士女出城来,连袂公园步几回。浅草疏杨两样绿,一齐染上夜光杯。"

"偶上西园最上楼,酒杯茗碗各优游。夕阳红挂帘钩淡,却为湖山再住留。"

"东坡路上自由车,划破芳尘一道斜。着意教人低首处,几回来去绕侬家。"

"丁歌甲舞对湖山,合座倾心一翠鬟。苏小当年原若是,孤亭泪与夕阳殷。"

时杭州捧女伶张文艳甚至,故上诗如是,惟恐难得慧心如琴操耳。

"将军开府雄风在,别业新成卸甲堪。兴武桥头垂柳绿,量来感慨已多含。"

杨善德将军初建别业于清波门外,惑于堪舆家言,谓恐不祥,乃复卜筑于钱唐门外,今鸠工未竟,而将军飞去矣,与王金发之槐音别墅,同一物在人亡也。

午饭后至船埠，雇舟至平湖秋月，登孤山，饮茶。余谓欲看北山，须至放鹤亭；欲看南山，须至平湖秋月。盖两地相背，各占半湖也。管役王起生颇解事，彼怂恿余明年游湖，宜择春日，来湖上觅祠宇，借一间屋，住数十天，颇实惠也。若广化寺，若陶社，若杏花村，皆可寄榻，食住月费二十元左右耳。余甚韪之。继而上山，谒林处士墓，侧为鹤塚，而梅花则满山皆是。若在冬去春回之候，驾一叶舟，携半瓮酒，在梅花下残雪上，席地而饮，恐南面王无此乐也。

"孤山最擅全湖胜，却合高风处士家。安得岁寒载酒至，一舠饮尽一梅花。"

"对山鞭影拂垂杨，万顷残荷犹有香。此地百回看不厌，只嫌容易见残阳。"

山顶赵公祠侧，新建财神殿，方在髹饰，问之起生，云地为和靖故宅，倘果尔，则大杀风景矣，感咏一绝：

"剧怜零落高人宅，鸠占何来阿堵神。污此孤山云一片，梅花万树欲生嗔。"

赵公祠壁，有"孤山一片云"五字，为朱越宣题石，字体圆劲，佳构也。下山，略饮清茶而归，湖滨无渡舟，乃缓步白堤，水边红蓼，与堤上夕阳，平分秋色，人行图画间，不复知路之远近矣。至断桥残雪亭稍憩，山上松风作响，亦一秋声也。石壁有"天开图画"、"乾坤清气"、"东南一柱"诸题字。卧龙山庄侧，湖水冲下，汩汩如泉，似较冷泉为可听也。至昭庆寺，趁人力车返寓。夜云裳宴同学，到者十六人，余均不相识，惟王君式琴、华恩，当日在礼拜堂一奏风琴、一吹喇叭者，犹可记忆。渠等合在杭服务之之江同学为俱乐部，每月轮值司会，设宴演说，惟其精神上，恐未必能吻合无间耳。

席散后阅《教育潮》，为浙江教育会所编辑，于近代新思想，颇多发挥，并创青年团，以推行社会活动事业，皆有生气之见象也。

四

十九日晨起，至图书馆阅报，见海上于国庆日颇为兴高采烈，而北京则分送馒首于劳动界，凡一万馀，上印"劳工神圣，打破军阀"等字，此思想界之成绩也。阅《西湖志》，检财神殿旧址，未能得其源流，但知断桥西、平湖秋月东，其桥名涵碧，此余昨日问之路人而未得者也。出馆，至清华旅馆，访莘溪凌君、朱君，见留言，知已去矣。返寓，瞑思昨游晚归景况，似不可忘，因填《如此江山》词一阕：

"西泠桥畔，算孤山一带，天然清绝。放鹤亭边春最好，嚼尽梅花嚼雪。软陌铺青，平湖涵碧。山色因秋郁，更添衰柳。风至翩翩披拂，雅宜缓步当车。　　凭栏痴立，云际已圆月，何处钟声繁响寂。弥望四围空阔，点点归舟，丝丝残照，都与湖山别。明朝寻梦，絮絮向人饶舌。"

午后，命车至葛岭，有阁曰流丹，前题"咫尺仙台"，后题"宝丹胜境"，夹道松柏，真山中复叠假山一座。上山有喜雨亭，山中点缀，皆吴县杨世伟叔英所为，而此亭则其友赵雨亭所建。右为顽石亭，有旧题一额，为戴醇士所书，以亭背为石壁，石虽顽而境实奇也。再上有览灿亭，以望城市，如披地图，凿池注泉，上驾板石，下有文鱼往来，几疑为园林，而忘在山半矣。上山有吴昌硕"渥丹养素"四题字，背题"葛岭朝暾"，盖此地可望日出也。过此为古葛岭院，左抱朴庐，凭湖有灿霞堂、九转亭诸胜，皆杨氏所建。从别道上山，登炼丹台，有石塑葛洪像。山顶有观光阁，中嵌像碑，上题"晋关内侯葛洪"，阁上为初阳台，曾熙题。登斯台也，湖外山，山外江，江外复山，如彩虹之分七色也。山后有市集，远望白垩点点，方弗瓦砾场，而湖上游船来去，如白鹭飞舞，苏白两堤，殆成棋局之界画矣。汤寿潜作《重修初阳台记》云："染家以葛洪能炼丹，纷纷奉以为神。"乃知杨氏为靛青商也。在台稍坐，一气直下，坐来时原车，至大佛寺。入寺瞻礼大佛，佛系山石天成，眉目宛然，惟佛身挺出，树枝青藤乱绕，如发之纷披。余向寺僧云："盍去此以清眉目乎？"僧云："此有灾。"其实懒耳。寺侧有妙庄严路，上山登亭心阁，未坐即下。迳乘车至西园，在最上层啜茗，遇同里金君巽青，在杭路服务，与之谈良久，招余小饮于西悦来，余与云裳俱。后相别归寓，作《葛岭纪游》五古一首：

"几回湖上来，处处有游迹。惟此葛家山，未尝一经历。驱车到山下，蟠曲登山脊。松翠夹道排，苔绿衬石隙。泓泉观文鱼，孤亭拜顽石。直上初阳台，浩浩壮气魄。平湖如镜明，一望漫天白。山外复有山，钱唐飞匹帛。保俶为比邻，磨崖耸其额。白沙作围带，南屏岸其帻。缅怀仙何去，空存抱朴宅。天风有秋意，万籁悠时寂。达哉杨叔英，物力洵能惜。润色到湖山，独知适所适。"

葛岭宜看日出，雷峰宜看夕照，此湖上晨昏妙遣也。惟日出不易看，以须襆被住山，未明即起，若一离地平线，便无可观矣。

云裳夫妇自炊自爨以饷余，余以感甚，作诗赠之。

"半居深巷半游湖，十日秋光一瞬过。贪看湖光游略少，了无尘事得诗多。自炊饷客感青眼，夜坐清谈佐碧萝。归去应教常梦想，锓成心印各摩娑。"

五

二十日上午，与鸿儒丈闲步，复至劝工场一游，买京津要货，所制颇有教育深意。午后雇舟游湖，至岳坟登岸，迤往玉泉，以余未曾到过，故路甚陌生。于岳陵基右有丰碑，题"宋张烈文侯墓道"，为张宪埋骨处，当日与武穆同难，故墓亦相近。顾长林丰草，难以进谒，惟有遥揖而已。过此，有义烈遗阡，为红羊时死难者，左宗棠所奏建也。过此里许，见路碑，复二里许，见林间露粉墙一角，有巨"鱼"字，知已至矣。沿墙脚折至寺门，题"清涟禅寺"四字，门前有香樟一树，如翠盖高擎，恐其堕，乃庋以石，封以土，余初疑为骨塔也。入寺右折，已闻鱼嬉水跃声，董其昌题"鱼乐国"三字，右题"皱月廊"，取玉溪"皱月觉鱼来"意也。再右有轩，曰洗心亭，余坐廊间，凭栏瀹茗。观池水清澈，可以见底，群鱼游泳，有红，有深蓝，有蓝白相间者，皆鲤也。寺僧以烧饼来，余取而碎之，投池面，鱼争食皆集，得食即跳水去。斯时鱼乐而余亦乐也，余以鱼乐而乐，鱼则未必以余乐而乐耳。亭有联，甚佳，云："桃花红压玻璃水，蘋藻深藏翡翠鱼。"

"鱼乐乐余未可知，濠梁风味信同之。居然来作大檀越，投食玉泉广布施。"

寺僧云："水从韬光来，流入西湖去，水涸则上流放闸，水溢则下流去防，故恒得适宜之水也。"坐久乃起，至大殿后，亦有池，惟小耳，鱼之游泳，亦无以异。彼大国时受游客惊扰，小国却有似桃花源也。出寺，返岳坟，行里湖中，见菱花中住小舟，两三女郎，俯水面揎臂采叶下馀菱而食，谑浪声哗，仿佛费晓楼作《采菱图》也，戏咏之。

"缓桨轻过玉带桥，菱花两面碍双桡。夕阳却在山坞好，痴看南屏魂意销。"

"划入菱花算太痴，莫防刺臂折腰支。回头一笑群山暮，又是秋林钟起时。"

舟沿苏堤而过，在舟中左右看山色湖光，真可乐也，偶吟一绝：

"上山寻诗料，入湖作诗草。不嫌独行寂，只觉清游好。"

舟到漪园，即白云庵也，侧有月下老人祠，湖山得此点缀，亦韵事也。庵住持得山，结交当世名人，故其方丈题咏甚多，孙中山赠以"明道达义"四字，其他若章太炎、雷昭性皆有联，余谓此僧尚未参出世禅也。出寺已晚，舟过功德坊，以有兵驻钱王祠，未登。过涌金门，是地在新市场未辟以前，为绝闹之地，游船都集于此，今则炊烟缕缕，皆劳动之所居矣，有在种菜者。昔为崇楼，裙屐之所经，而崇楼之昔，复为种菜之区，一往一复，不及三十年也，于此可得悟澈。返湖滨到寓，同云裳赴贺湛园新婚。是夕席间识体育校长王卓夫，年已五十，然甚趣，作猫鸣博新人笑，自谓身体甚健，而惟一方法，则少吃多嚼而已，名论也。又善口才，尝于其家乡（萧山）劝导女子放脚甚力，为其所化者，殆近五千人，一以因势利导为法，曾于观音庙以观音天足解进香者之惑，皆信之。吕碧城下帷项城家时，曾欲请项城奏禁缠足，凡不改者，标其户曰娼家，来书相商榷，复之云："急则生变，不如易娼为废。"后改革，斯议遂罢。余因推论及近人缠胸之习，卓夫先生以为当自学校中劝导起，能得一人从，即救一人也。席散，余归寓，接家报，有汇票十五元。

六

二十一日晨，为云裳作《行素女校一周纪念歌》。女校为费女士所创，当时在宏道女校教授时，与学子感情甚深，后辞职，其受教诸弟子从之出，要其设学，复得其家属之赞助，遂于去年成立。其经费以维持会会员之捐助，及地方费之补助为大宗，学生达八十馀。云裳与其夫人，皆为尽义务若干时。如此兴学，洵难能矣。附录歌词于下：

"我行素女学，惨淡经营起。流光如丸转，倏忽一年矣。予我以学问，示我以规矩。感谢我先生，暮鼓晨钟里。如乳虎啸谷，如旭日初升。进步无涯涘，视精神所至。与校同长久，维我恩师费。中秋后七日，岁岁须牢记。"

后至邮局领取汇银，此行自发信迄汇到仅四日，可谓迅速矣。午后返寓，与鸿儒丈话别。乘人力车至城站，在楼外楼听书，看杂耍。夜眠，为蚤扰，未适。

二十二日黎明即起，七时趁快车与武林别。至嘉兴，才九时馀，乃买棹作鸳鸯湖之游。榜人皆女子，船价亦以榜人之妍媸而低昂，此鸳鸯之名所由来欤。余前年与徐君穉穉、赵君雨苏来游一度，时方秋尽江南之候，萧瑟不堪，今来却在已凉未寒天气，当得大佳趣。既抵烟雨楼，登岸，见楼新建，颇高爽，凭槛四望，水波渺渺，晴光闪闪，了无烟雨态，惟四面翠柳婆娑，略有云鬟雾鬓之致耳。楼下有黑板，备游人之题咏，而戒疥壁，然垩墙仍有铅痕也，余则遵之，题三绝于板。

"西湖才罢又南湖，且喜楼台改观多。毕竟鸳鸯名不负，珠喉水际有清歌。"

"昔年冒雪此登楼，今又秋风送客舟。两字清凉差有味，避将香艳独狂游。"

"轮车相错得勾留,水接天光一颗浮。只恐一声声汽笛,匆匆载梦到苏州。"

于楼上品茗食点心,下楼游观一周而返,十一时半趁轮至八测。综此游十日,多感云裳夫妇之雅谊,其殷勤之情,与湖光山色,常绕梦魂也。

归之翌日,依上下平韵作《湖上杂咏》三十首,体效竹枝,可当棹唱耳。

"最宜淡日有微风,容与中流几短篷。划破水涡菱叶碍,故将艇子入花丛。"

"山翠眉钩凝碧浓,未曾相识却相逢。如何也爱湖心好,商略湖光打桨慵。"

"听泉徙倚到春淙,吟到诗成自度腔。佛即是心心即佛,香车流丽似云幢。"

"涵碧桥头小坐宜,柳丝如织一帘乘。为看葛岭山光好,凉露何嫌归去迟。"

"园林犹有蝶花飞,惊见人来故上衣。新绿顿然迎鬓至,海棠红瘦却蕉肥。"

"韬光活水汇清渠,个里优游意自舒。我亦深山寻古寺,怱忙自笑不如鱼。"

"几许烟霞拥老苏,四围空翠一龛孤。回头莫讶西湖小,江上青山淡欲无。"

"轻舟缓缓过苏堤,一带桑枝压水低。三月春风驰荡日,提筐人听晓莺啼。"

"玉骢款段柳阴街,桂子香飘入酒怀。舆笋入山看不尽,何如杖策与芒鞋。"

"绕遍孤山几树梅,鹤归何处费低徊。尽教古宅湮无迹,毕竟春花第一开。"

"公园芳草软如茵,游倦同来此洗尘。指点山间野生树,当年也说上林春。"

"一死红颜岂足云,何烦碑碣太纷纭。此来解脱闲情障,未有诗题苏小坟。"

"秋云含蓄一山温,古寺深藏别有村。每为清游多雅兴,归来总是近黄昏。"

"壑雷泉激沁心寒,顷刻思潮作是观。如此山僧我亦愿,听来妙谛遍阑干。"

"晓来划入赤山湾,苍翠南屏列佩环。深羡樵苏行脚健,九溪九曜瞬时还。"

"白蘋红蓼各秋妍,却在船唇与桨边。故故避开多曲折,浪花一路起微圆。"

"孤山脚下意萧萧,万顷残荷韵转娇。别有因缘消息在,冬青树与美人蕉。"

"暂将烦恼向禅抛,才过云栖又虎跑。怕上北高峰绝顶,空门月下未容敲。"

"月明如水洗秋高，打桨湖心颇自豪。玉宇琼楼何处有，胡天胡帝一轻舠。"

"水边篷底有清歌，输与吴娘软熟多。倘向西泠桥畔过，堕欢寻梦感如何。"

"数遍园林几处花，苏堤却合话桑麻。归来难得虎跑水，空买旗枪龙井茶。"

"山空一抹见钱唐，方弗潮来颇激昂。昨向清波门外过，乱笳声里认祠堂。"

"湖山宜雨更宜晴，裙屐翩翩载酒行。隐约隔山同笑语，却因空谷可传声。"

"残照一拳风雨亭，几人凭吊到西泠。可怜侠骨无多日，磨碣留题冯小青。"

"晓来慵整髻鬖鬖，只为昨宵宴看灯。柳底水边争捉月，但敲针钓不须罾。"

"买醉来登楼外楼，为宜游眺卸帘钩。酒杯浸入西山翠，一瞥惊鸿鬓影浮。"

"罗苑帘栊花影沉，纷华楼阁浸波心。香车一路芳尘散，翠羽巍冠有客临。"

"偶看残照到孤庵，结构山南一彩昙。几辈新亭名士泪，一般无意住云岚。"

"一天浓雾失山尖，山下垂杨未卷帘。宝石云开孤塔见，却如西子露纤纤。"

"饱啖山餐餍老馋,新痕又染旧青衫。贪多一日诗三十,仿佛阶前绿未芟。"

（《游戏世界》1922年第11—16期,署名范烟桥）

拙政园抱爽记

自狮子林至拙政园，半里而弱，是地为娄门大街，又称北街，清乾隆时归蒋氏，曰复园。吾里顾青庵虬尝馆于其家，见其主人藏有《复园嘉会图》，沈归愚、袁子才皆与焉，图中宾主仆从都二十九人，有诗仆曰朱尚山，青庵犹及见之，则道光时也。洪杨后易为奉直会馆，今仍之。

入门即见山，隐隐闻弦索声，则弹词也。过山即觉清光大来，对面为远香堂，歌唱即于斯，甚嚣尘上。左折有池甚广，驾以石桥数折，栏低可坐，若在盛暑，荷香四面，方弗在西湖三潭印月间矣，今仅存荷叶，尚碧绿可观。桥尽为廊，转入舫室，题曰"烟波画船"。坐鹢首，瀹茗以憩，歌声渡水，颇见清越，惜所歌俗陋不堪入耳；后易新剧，更为恶俗。池水渟潴不流，故无鱼乐，而蘋藻满浮，几如绿玻璃地。园中多大树，枝叶敷漫，又如碧玉之幕。吾人处此，真在绿天深处，眉宇皆碧矣。时有西方少年伉俪，从树间来，挟书与干食，并坐露庭石墩，展书默视，盖深得"坐对青山读异书"佳趣，令人意远。

余与徐子泉声四走穷其胜，有见山楼，叠石成坡，以砖平铺，渐上而高，不复有级，惜楼残破矣。楼下盘曲而前，为潇湘一角，盖背水有岸，琅玕无虑万竿，菁葱茂密，幽静涤尘，有桥中断，否则可以为竹林之游也。由此循柳阴路曲之廊，而登荷香四面之亭，左上培堘，可尽全园景色于四眺中，而北寺之塔，亦得望见其眉目也。更前有枇杷园，别成门户，小有结构，草地一碧，孤亭一角，夕阳射之，殷然如画。惟以地处僻隅，坍坏更甚，蛩啼阶砌，蛛罥窗棂，倍增秋气矣。

余与徐子登临既遍，遂返茗所，张子亦负手徘徊于柳廊下，此时俱各爽然。盖吴中林木之众，无逾乎是，而疏朗清凉，与他家不同。适游狮林，疲于登渡，颇觉闷损，遏来此间，胸臆顿舒，盖惟此间有秋爽可挹，而吾辈秋士，更自相宜耳。念夫嘉会不再，古人永思，拂壁间归愚《复园记》之作，深慨风雅之衰也。

（《申报》1922年10月24、25日）

冒失游记

我在动身的上一夜,已经把应用的东西都端正舒齐,所以到了动身的朝上,提了皮箧,一些不烦收拾部署。匆匆走到轮埠,时候还早,便在近处小茶馆里泡茶吃点心,听了汽笛叫了第三回,便想会了钞,走上船去,不想袋里所带的钱不够,想在皮箧里拿去一块钱兑碎了吧,争奈钥匙又寻不着了,或者忘记在家里,只是时候恐怕来不及,便在隔壁铜匠处许了一角小洋,把锁抵开,可笑那个钥匙,却一声不出在皮箧的角里。走上轮船,已经挤得很满,连一个座位也没有了,我在一位似曾相识的朋友旁边,腾出半个屁股的隙地,暂且安下身子。那位朋友和我很亲热,把一支香烟送给我吸,我接了,装在香烟嘴里,慢慢地吸着,一壁和他闲谈,一壁在那里细寻烟味,轮船开动,那支香烟忽地和烟嘴脱离关系,滚在身上,我也觉得了,便立起身来,把衣服乱抖,香烟虽滚下去了，那膝盖骨部分的衣服上却早焦了鹅眼大小一圈，哪知这支烟还不肯罢休，滚在前面一位女子的裙边上，幸亏瞥见得快，只焦了一二分阔，粗心还看不出，我心下一宽，把那支香烟恨恨地贬谪到痰盂里去了。

匆匆忙忙下船，似乎没有买船票，等查票的走来，把钱给他，补了一张，放在衣袋里。到了苏州，查票的来收票了，我向衣袋摸去，却再也找不到了，后来从外面到里面，一件件的衣袋，细细的找寻，不料同时在里衣的袋里，发见了两张同样的船票，日子也是相同的，只差号头，相隔二十号。我那时恍然大悟，原来下船的当儿，已经把船票买下，一时忘记，才重复了。

走上南濠街，一迳向马路上去，心想吃了中饭，然后进城罢，便在宴月楼饱餐一顿。走下楼来，记得有一顶帽儿没有拿，便急忙走上楼去，在原坐的一间里找一回，却不见，喊堂倌来问讯，他说收藏在那里，便取了还我。刚走到楼梯的末级，又觉得手里少了一件东西，便静心地查察一回，一时又想不出什么，来的时候，左手提的是皮箧，右手拿的什么，再也记不起来。呆呆立了一刻，不禁暗自笑起来，原来右手拿的，就是那顶帽儿，如今戴在头上，所以手里觉得空了。

在石路口雇了一辆黄包车，进城去。到了吊桥堍，停下了，我便走下车儿，走过桥去，到了那边桥堍，正想跳上车去，不想给后面一个人用手一推，我很愤怒，预备和他理论，那个用手推我的，却对我说，你的车还在后面，不要看差了。我正待查究，

079

我坐的车果然在后面滴铃滴铃的来了，我只得由着他讥笑。我自走我的路，在观门前下车，给了车钱，正想走进观门，那拉车的说，先生换一个银角，我接着一看，确乎是一个铅铸的，但是我从没有这样银角在我袋里的，因为我对于验币的学识经验，很不坏的，这明是车夫的掉包，我一时又不便和他争论，便重新给他一个，他看都不看接着走了。我也觉得太粗心，那车夫掉银角的小顽意，不知道听见过几回，怎么忘记了呢。

走进元妙观，五六年没有来过，景象也没有什么变动。那些儿童玩具，乃旧无进步，没改良，我略略拣了几种，约摸一块多钱。只是东西两面有四个摊儿，我一时到东，一时到西，好似穿梭一般，不料一块预备包裹的绢头失掉了，绢头失掉，还算小事，只是一大堆零零落落的玩具，扎着一串，很是危险，因为都是经不得碰撞的东西，我很留心地拎着。观场上许多叫货，闹得耳也震聋，有几处卖线袜的，似乎价钱还便宜，我便把手里的东西放在摊上，细细的拣选论价。那卖袜的很是调皮，看着我要动身走了，便把价钱低下来，我把价钱加上去，他反尔为了几个铜元，坚执不卖，去而复来，来而复去，经了几次，总算成交。不想那一串玩具，就不翼而飞了，四面一看，见有一个小孩子，拎了急忙忙的向牛角浜逃去。我放下了袜，紧紧的追去，追到旧学前，方才抓住，把玩具夺还，那边警察也赶来，把小孩子打了一棍。我满身是汗，走还观场，拿了袜，便在观前街上闲逛了一回，心想虎丘是苏州的名胜，须得去游览游览，便在关帝庙前唤黄包车，车夫说不能出城,只好拉到城门口,再换车呢。我想不如迳捷去的好,那时有来打合坐藤轿去的,说坐到虎丘,只要一块钱,我说八角,后来九角,讲成功了,便一直出阊门,上马路,走山塘。那两个轿夫抬得气吁吁地,只怪着我身子重,费力,到了虎丘,我给轿夫九角小银元,哪知他们一个也不肯接受,说这样路远,怎么九角够呢?我们酒饭钱,都是另外讲的。我说岂有此理,刚才不是你们自己论定了价钱,怎么要伸起后脚来呢?轿夫说,酒饭钱生就不在轿钱内的。我便再给他一个小银元,他接了还是不肯,一时硬,一时软,后来究竟被他们又索去四角,咕噜着去了。我受了半天昏气,在这个名胜地方,顿然消去不少。什么真娘墓、生公讲台,那些做游记的文学家,说得怎样感慨淋漓,在我看起来,也不过寻常一个土馒头,和一块顽而不灵的巨石罢了,倒不如冷香阁上静静地喝几杯清茶,觉得有趣味呢。我把全山的重要地方都走过了,看看时候也是不早,便走下山来,其实不能算是山,简直是一个墩子,所以一些不觉疲乏。那时节山门口车儿轿儿都没有了,只得照着来路慢慢的走去,在半路上见了一辆空的黄包车,便走上去问价,我因着天色已晚,所以出的价钱很大。到了阊门,少不得要吃夜饭,寻旅馆,这几天戏馆里也没有什么好角色,所以不愿意去看,就在床上躺着,不想竟睡着了。忽地一阵小鸟般的尖声和很猛烈的芳香把我刺激醒了,睁眼看时,那小房间里,来了三四个丽人,我顿时大大的恐慌起来,把桌子上钱包揣在怀中,一面没口子嚷着,快出去,快出去,那些丽人做出许多媚态来，说出许多风流话来，我只是不闻不见，把她们推出房去，房门便砰的紧闭起来，似乎听得她们在那里骂我，但是也顾不得了。

　　夜里因为喝酒太多了，所以嘴里很渴的，时时要喝茶，很厌繁，便把茶壶放在枕头边，十分便当，后来入梦了，也没有把茶壶放好。半夜间觉得身上冷冰冰湿淋淋地怪是难过，起身看时，半床都湿透了，原来那茶壶里的茶都送给床上了，急忙整理一回，掉了一头，把被头铺在上面，一半做褥儿用，胡乱地过了半夜，明天起来，见还没有全干。我想，给茶房看见了，不是一桩笑话么，因此把被儿平平的铺好，吃了点心，算清房金，匆匆地出来，又在城外买了些东西，然后趁着轮船还去。在开船的时候，见着岸上有一个人，背影很像我的亲戚，我便喊着，起初他并没注意，后来我喊得很响，他回过头来，我也觉得一楞，却完全不是我的亲戚，只得搭讪着还到自己座子上，只是岸上有许多人，见我煞费气力地喊了那人，却一句话也没有，可不是疯了么……

　　　　　　　　　（《烟丝集》，范烟桥著，苏州秋社1923年8月初版）

屐痕小识

支硎山中峰古刹,有流泉似瀑布,自山半来,萧萧作风雨声,于水流稍缓处,石坡勒"寒泉"二字,可径丈,惜已渐漫漶。

观音山绝壁勒"无量寿佛"四大字,挺拔可喜。

钵盂泉自山缺处出,题为吴中第一泉,允也。

一线天凡三十级,每级之石不逾方尺,光且滑,行之维艰,由下仰视如蝼蚁登树隙,由上回首,心悸欲堕。

寒山寺以钟名海外,今钟非故物,而寺亦作西方装束矣。

司徒庙古柏,称清奇古怪,最惊叹为得未曾有者,一树倒地,已断为两截,惟一皮相连,而两端各发新枝,苍翠夭矫,不可捉摸。

邓尉山有石,嵌空玲珑如假山,故称真假山,颇有禅机。

还元阁郏牼钟,钟有三十二齿,按三十二音,拓铭成卷,与《一蒲团外万梅花》图,有声有色,山不孤矣。

石楼无佳胜处，惟小阁外万竿琅玕，绿人眉宇，得静中趣，不如易称竹楼。

虎丘剑池，生面别开，而千人石几如海滨山坡，海涌之名，或有影响。

龙寿山房继公血书《华严经》，真绝大牺牲，贮之石龛，或可垂久矣。

北固山甘露寺，有"天下第一江山"六字，远望之凸出如阳文，其实则阴文也，以游客至此，辄摩娑而去，光泽反射，故有此异。

金山寺，额题"江天禅寺"，以寺中有江天一览亭也。寺有东坡玉带，带嵌玉十馀方，表里上下，各有题诗，洵镇山妙品也。

中泠泉称天下第一泉，芳甘冽厚，以碗贮之，高出二三分，不至四溢。闻泉之佳者在水下若干尺，盖江水上浮也。

焦山定慧寺前有娑婆树，每枝七叶俱生。寺有诸葛鼓、明杨文襄玉带、杨忠愍墨迹。寺右为瘗鹤铭亭，石已碎裂，昔以落水磨崖，拓之匪易，见重于世，今既登陆，游者皆得一纸去矣，惟字更模糊耳。

惠山泉称天下第二泉，赵孟頫、王澍均有题字，泉大小两泓相连，深不过四五尺，澈底可见，以钱投之，作曲尺状斜折而下，故泉底时有钱留。

黄公涧非雨后不见水。

虞山聚丰园即吴历山墨井故址，故有额曰"墨井。西堂"。

逍遥游宜清晨品茗，垂暮饮酒。

虞山四大寺，一曰破山，即兴福；一曰清凉，即三峰；一曰维摩；一曰祖师，即报国院。院前为拂水岩，谓天雨南风至，山瀑与西湖水相激，则水珠飞溅及岩上，此境非久居山中者不可得也。

剑门，一峭壁中裂而已。

南京鸡鸣寺豁蒙楼，殊有一旦豁然之快。

大钟亭悬钟重四万五千斤，径可一尺，高逾二丈，柱梁俱以铁制，明洪武二十一年铸，是何工程，不可思议。

明故宫有方正学血迹石，隐隐于云章间，见殷红斑斑，精神所至，金石为开，信哉。

秦淮无一佳处，桃叶渡头将掩鼻而过，惟水阁笙歌，犹有昔年痕迹耳。

雨花台亦有泉，石子渐取渐竭，然而不求甚佳，虽车载斗量可也。

岩山十二洞，二台为最，其他湫狭，不能容人。

燕子矶雄奇可爱，若从江上看来，当更有妙处。

吴中园林，自以狮子林为最上上乘，盖假山缭曲往复，别见匠心，他处无是巨观也，从平地远望，石笋林林，更多画趣。

放生池一泓秋水，拙政园几树春花，亦颇不恶。

行春桥串月，培德堂看牡丹，为春秋两雅事，惟难得韵人，亦成俗套。

黄天荡赏荷，天平山看枫叶，一宜荡舟，一宜骑驴，然总不及田夫山人，天然艳福。

西湖以玉泉观鱼，云栖走竹径，西溪掉舟芦丛，最擅胜场。

六和塔巍然临江渚，远望如画，登临亦空阔畅观。

钱塘江潮水，洵称大观，惟过南星以西，平淡无奇矣。

鸳鸯湖中烟雨楼，莺脰湖中平波台，西子湖中湖心亭，同里湖中罗星洲，具体而微，大致无差异也。

普陀千步沙，可集儿戏。

潮音洞海水撞激，如蛟龙腾跃，不可逼视，水势猛时，溅及危崖，水沫四溢，震耳欲聋，心自惴惴，可爱不可亵玩也。

梵音洞故神其说，不如潮音远甚。

盘陀石所着不多，重心向外而不坠，不知是何物理。

洞庭林屋，为东南洞天之巨擘，惜不得深入，一穷其奇。

石公山如置石盆盎，书斋清供，其他烟鬟螺髻，如吞如吐，山水两难，得以兼有，一舟泛过，不计风涛也。

（《烟丝集》，范烟桥著，苏州秋社 1923 年 8 月初版）

惠荫洞天记

惠荫园在城北，与狮林相望，顾去余家则惠荫更迩。癸亥三月之中浣，张君圣瑜与梁溪过君瑶珪偕至，时午暖有如初夏，颇惮行远。过君虽为客，畴昔曾读书吴门，名园涉屐者甚众，盖亦好游者也。余举惠荫，独未尝游，遂共往焉。家君闻之，愿为之导。

既抵园，纳资而入。蔷薇架下，落红满地，蹑足而过，盖不忍重践也。坐渔舫，前临方池，曲桥通之，小阜立亭曰霁览，实了无足览也。舫后为市渠，时闻欸乃声，有秦淮水阁风味。从左曲折，历堂轩厢庑，多不胜记，盖园实为安徽会馆，备乡之人来寄庑也。复壁窈折，几如迷楼，密坐静言，隔室无闻，然而于游观则无取也。有廊中亘，后为荷池，前为洞天，曰小林屋，盖仿包山也。拾级而下，洞壁石骨嶙峋，森然生寒。洞底潴水溶溶，有石板三折，接洞左壁下石步，石步仅能容立足，疑有路可通，顾心悸不敢遽进，圣瑜促之甚迫，不容退步，乃攀壁上石角，探足盘旋而进，岩乳时滴，铿然坠洞底，幽静玄妙，不可思议。于极暗处得石梯，登之，忽得第二洞，虽小而通明，盖仿包山林屋之隔凡处也，韩是升《小林屋记》有云："苔藓若封，烟云自吐。"确有是况，惟所谓"石床神钲，玉柱金庭"，则无可仿佛。然而今之包山林屋，亦仅能伛偻入其洞口，未许深探其奇，则未能往游者，或可以等一脔之尝欤。

余谓吴中名园，就湖石布置论，狮林、汪庄以外，斯地合成鼎足，其他则郐以下矣。征之刻石，知始成于明季归湛初，画家周丹泉实指点之，所谓"云壑幽邃，竹树苍凉"，其时名洽隐。后韩贞文得之，有清中叶复归倪莲舫，洪杨后李鸿章购之，建程学启祠于侧，蒯子範润饰之，辟为会馆，题曰寄闲小筑。名园数易其主，惟此洞天，历四百年，依然无恙，殆亦林壑之胜，有如奇才极智，自有不可磨灭之精神欤。好事者品为八景，曰柳阴系舫，曰松荫眠琴，曰屏山听瀑，曰林屋探奇，曰藤屋伫月，曰荷岸观鱼，曰石窦收云，曰棕亭霁雪，并绘为图，刊石张壁，具体而微，固未可绳墨求之也。

丛桂山房侧有牡丹芍药之栏，牡丹为大红，与小苍别墅相似而淡，然高及五尺，更觉烂熳可观。苔青花绣之居后，有紫藤缨络满其庭，虽不及拙政园文衡山手植者之大，而枝叶支蔓，恐亦伯仲之间矣。

既出，则蔷薇架下，落红已扫积成丘，一春花事，忽已过半，纵非姹紫嫣红，都归颓垣断井，而俯仰花前，已不胜感慨系之。瑶珪欲以夜车赴南京，遂与之别。

(《烟丝集》，范烟桥著，苏州秋社 1923 年 8 月初版)

洞庭山水记

洞庭湖中有君山，山不以洞庭为名，而三万六千顷之太湖，乃有东西洞庭两山。夷考志乘，洞与庭为二山，后人合而称之，复以东西为别。其地山水秀逸，风土淑美，顾游者綦少，则以风涛险恶，舟楫困难耳。余于去年端午，与友人同往，虽往返不逾周星，而所见闻，已胜读书十年矣。

端午之晨，赴胥门日晖桥，附轮往东山。于舟中识曹、张二君，指示甚详。过横塘，在石湖中，遥见楞伽耸翠，孤塔凌霄，行春桥驾山下，湖波柔媚，若得一舟容与，清空之乐，不减西子湖中也。惜乎淫祀复燃，迷信者众，中秋串月，逐成巫师之会，致来鬼湖之诮，湖山蒙不洁矣。七里至溪上，八里至白阳湾，十二里至横泽，吴之大市集也，以产酒闻，六里至浦庄，十二里至新开河，以丛树疏密，故东山忽隐忽见，而爽气已扑人眉宇矣，两岸皆鱼池桑林，至渡水桥泊焉。是地为东山之市集，有三元旅馆，下榻于是。因为时早，遂雇山兜游雨花台，在山半，可三里，新建危楼，题名"醉墨"。右室曰"枯石山房"，面湖南，而东山两端环抱如箕，台乃踞坐于其间。有联云："湖山成千古画图，南望吴江，西蜒夹浦，北临惠麓，东达金阊，此处足清游，古刹被名僧所占；景物极四时佳景，春风柳岸，夏岫云峰，秋正归帆，冬留积雪，我生厌尘俗，一官为胜地而来。"为秣陵俞钟彦所撰，时任江浙警务，颇能包举胜概。寺僧出素馔八色，佐以面，复向购碧螺春数斤。碧螺春者，洞庭之茶叶名也，碧者状其色，螺者状其形，春者纪其时，在清明前者最嫩，采者多为女郎，晓起入山，摘柔芽以纤指捻之使干，即蜷曲如螺矣。洞庭碧螺春，与龙井狮峰茶相颉颃，而淡远过之，其上上乘者，有白毛未去，以极沸之水泡之，饮之清香永留舌本，而无涩苦，价亦昂甚，最高者以两计，须四角许。后复托潘君少云代购若干，则以过时不可得佳，若在清明时节来，当得一餍茶癖。昔人以茶喻美人，所谓"从来佳茗似佳人"也，是则碧螺春者，苎萝村中西子之流亚矣。寺后有萃香泉，仅一小潭，水至浑混，惜哉，有茶而无泉，可见两美之难兼也。自此直上百大尖顶，即莫釐峰也，以力疲未登。下山访潘君少云，约明日游西山。

初六日，晓色昏沉，已而雨下如注，游兴大杀。至潘君处，则云风虽微，而雨大，不便去。乃至安仁里，游严氏祠堂。从后门入，初闻人言，门虽设而常关，不能如湖上诸庄有"看竹何须问主人"之乐，必得当地有交谊者一言，始可入，乃舆人力言无妨,与门者相熟识也。至彼果然,门者开门延纳,得纵游观。门以内广场叠土作祠,建亭其上,回廊绕之,有敞轩,额题"曲溪",云是文徵明旧题,为遗老堂故址。康南海游香雪海,遇严孟繁,以诗相赠,遂张于壁,诗粗犷不耐寻味。出至星庙,门前大树森森,山路浅草平铺,经雨后,苍翠欲滴,山门题"第一山"。登观音阁,可看东山尽头处,山顶云气蓊翳如蒸,又如画泼墨山也。返至潘君家,留共小饮。午后天霁,驾一叶扁舟,沿山麓而去。至龙头山,以山上有石龙之头二,故名。旁有炮台,已废。志称蒟山,故寺题"蒟山禅院",多塑星宿,侧为路文贞祠。文贞名振飞,甲申之变,守吴中,率家丁保洞庭,教山人借迎神习武事,保障一方,得以安谧,乃祭于社,云甚著灵异。有阁曰"诉月",并系文贞诗云:"中藏万顷愁,欲诉湖山月。事事痛关心,先从何处说。"近此有地曰西河,产茶多且佳,命童往购,约以明日出山云。略坐便返棹归寓,欲治酒食,不可得,逆旅主人以家肴相饷。主人初疑吾侪有事来此,及闻为游览,则大笑,以为蠢蠢诸山,有何可观,固不及海上陆离光怪远甚矣。不意如此湖山,解人难得也。

  初七日,天阴,仍未放晴。潘君介王君为我辈作向导,雇小船,号龙飞快,顾名思义,已可得其梗概。船底平,船身小,浪作随之上下,如飘萍浮藻。湖中风浪起伏不测,惟龙飞快独擅胜场,榜人亦勇捷具好身手,且多独首一橹。若以吴中画舫,吴娘柔橹当之,无有不左支右绌者矣。太湖有种种别称,固矣,而湖中人复界划为东西南北四区,北湖复有小大之别。风涛浩瀚,以西太湖为甚，三山门外，终岁浪花如人立。夏令风阵，往往扬帆之舟，不能收住，随风所至，数十里而弗已，大背所向，无足奇也。是日出小北湖，张帆风微，复助以橹，过席家河头，山麓有三官堂，侧有洞，云昔通湖广，齐东野人之语也。北尽处为千圻，中立于湖中如青螺者曰徐侯，介两山之间者鼋山。舟绕后山而过，得风渐大，其行如射，前后左右皆山，四别有境界，推篷游目，眼界顿开。王君谓湖中如今日风平浪静，一年中能有几日，游福非等闲也。十一时半抵石公山，遂作午餐。既果腹，至满愿庵，在山涯，叩门而入，为比丘尼所居。折左过"石公胜迹"坊，及"一壑风烟"坊，过山亭，路侧石奇绝，有漱石居，背山面湖，侧有归云洞，洞口石幕，如片云下垂。易实甫诗云："石公山畔此勾留，水国春寒尚似秋。天外有天初泛艇，客中为客怕登楼。烟波浩荡连千里，风物凄清拟十洲。细雨梅花正愁绝，笛声何处起渔讴。"诗清丽突过南海，不负名山矣。洞中有石观音像，眉目清朗，雕琢工致，今饰以金，虽庄严而失天真矣。香火以石叩壁作清磬声，叩石案作木鱼声，俱肖，盖下空虚也。有印月亭、节孝祠、石公禅院，院内有翠屏轩，从轩侧入丹梯，拾级而登，有石圆而略平，称石脑，光致颇有相似处，惟下临峭壁，不敢俯视。下至来鹤亭，稍坐，侧与节孝祠通。出院左行数百步，为夕光洞，洞小不可入，洞背石壁刻大"寿"字，侧凿"云梯"二字。左题"联云嶂"，为平坦大石壁，颇壮观瞻，侧为一线天。临湖为钓鱼台，台前崖际有两巨石相对，谓是石公石姆，殆以山名石公，更附会而为此髭须十姨之撮合也。山脚陡落平坦，曰明月坡，湖水激湍，故山根如啮，石遂玲珑多孔。太湖石之名垂古今者，以有水为之天然雕琢也。惟自宋以花石纲尽载而去，几如冀北之马群遂空，故此时亦不易得佳石矣。惟石公犹未减奇姿，方弗置石于盎，盖山水最难得兼。余有句云："山有水环山嵌空，水有山立水玲珑。"此论颇有许为允当者。江南画家作画，有山必有水，亦此太湖之影象印人欤。一时半开行，二时半至镇夏，为西山之集中点也。吴县设行政委员于是，东山庙前亦有之，盖废厅以后之特殊制度也。镇夏市况远逊东山，时闻击鼓，询之，知有鲜鱼上市，声召主顾也。约行里许，于龙头山脚，见洞高仅四五尺，题"天下第九洞"，即林屋洞也，一名雨洞，一名旸谷洞，中低而广，可容千人，惜潮湿殊甚，且又低压，须伛偻而入，稍仰即额触嶙峋之洞顶。志乘云，有深窟曰绝凡，有石具可见，顾昏黑不堪入。土人云，若篝火匍匐而进，可行三十馀里，或过甚其词耳。惟江南洞天虽多，类皆浅狭，不能容膝，则斯洞也，允为巨擘矣，且深藏山下，若非习知者，恐交臂失之耳。相传灵威丈人得治水之书于洞中，《禹贡》所谓地脉也。出洞欲游西山，则以为时晏，恐不及，乃返棹。至中途，忽风加急，浪涌如牛，小舟虽能胜，然颠簸如醉汉矣。王君时夸其风波久历之能，至是乃亦以风大可虑为言，命榜人泊东山之背。从村落中缘山而上，两面皆石榴花，火红照眼，在万绿丛中，尤觉鲜明。杨梅亦甚盛，惜非其时，结实尚青。王君云："俗言杨梅夏至满山红，其色五变，初为白，已而青而黄而红而黑，黑始甘而可食。"山中禁例甚严,损及树木,攀摘果实者,罚十金以外,惟杨梅为例外,行旅者度山越岭,急切不可得泉水而饮,则摘路畔结实而食之,可以解渴,无剥削之烦,有甘润之乐,造物似亦以此嘉惠行人者,故山人亦慷慨无禁,惟不许怀夹耳。下山,于半途见有荷担过者,灿然如黄金,盈筐皆枇杷。枇杷为洞庭名物,顾此来所食虽多,殊未得惬心贵当之品,见是乃动食指,向问价。荷担者答以送轮舟,将以寄海上,略取数枚相赠,谓沾唇小试可耳,小而扁,即俗称荸荠种,皮薄浆足,皮脱则甘液四溢,如食荔支。盖树头初摘,新鲜甘美,除飞鸟外,端推我辈有此朵颐福矣。王君又云:"此中惟龙眼荔支无之,其他则应有尽有,而橘之洞庭红,尤出色,所谓杨梅夏紫,橘柚秋黄,此山有之也。"归寓,已夜色冥濛,沽酒相对,怡然忘倦。王君别去,遂入梦乡。

初八日,告辞潘君,返吴门。舟中有洞庭客言,东山之人好奢华,以出入便,易沾沪苏奢靡之习,西山之人则不啻农村间之生活矣,且西山之人性诚直,问讯必详告无隐,有时竟肯作导引。若日暮途穷,欲借下一榻,皆可商量,具膳有如款客,东山之人弗及也。然而出产品之价值,则反是,如枇杷、茶叶,皆以东山为高。或谓习惯上所得之信用如此,或谓物质上天然有上下之区别,二者殆皆有之。既至吴门,旋归故里,同里人饮所煮碧螺春茶,皆叹美为得未曾有。

综游程仅四日,七十二峰不过历其一之又半耳,然而游人所不常游者,其乐乃倍。愿好游者读余是记而一往焉,以证余之非过誉也。又闻鹤望卿言,西山桃花,亦有可观,则清明时节,又值茶芽初碧,苟得三日春假,便可整行滕去耳。

(《小说新报》1923年第8卷第2—4期,署名烟桥)

梅园万顷堂游览记

梅园之梅，见称于东南者，仅十年耳。然而海上巨商，以其朝夕往返甚便捷，故来游者至众，往往妻孥仆从六七辈，盖亦与游戏之场，等量齐观也。吴门去无锡更近，故往者亦更盛。余于既观虎阜、留园之梅后，复侍父亲偕蒨弟，以九时许早车往游焉。车越浒墅、望亭，至无锡，仅一小时。下车即坐人力车迳趋梅园，先过惠山麓，复历开原至荣巷，计程十里而强。道路殊修平整洁，支歧处皆以木标为认，四达无阻，自治之绩，有足观焉。荣巷以荣氏名，荣氏之拥巨资者为德生，设公益工商中学及女学、国民学校若干所，图书馆亦备焉，而梅园则在山半，远处已见梅花雪白之巅露墙上，似彼亦探首相迎也。入园门为紫藤之棚，此时绿叶尚未解苞，然藤枝支曼，已蔽日光不容下，幽静颇有妙境。当门而立，有石刻"梅园"二大字，更进十数武，即梅花错综处矣。

花环三面作堵状,人行其间,花枝往往碍帽,仰首视之,清香乃扑入鼻观,而倩容亦斌媚如笑矣。花已全放,且有零落者,片片堕泥之英,散地有如织锦。隔花闻笑语,不见其人,蓦然相值,仿佛在雾里。登诵幽堂,瀹茗憩息,壁悬梅花数巨幅,以画中之花,衬山中之花,相得益彰矣。惜楹联殊少可诵,惟"七十二峰青未断,万八千株芳不孤",尚浑脱耳。堂前有轩,额题"香雪海"三字,为康南海所书。复有题"香海"二字者,述前题为赝鼎,南海并云:"留之亦佳话也。"顾赝鼎虽庸劣,而南海之书,以盛名欺人,仍不脱野狐禅耳。且香雪海之雅称,固从邓尉袭来者,邓尉花虽渐衰落,不能相称,然而夺之殊弗当。况梅园之梅,亦未必汗漫如海也,故为一诗以辩之云:"万八千株花遍开,湖山点缀费心裁。僭名莫笑康南海,香雪题从何处来。"堂后隆然而起,建亭其上,颇能游目骋怀。从亭下右行,于梅花一丛中见半亭,已破落,登之则亭下梅花匼匝,弥望洁白,香亦氤氲。此亭殊擅胜场,岂意冷落,几无肯登临者,题额既除,联又倒置,可笑亦复可怜也。

　　余意若携酒,呼诗人画士,来此看梅花开落,可成《万梅花里一危亭》图,较之邓尉之《一蒲团外万梅花》图,更当生色。时已过午,即草草作膳,既果腹,复徘徊花间,周匝而出。乘车至管社山,仅里许,山径系新辟,黄泥杂块石,殆告游客筚路初启之日,去今犹远也。山弯有项王庙,庙侧为万顷堂,爽垲处有似鸡鸣寺之豁蒙楼。山下即具区,波涛壮阔,时泛泛作银鳞闪烁之状。踞于前者为蜀山,有蜿蜒从蜀山背后伸其首,又若微昂者,鼋头渚也。

山麓艤舟，可以就渡而往，惟风杀则可耳。堂有联云："天浮一鼋出，山挟万龙趋。"浩然有爽气，盖如此湖山，不可无壮语以饰之也。复有联以希文椽笔、范蠡扁舟为实，不意此间，竟与我家大有因缘，戏成一绝："青螺数点浮天末，雪浪千堆卷阁前。霸业消沉当一笑，风流能亘二千年。"盖英雄儿女，信为天地间灵秀所锺，故能同垂不朽，至于佳山水处，虽帝王之尊，无以易诗人词客之传名也。吴中山俱平淡，太湖七十二峰，更觉柔媚，殆山水能兼，寰宇无两。从来画士，如云林平远，大抵皆取资于耳目所及之地，而江南民性異知，人情淡荡，受此太湖为之影响耳。然而无锡之跃为东南巨区，几与都会相并驾齐驱者，皆工商之业，实飞速进步所由来，而遍野桑柘，尤能利用地宜，间无负太湖矣。湖中有小汽船，为客雇以游山者，惟风巨时，亦不能胜其颠簸云。时游兴既阑，流光亦薄暮，遂乘车返梅园，见户外车舆鳞比，盖城中人来矣。抵车站尚早，入市中啜茗食点心。日西沉后，趁车归吴门。车厢中晤同游者，悠谈颇快，言及人力车价，往者自车站达梅园，往返不逾半银圆，今需小银圆九枚矣。顾吾侪所雇则一银圆又四角，仅至万顷堂多一折耳。然而火车之价，特快者较寻常增二分之一，其惟利是图，贪得无厌，与人力车等也。抵家已及午夜，翌晨记之。夫游梅园而撰为游记者，亦云众矣，顾余兹所记，详于风物掌故，兼抒臆怀，或与寻常书行程者有别，曾往游者，可一谬焉。

（《小说日报汇订》1923年第172—173期，署名烟桥）

行春桥串月

钱唐江看潮的日子，苏州也有行春桥串月的故事。行春桥在胥门外上方山下，上方山又称楞伽山。当时山上有一座五圣庙，极著灵验，汤斌巡抚江苏的时候，把这庙毁去，勒石永禁拈香，足足有数十年没有恢复。近来又渐渐的死灰复燃起来，只是把以前有味的消遣失掉了。什么消遣呢，便是串月，什么叫串月呢，原来在十七的夜里，有许多公子哥儿，坐了画船，唤了粉头，带了饮食博具，沿着横塘，一只只开到石湖里去，华灯密列如繁星，笙歌声沸，谑浪杂作，顿时把冷清清的湖山，渲染得十分绮丽。那时月圆微欠三分，秋色平添四面，倒很有一种奇趣，比山塘、荷荡，来得有意思，要到明天的午前，才各自归去。一夜的游湖，往往有许多的艳史，因为那些清游俊侣和进香名媛，也要在花队粉丛里来去，仿佛成了一个水上俱乐部。可是去年江浙战争，正在激烈的当儿，今年又是群盗如毛，兴致索然了。据老妈子说，烧香的人仍旧没有减少，一天所耗，真是不可胜计，抢香烛讨铜钱的叫化，着实不少，还有四乡的女巫，苏州人唤作师娘的，依旧要卖弄她的本领，打几个呵欠，吐几口白沫，说几句蓝青官话。那湖边鱼鳞似的船，都是为了烧香而来，载酒看花的，却绝对没有，这也是小小的一个沧桑之变呢。

记者本想在这天约几个朋友坐一回船，应应景，后来给两种说教打消得干干净净。一说，石湖在平时，还有些灵秀之气，月儿在平时，也是晶莹可爱，不过给这一辈子浊物，胡闹得太不堪了；一说，日间既然没甚可观，夜间却又嫌太单调，倘然不幸而绝无仅有，一棹孤舟，在白茫茫的水天一片里，未免有些心惊胆战呢。

(《西湖画报》1925年第1期，署名含凉）

渐渐的冷落了

现在的上海，可说是热闹已极，写意人以外，还添了不少逃难人，只恨租界的范围太小，一时又不能三层四层的加上去。要是内地兵连祸结，尽着不得太平，恐怕连小菜场也要做旅馆，真的把汽车马车改做活动的家了。

但是仔细一想，有盛必有衰，是中国的格言，将来的上海，说不定像现在苏州的青阳地一般，金碧楼台，剥蚀得像梦回的美人，脂粉狼藉，几树垂杨给西风惨拂，给夕阳残照，更添了荒凉滋味。这个意境，并不远离事实，只消依我几句话，上海就有些尴尬了。

最使人们留连忘返，便是许多娱乐的场所，而旅馆的供应完备，实在是最可恶的一件事。倘然上海的旅馆，比旧小说所说山东道上的黑店，还要危险，还要黑暗，旅人自然视为畏途了。退一步说，倘然上海的旅馆，要受极公正严厉的检查和取缔，不许吸鸦片烟，不许赌钱，不许宿娼，生意已经要清淡不少呢。现在到上海的，最肯化钱，而造成上海的繁华，便是住在旅馆里的白相朋友，连老上海在家里玩得腻烦了，也要去开房间玩呢。他们来到上海以前，就预备了一笔钱，在上海挥洒，到了上海以后，总要超过预算，所以一个人每天至少要把一两块钱去装饰那上海，阔绰些，没有数目可以估计了。那些高大洋房，百货杂陈，到底供给白相朋友来作成要占大多数。门前灿灿的电灯，好似张开了馋眼，注意旅人的行囊，旋转的玻璃门，好似伸出了手，等候旅人的惠钞。试看南火车站北火车站，那一次车儿到来，不是人头挤挤，除掉为了职业而来的以外，都归属白相朋友的一类了。这般川流不息的到上海，都是情愿把上海当做一个心爱的小老婆，情愿把辛苦挣来的钱，化在伊身上。这样的捧着，怎么不使上海粉装玉琢得格外可爱。

其次上海也像战地善后的清乡一般，那些失败的军阀政客，也像对付溃兵一般，不许逗留，电报信件都要检查，那些洋行里的买办，就少了一笔军火生意，从这上面连带而来的各种间接生意，也没有了。几次内争，那一次不是和上海有关系的，只要这一群子捣乱分子，走投无路，上海就少了好主顾了，倘然因此能够减少内争，逃难的人也不能像现在的发达了。

或者说，上海所以成为现在的上海，只在黑沉沉的鸦片烟上面，全国瘾君子的需要，都仰仗上海扩大的进口，那些地方事业，也是鸦片烟的馀沥。要是鸦片烟当真绝迹，不到上海，不要说中国人打翻饭碗厨，连外国人也要兜转船头，不肯再上吴淞口岸了。

还有一个法子，可以把上海的娱乐，弄得冰清大结。只消让无纪律的军队，驻扎在租界上，那些灰色动物在戏馆、游戏场、妓院、影戏院，掉背游行，绝不禁止，那些谨慎的看客，就不敢光降，所有的只是些无产阶级，那么梅兰芳、王凤卿也请不起，谁再不远而去上海听戏呢。不信试瞧大军云集的地方，那一处还能够维持原状，便是胆大的，也要把军警优待处的招牌高高悬起，或者可以安顿些，要是待而不优，包管你好看，一刻搅闹得落花流水，那么花花世界不要鞠为茂草么。

虽是上海的热闹，不能一笔抹煞，说都是这些消极事业造成的，也有许多积极事业，撑起场面来，工艺制造也不在少数，这些生产分子，当然可以使上海热闹起来。不过我们深刻的下一句判断，倘然娱乐地方不能娱乐，消耗率就减少了，上海的表面，一定要暗淡得多，结果只有老实人为了事体而来，决没有白相人为了写意而来了。

所以简单说一句，现在的上海，全靠着一张租界的护符，把一切腐败的种子遮庇着。人们只感激租界保障的恩惠，那里知道罪恶便因保障而养成了。倘然揭去这覆盖，上海必定渐渐的冷落，或者不出我之所料，像现在的苏州青阳地呢。

(《新上海》1925年第3期，署名烟桥)

学圃花木观

薄游海上，日征逐于车尘，夜周旋于樽酒，颇以为苦。老友吴湖帆鬻画嵩山路，约往清谈。既晤，出示近摩石涛、醇士诸作，或放诞，或静远，各臻妙造，人谓湖帆追石涛之踵，其实拊麓台之背也。后导往长浜路，作学圃花木之观。圃主周湘云，贾而颇有雅癖者，圃广四十有二亩，布植殆遍，有太湖石，有曲池，池植德国荷花，叶已田田矣。行未半，忽晤圃主，遂得悉穷其胜。圃左数弓地，置树桩百馀盆，皆拳曲其干而婆娑其枝叶，松柏枫榆为多，黄杨紫薇次之。一盆植四柏，其本或蠖屈，或龙蟠，或虎跳，或虬曲，圃主称之曰"清奇古怪"，盖比诸邓尉司徒庙四大柏也。时圃丁以两竹至，弯曲如弓，殆不易觏，惜已枯，余谓可以制为座，此天然两柄也，圃主笑颔之。圃中水泥之桥，流水经行其下，垂柳纷披于上。土坡起伏，虽不能有登临之乐，而杂树错落其间，类皆精雅凝练，益俱经剪裁者也。枫最多，有边缘白色而椭圆者，有掌小于鹅而分脉甚细者，有作胭脂红者，有作翡翠绿者，多来自东瀛，中国所无也。鹃花杂植路旁，更无计数，细种则置花棚下，亦在五十种以上。花房中石蜡红锦簇花团，可数百盆，仙人掌奇诞至不可思议，有高逾寻常者。余笑谓湖帆曰："此非仙人掌，直妖怪手矣。"圃主谓经之营之已二十四年，一树之来，相地之宜，以为位置，俟其服土，然后芟删拗扶，以美其姿，悉出心裁，不能任诸圃丁也。余念龚定公言"江浙之梅皆病"，今见其状，复闻其言，甚叹学圃之树皆病矣。后坐小轩，略事休憩而返。海上尘嚣十丈，得此已足一醒心神，惟此与吴中园林异其风味，而雅近西方之整齐修洁，盖亦近朱者赤耳。

（《紫罗兰》1926年第1卷第16号，署名范烟桥）

吴门消夏录

洞庭西山有地曰消夏湾，吴王与西子曾逭暑于此，老诗人冬木老人居之。其地山作翠屏，水成碧液，村居错落，杂树参差，若加擘画，虽莫干、牯岭无以逾之。惜太湖夏日多阵，一旦风起波谲，便成畏途，故足音寂然，真成空谷。

葑门外黄天荡，植荷殆遍，艤舟其间，有"花为四壁船为家"之况，故亦称荷花荡。画船载艳，作竟日之欢，几不知城中甚嚣尘上也。惟天暑亦不甚宜，盖不啻隔水炖也。

留园曲池，菡萏花满，坐涵碧山房前，凭槛茗坐，清香微动，袭人爽心，固绝妙消夏地也。以密迩金阊，花叶纷披，时偕其腻侣并肩驾车而至，惜卜昼不能卜夜，否则晚凉相对，笑指银河，更有一番佳致也。

留园西去百馀步，为西园，空明清朗，别有一境。惟少欹坐之具，只可徙倚亭栏，俯观鱼乐而已。

盘门外有避暑游艺园，芦篷草地，不堪涉足，所列杂耍，又多恶札，故往者鲜矣。惟马路可直达宝带桥，若驾轻车，携素心人，黄昏月上，帽影鞭丝，于驰骋中情话喁喁，不减海上汽车兜风之乐，惜解人亦正难得耳。

山塘只宜春秋佳日，惟某夕驶汽船，容与彩云、半塘两桥间，夜凉如水，两岸柳枝披拂，有山歌悠扬，起于竹篱土阶，以视朱帘暮卷，一串歌喉，似天籁反胜合拍也。

城中园林，如北之拙政，西之遂园，俱公开揽客，并设新剧、滩簧，游者往往择风凉地瀹茗清谈，听歌观剧者，亦只少数无聊少年而已。拙政空旷，而失于修饰，然大树成阴，蔓藤作幕，有自然之趣，却宜消夏。前年曾数往饮早茶，以归时火伞斯张，殊以为苦，未久即罢。

公园擘画经年，只成一东斋，夏日往招凉者甚众，而尤以城南游冶少年为多。每值黄昏，灯火如星，池荷新沐，墙外自由车往来，历历可见，情侣俊游，轻装飘逸。余曾作竹枝词数阕，其一云："自由车拂柳千条，玉带无河通草桥。一事更添风景好，荷池残照马萧萧。"其二云："公园何有满庭芳，不比茶香与酒香。每到黄昏得佳趣，目成燕玉织梭忙。"因某君制公园联有"一庭芳草"语也，而独笑同时亦有一绝云："金姬艳迹付斜阳，楼号齐云亦久荒。岂是流风终不沫，东斋且勿比西厢。"此中公案，在若隐若现间也。

青年会有青年园，乐群社有屋顶，俱于夏令映电剧。惟青年园荒芜，未经删除，设置又简陋不舒，不及乐群屋顶之佳，而辍映时间，总在九时左右，夜坐正凉，尚无多露之虞。惜乎男女分座，不能使情侣密接，即鸳鸯两两，亦只可作劳燕分飞耳。

今岁天候奇热，虽立秋仍未稍减，幸有冰凝瓜，有电扇风，尚得借人力以祛暑。然以虎威甚炽，惮于出门，故所敷说，皆成画饼。至于作者消夏，仅能于文债略偿之馀，挥蒲葵之扇，阅邮来书报而已。

（《紫罗兰》1926年第1卷第18号，署名范烟桥）

湖州之游

缘　起

《湖州日报》开幕，总编辑金君寒英坚邀观礼，遂于十一月九日成行，越两日返。去时循运河，来时渡太湖，于东南水乡风物，颇多见闻，况有数处为余旧日钓游之地，仿佛理熟书，随时有异样之感想。惟走马看花，所述或有错误，是则希望读者之有以教政也。

上　运河道中

苏州至湖州，逐日有轮船往来，余以时间上之便利，于九日晨间六时许，至盘门外吴门桥下俟之。至宫巷始得车，所过处俱重门深闭,间有菜佣邪许担荷以入市耳。植园杂树栖鸟,闻轮声而惊飞。瑞光塔有如老妇晓起,睨人森森可畏,此塔将日就坍欹矣。至轮局,知尚早,乃就局侧小茶肆坐,茶来,饮之,有异味,不耐口,问价于邻座一木匠,木匠曰:"铜元四枚耳,此间吃茶大合算,不比城中价昂而无味也。"余亦惟一笑付之。既而索面,面硬而粗,肉淡而韧,勉强终碗,盖恐中途腹枵,不可不预为之备。既而仍至局购票,有五十许妇人曰:"先生往湖州耶?"余曰:"然。"妇人曰:"余亦是,船中客舱嘈杂且龌龊,不如合坐一小房舱,增费无多,而较得安谧。"余曰:"甚善,尘嚣广座,亦正可憎耳。"汽笛声吹,轮自金阊来矣,余乃与诸旅客先后登焉。茶房以小房舱已无隙,而大房舱则尚有馀地,不索加费,许余等入,谓示优异。妇人与余略寒暄,并絮问家世,则知亦有葭莩之谊者,其两子,一已渡重洋,得美之康乃尔大学机械学硕士,一则在光华大学之化学科,持论极有见地。余问:"两郎君婚未?"妇人曰:"未也,余意为儿辈亟亟求婚,不如为儿辈亟亟求学。"此言虽须眉丈夫,亦未必尽人能说耳。长途寂寞已极,妇人出绒绳结物,余以小青为《新月》索稿甚殷,乃亦出纸写杂作。惟以坐处颇不舒服,故时时出舱门四眺,以稍舒胸臆,然所见仅冗长之岸,与来去之船舶耳。

吴江以南为北圩,北圩余旧时教学之所,且曾总笼其一乡之教育事务,塘上之公共体育场,即为余所布置者,当时一半植桑,一半为运动游息之地,不知迩来作何状。惟见墙内枫杨六七树,蓬勃高出六七尺，飘拂殊有生气，门楣题字，剥落已尽，度后方所题"发扬蹈厉"四字，亦与日俱逝矣。过平望、梅堰而至双杨，沿塘有一小公园，孤亭中立，冬青四绕，求之农村，不可多得。市上有格言，殆为五卅以后所书，用意极深远。盖双杨虽小集，而往来江浙间，固必经之道也。过此有一段坚固之塘工，过震泽以迄南浔，其塘尤整，则新筑也，运河惟此数处得人而理。至若苏州至吴江间，塘石窃掘殆尽，断缺不一而足，每值大水，将及夫腋，行旅苦之，然而不闻有筹划修复者，对之能无愧怎。南浔以南亦颇整，惟其方法微有不同，震浔之间以方石平砌，浔湖之间以水泥黏合乱石，未知孰为经久耳。此等经费，一部分取之于轮船货物附征之塘工捐，一部分富户所捐拨也。

南浔既过，天色渐暝，入湖州城，已暗黑不辨色，轮船能在城河中驶行，无虞搁阻，可知城河之广阔矣。过桥影桥，水手相戒勿作声，余颇怪之，问于舟人，曰："桥下有怪物，若过此而有人声，为怪物所闻，必为祟。祟之程度大小不等，或使船敧侧，或使船搁浅，或使旅客猝然晕倒，或登岸踬石而跌。"余颇有不信之表示，妇人亦举事以证明，曰："此言可信也，且由来已久。某日曾目睹一旅客，以不知忌讳，而高谈阔论，蓦然其所置碗碟，不胫而走于地，铿锵作声，几疑舟入惊涛骇浪中，实则此舟固平稳未稍颠簸也。"然其时有客栈接水，方纠缠一女佣，欲其暂寓于所主之客栈，两方呶呶不休，过桥而犹未已，群怒叱其不更事，惴惴或恐奇祸之至，幸也抵岸矣，相安无事，此疑窦余因是而消去一半。其后以之相质于王君鹏九,则更恍然于万事皆以误传误也。王君言,桥实名潮音,两字出佛经,普陀有潮音洞焉。湖州人读潮为桥,因而易音为影,以为桥下尚有一桥。当时太湖水发,桥没于水,下有黑鱼,闻人声即崛起为患。相传清初有浙江巡抚巡行过此,舟人以是告,巡抚不信,命护从登鹢首,顿足狂呼,已而水忽四涌,为势极猛,泛滥将覆其舟,乃具香烛礼拜而息。故无论何种交通之具,凡过此桥,必守舟人之训云。

余既登岸,不见相识,即假货物税所致电话于社,社中人云,金先生偕王先生已出而相迓矣。甫离户阈,见寒英偕一客来,问之则王君鹏九,《湖州日报》之经理也,彼等误船在北门,已走过一次冤枉路。盖苏湖班轮船,单日泊城内,双日泊北门外也。相偕至四时春作夜膳,时客已散,电灯大半息去矣,侍者开灯设席,重治酒食,相得甚欢。寒英与余在梁溪共事一年,一楼同处,每夜深相对,俟车来消息,寒气侵窗,炉火不温,一种奋斗与忍耐之精神,因相期弗渝,谓非深交不可得矣。鹏九亦豪爽,一见如故。余之心目中,以为杭嘉湖苏松太六府属,尽东南之美,一切事业,俱不后人,况吴兴山水清嘉,人才辈出,新闻事业当有可观,孰知已五年无日刊,五年以前虽有之,而主其事者不得其人,故为社会所诟病,甚至官厅有言,若为湖州无聊文人所发起,必弗许。今寒英以杭州老记者总其成,复以包君天笑、江君红蕉与余为撰述,湖州人绝无间言,且谓包君亦湖州人,为之冠冕,尤相称云。饮罢,宿新名利旅社,尚称清洁,惟邻室伧父数辈,时高歌，时谑语，至十二时始止，因之余亦逾十二时始酣睡，闻雨声淙淙，为之不愉，倘明日复如是，意兴索然矣。

旅社规则，与沪苏无甚悬殊，惟电灯至十一时为止，否则须征费五分，问之电厂，则通宵也，此为旅社额外收入，其实甚无谓。天明，街上人声甚嚣嚣，因沿河皆泊舟楫，将以渡江，故多纷纭。故寓此并不得晏起，甚以为苦。

中　湖州一瞥

社址在闻波兜，其地虽老于湖州者，亦都茫然，因街短而无甚著名之住户也。十日晨，喜已晴，寒英来，各坐藤舆往。舆人之呼声，与杭州绝相似，上桥下桥，转弯抹角，皆以一字为号，不若苏州舆人之有许多术语，而行动时之遒劲有力，殆过之。社有楼，启窗可望见道场山。天虽已霁，或恐其有雨，故余欲买棹一游，王君阻之甚力。施君醉侬为副锓《湖光》之编辑，殊谦恭而有热忱，饭后导往城中一游，随时以掌故穿插证明，更觉有味。

首至沈义庄，江浙和平代表沈田莘氏之尊人镜轩氏所经营，在湖州为巨擘。镜轩以运米出口致富，其所治义庄，佐以园林，所谓莺䎝别墅者，布置极有匠心，以五老峰为最胜，峰高四五丈，堆垛无斧凿痕，有平台，凭槛可望见广约百亩之教场也。

县立女子师范亦曾一度观光，新建礼堂甚宏敞，尚未竣工。学级六，仅费三千，俭约可想。校长胡君甚朴实而勤奋，余等入，胡君方伛偻其体，以地上之菊移而植诸盆，来相寒暄，见其发种种、髭霏霏，几如乡村间之小学教师。闻湖州教育界以女师范为中心，而胡君与附属小学一主事，群称湖州两怪物。施君言，冬日大雪，胡君以破碎之橡皮鞋带缚而穿之，某主事则履草鞋云。

出南门，行若干里，过岘山，未登。迳趋陈坟，陈英士之归宿处也，孙中山题"成仁取义"四字，规模不大，尚有精神。于此可望见碧浪湖，闻去此两三里，尚有一桃园，以为时不早，且两足已疲，因仅引领而望，循原道返城。施君言，陈氏初为石门典伙，以事去沪，展转至日本，奔走革命十馀年，光复功成，遂致显达。其兄弟其业、其采拘谨，恐为当道所忌，祸且不测，乃请于县，出英士于族，后英士为沪军都督，始为兄弟如初。被刺后，舆榇归籍，自北门入，南门出，仪仗甚盛，倍极哀荣。

南门大街有一奇异之景状，则相隔五六步，必有一石坊，或进士，或博学鸿词，或给谏，或宰辅，如读缙绅录，如登明伦堂，有雕琢甚精犹未剥落者，有已毁坍仅存石柱者，最后之一坊，则剩路旁一断柱，为肆人作靠背，闻共有三十七座之多，可谓荦荦巨观，因此名其地曰"牌楼街"。湖州人对此有一可笑之观念，以旧时湖州同城两县，一为乌程，一为归安，因谐乌归为乌龟，而以南门大街比诸龟颈，谓以牌楼镇压，得风俗朴厚，近以牌楼有减无增，故私娼遍地。此等见解，虽士大夫亦不能免，可见社会甚缺乏科学思想，而于谶讳学独深信不疑也。

新市场为旧时府治，志成公司购以改造，并筑马路，预备通行人力车。闻地价极贵，一亩之租，年须四百金，公司获利，可操左券。现已落成之市屋，悉有主顾赁定，剧场亦在建筑中，将来湖州之局面，必然大变。惟所谓马路者，殊潦草而不适于用，铺陈未久，石子已如春笋怒发，刺人脚疼，多经雨淋，更不堪下足矣。茶楼一壶须大洋一角，以三人共饮为原则，若多至五六人，亦无伤。故湖州人吃茶，必呼朋唤友，无独据一座者，他处类以两人为率，此独否，殆根据于李太白之"举杯邀明月，对影成三人"欤。湖州山中多产茶，故茶之佳虽未必及杭州，而茶之价，则廉于他处。

最热闹之市街，曰彩凤坊，曰衣裳街，余于黄昏时候，匆匆一过，于内容多所未详，然观于高大之墙垣，宏丽之陈设，固不愧为东南一巨城也。惟街道则甚狭窄，故他日通行人力车，此等闹市，当如无锡之划为禁区耳。

湖州名物，以绉纱为第一，每年销及四川、广东等处者，达千万以上，近以内地时有战事，颇受打击。江南一带，则以华丝葛之销路为畅。精于经济者，购置衣料，并不求之于绸庄，而向衣庄中觅之，其价特廉，而其花色则略失时。此等来源，皆由机户质之典肆，衣庄向典肆划包而来，多数为十尺左右之零头，有时亦能得一袍料者，其价仅及绸庄售出之六七折耳。余颇疑讶绉纱之价，与苏州不相上下，出处何以不能廉于销地？则曰，真正湖州之绉纱，并不到苏州，因苏州人对于绉纱，但求其价廉，而不问其物美与否，不如四川、广东之素来信仰，虽稍昂亦无妨也。

至湖州绉纱之特色，在软而韧，虽穿之十馀年而不敝。惜乎近上海者，染于时髦之习，惟恐其不速敝耳。

丝棉亦为湖州之名物，吾人沿塘而南，两岸桑条密集，春夏之交，几如绿云遍野，可知蚕事之盛。惟丝棉之弊窦，不一而足，有时敷以光粉，其色洁白如新，殆至用时，层层剥去，即如霞如雪，纷纭而堕，权其分量，轻去其半矣。故购丝棉者，第一须放出眼光，精于鉴别，然后还价，此则对于乡农背荷入市以求售者而言。至于老实之衣庄，则价虽稍昂，而较为可靠。湖州人谓以丝棉制衣，须以旧棉胎作骨子，否则不耐久，旧棉胎仅及新丝棉之半价。近年因北口皮贵，而棉花亦求过于供，用丝棉者渐多，轻软温和，于老年人尤相宜。

此外尚有一名物，曰笋衣，肥嫩而鲜，可素可荤，每年销路亦不细。闻在春暮，初离竹箨，洁白柔腴，如美人手，一斤价七八角，惜取携极累赘耳。

有糖食店曰震远者，以善制酥糖名，其妙处在入口而化，无胶牙之苦，无润喉之濡。以视苏沪市上所售，硬时如咬寸金，软时如食牛皮，相去甚远。据湖州人云，震远之酥糖，尚不及泗安，而内地所称泗安酥糖，多数为赝鼎也。

湖州电话，装置者不多，故向局说话，只须告以户名，不必查号数，时间尚快。惟话机为旧式，须手摇两次耳。每月只收费三元二角，较之他处，特别便宜。

路政可说极端放任主义，中间铺短石条，两边砌乱石块，作盆状，天雨则积水成沟，天晴亦崎岖不平。若通行人力车，非全行改换不可，否则坐车如坐船，不胜其颠簸矣。旧时人家门墙之下麓，有圭形之窦，下通沟洫，便人便溺。闻在二三十年前，几于家家有之，谓亦系刘伯温所按之风水，以遏止淫佚之风者，俚鄙浅陋，抑何可笑，其实不过如无锡之各人自受门前粪耳。路灯虽有而不多，故夜行者仍以点灯为宜，湖州人称之曰"绅士灯"，盖凡有绅士住家之巷，或绅士必经之街道，虽僻野必设灯，否则虽通衢亦省之。

其他社会现状，以观察不详，未敢信口雌黄。而此行所感触于脑际者，即湖州之为地，偏重于物质为多，社会既以工商业为中心，若执工商业牛耳之人，无簇新之头脑，以接受思潮，适应环境，必至终于麻木而迂滞，故市政之革新，至少须搀杂些新分子也。据湖州人云，有许多优秀分子，俱不愿在故乡有所作为，而宁向外边发展，多数新兴事业，往往为非湖州人所经营。此其故，颇有研究之价值也。

下　太湖道中

余以十三小时之运河舟行颇苦，乃于归途改乘锡湖轮船。此船于去年在梁溪时，已熟闻其驶行之速，设备之周，而路径之足以助旅行之资者，尤为余所心喜，故决然舍彼而就此。晨兴，与寒英乘舆出北门，寒英上夕同宿新名利也。舆所经处，多为商肆，而熟食之铺，方扇其煤炉，恶浊之烟，氤氲于四周，殆至轮埠，顿觉清爽之气，溢人眉宇。轮埠之制，一如车站，船在太湖，并甲板为三层，有特等、头等、二等、三等之别，二等之座位，与沪宁路之二等车相似，极舒服安适，各种设备应有尽有。有一不握武器之警士，维持旅客之秩序，查票时即为武装监视，闻万一不测，尚可举枪以自卫云。最便旅客者，厥维饭食，不食不取费，与普通内河轮船不吃亦要钱者有别。七时开行，与寒英握手而别。行湖口，约一时许，乃入广漠之太湖，两面峰峦忽隐忽现，煞是可观，远者拖翠染碧，近者赭紫相杂，帆樯络绎，如看画家山水长卷，胸襟为之一舒。出口处，有竹杆植湖中，为所测定之路径，因天雨或雾，或深夜，既无灯塔，非此不可。是日风平浪静，惟船头略颠，亦不甚剧。据云，若狂风大雨，便不能开驶，因浪花高及寻丈，过于钱塘八月之潮也，月底停止一天，以事整理。

船头有炉，焚香成握，亦可异矣。其实此等水手机匠，其手术虽新，其脑筋则仍甚旧，行舟者观于风云变幻不测，往往归其权能于神。凡在太湖生活者，无不信湖神，犹之海边生活者，皆虔奉天妃娘娘也。将至大渲口，舟行渐缓，鼋头渚掠右舷而过，有红色之灯塔，为无锡人醵金以赠锡湖轮船以为纪念者，此举颇得实惠，与寻常送礼有殊，惜不能通电，须有一守者为之司燃息耳。渚既去，而万顷堂又相望道左。入口处，有此两点缀，颇不寂寞矣。

轮停于大渲口，易小轮，曲折绕无锡城以达通车路。原定之时间适与下行快车相衔接，今以大渲口有烧酒船相附，舟行迟半小时，舟中人均言已不及接车，且特别快车尚未恢复，凡至苏沪一带者，均须俟诸明日。余亦以行李付旅店，百无聊赖，乃至车站微步，忽见黑烟缕缕，有声呜呜，自西徂东，深讶快车已去，何复有车，叩之警士，则曰快车迟到也。然行李不在手，只可任其蜿蜒东去耳。万事耳食不如目击，问道于不负责任之路人，宜有此失。以旅居寂寂，乃至沙文端，访吴君观蠡，饮于大新楼，楼为劫后新建，较前益宏畅洁净。闻去年两度损失，核实计之，达百六十万，兵灾委员会筹组甫有头绪，而江浙间战事又起，故地方事业，将有不能维持之势，而社会萧条之状，尤非仅及外观者所能深知。此次邢退孙来，又极危险，若来者稍迟，退者必奉行故事，则一劫再劫，将见三劫，何堪哉，何堪哉！同席曹君君穆有弟血侠，为程国瑞军之参谋，日前家报谓将来徐州，今报载奉军退出徐州，则血侠之行止何若，固深堪系念者。君穆言下，颇有"宁为太平犬，勿作乱离人"之慨。夜雨萧萧，与之话别而归无锡饭店。相对四十六号室，为无锡县临时军事招待所，后方供应频繁，又复急不及待，故在此先事缓冲。夜半有车铃丁丁，杂以北音，度又有军人附夜车来也。翌日黎明即起，乘锡沪车返苏。

结　论

运河之程，一百八十里，计行十三小时；太湖之程，一百六十里,计行七小时。虽为日仅四,而中国人工之长流,与天然之巨浸,均得窥见一斑,不可谓非畅游也。惜以为时促,未登道场山,未泛碧浪湖,仅能指点湖光,端详山色,为未餍欲耳。

(《民众文学》1926年第13卷第3期,署名烟桥)

行春桥奔月记

苏州城外石湖，有行春桥，去桥若干武，即上方山，山上有塔，塔祀女神，即汤斌亲往扑像而悬为厉禁之五通也。八月十七日相传为神诞，四方进香者相期而集，城中少年复应时以嬉，画船箫鼓，昼夜不辍。时则皓月中天，映水如银鳞片片，而岸上百戏杂陈，士女摩肩，互为喧闹，苏人谓之"串月"。去年电汽厂延胥门之线以达桥畔，缀临时之灯，闪闪繁星，与月争辉，后以灯线被窃，今岁不复有此逸兴。然以李印泉氏方作启募建女神庙（旧有庙，为汤氏所毁，女神局促处塔下，祝者以悬禁不敢兴土木），不啻为之鼓吹。故日前桥下舟楫羽比，人影憧憧，卖珠宝船于此为一年一集之大茶会，而男巫女巫亦相率来，随地呓语，并舞手蹈足，托为神附，于是佞神者对之膜拜，有互相问难，以考量其技者，丑怪疯狂，所谓小巫见大巫，其状弥可哂，迷信者且以为神与神相值也。

　　例于十八日天明后方散，故竟夕不眠，为一黑暗而神怪之大会。先期苏之官厅谋申禁而无效，乃于是夕联袂往，貌谓捉巫，而实则亦欲一睹省俗之盛耳。然载之以汽船，护之以武装，未抵行春桥，而已有闻风奔息争相警告，曰："城里来捉烧香船矣。"此言既发，听者亦不能辨其真伪，即为散布，未几传遍桥畔，胆怯者鼓棹宵遁，继之者渐增，更扩人疑窦，已而果见汽船武装自远而近，便不复迟回，亟亟谋脱去。一时篙横橹折，乱作一团，而岸上酒棚茶坊，与闲食之摊，亦纷纷收拾，或碎其瓮，或倒其桌，儿啼犬鸣杂作，顿如鬼哭神号。迨衮衮诸公大驾登桥，已四望萧然，偶有不及脱者，亦零乱如斗败雄鸡。相顾笑曰："不图今夕，明月清风，一尘不染也。"旋闻群舟不敢近城，鱼贯南去，止于同里，时已夜阑，叩店索食，里之人又受虚惊，知为奔月而来，始各失笑。而倡门画舫，其行迂慢，不能及远，便泊乡僻处，玉人惊变，不寒而栗，则又似打鸭惊鸳矣。

（《国闻周报》1927年第4卷第38期，署名烟桥）

历下烟云录

上　卷

　　余以友好之招,动远游之兴。佣书历下,五月于兹。春风如虎,花落成堆。意倦而归,有怀往迹。拉杂记之,所以留鸿爪也。

　　南北地势相殊,因之风俗人心,亦随之而异。平时总以北方人直爽相许,岂知实际不尽然也。惟市夫走卒,乃有古道,一言既出,危殆弗辞,至于士夫交接,具有深心,初无别乎南人耳。

　　济南居津浦之中坚,有胶济以达海,故晚近渐成北方重镇,京津以下,将数及矣。然最大原因,则在军事倾向于齐鲁,主其地者,举足为中国重轻,故四方落伍武僚、失意政客,纷然来会,以谋一用,况在此两年间,又为多事之秋乎,因此济南一切社会风气亦受感应。此中消息,可以默会。

济南有历山，即大舜初耕之地，故县称历城，大明湖有历下亭，故又别称历下。旧治之西，辟为商埠。道路以经纬为名，经有七，纬有十二，惟习俗于经则言马路，如三马路、四马路等，即官厅文告亦从之。其间非横贯者，冠以小字，如小纬二路、小纬六路等，盖划地时之变体也。

二马路与普利门大街、估衣市街相连，交通最繁，商贾最盛。故近以估衣市街狭窄，令拆去门面，放宽街道，从此自军署而西，其道荡荡，蔚为大观。然在此民力凋敝之时，为此强制之举，难免人言啧啧耳。

商埠道路虽阔，然风起则灰尘飞扬，雨积则泥泞狼藉，行者非乘车不可。道之左右有沟，秽水不流，日炙臭生，故绝少快感，非若上海、苏州之市，有徘徊观瞻之乐也。

最热闹者，为二马路之纬四、纬五两路间，店铺以天津帮、宁波帮为多，茶点、用具、布帛、酒食俱在焉。门面装潢尚伟大雄丽，而于货物之陈列，殊欠讲求，且其物品之参杂，非夷所思。如祥云寿，一绸布肆也，兼售磁器；福利公司，一食品肆也，兼售烟酒与白铁用品，盖皆有杂货店之性质也。

店伙对客极有礼貌，客至，必点首，客去，必言"坐坐去"，而论价之间，亦甚谦和，与南方店伙之骄懒谩客，绝端不同。余尝至其肆，择取货物无虑十馀种，迄无当意，悉却之，伙无愠色。即茶点之肆，任客浅尝，决不示吝。此种美德，南方亟宜效法。

城内市廛，别有模样。皮货店都揭布幂题"张家口"字样，纸店悬牌称"南纸局",商务、中华诸书局均在城内,以芙蓉街一带最为繁盛。曲水亭两岸皆古董店,虽茅茨土阶,而鼎彝在架,书画满壁,与苏州之护龙街相似。潍县翻砂制古铜器,极称能手,故佛像触目皆是,庄严古朴,宛然数百年前古物,而代价亦只一番佛左右耳。每值二七,山水沟有集,沿街布摊售旧物,价更廉,惟须在晨间方得妙品,因系宵小攘窃而来者,与南京之黑市相似,赝鼎极多,非具巨眼,不能得便宜。

曲水亭为一茶坊,可以下棋,壁黏诗钟,有数诗人主盟值课。其地流泉迂回曲折,流成小溪,溪之左右,俱为人家,每在午后,一片砧敲,几疑在江南水乡。《老残游记》谓"家家泉水,户户垂杨",亦惟此处情境最为逼肖。

北方不甚有茶癖,曲水亭外,惟趵突泉有茶可饮。三馆招鼓姬以媚客,茶资外别纳听鼓之犒,犒不定率,少至一二角,多至四五元,则随客之便。客与姬谝,不能不多犒以捧场,其状可发一噱,曲终相帮登坛,问客募取,先假定一意想之数,不足则数数待之,与江河卖技者同,殊弗雅观。然而此俗弗能改,谓如是则可以比较生优劣,资勉黾,惟貌不扬而交不广者,窘矣。

大鼓有京音、梨花之别,梨花为山东土音,故更不易听。济南之有大鼓,方弗苏州之有说书,上也者出入钿车,服御华璀,下也者置桌市场之隅,茅舍聊蔽风雨,日歌数曲,仅得升斗,盖其阶级至不齐也。

张氏、杜氏为历下鼓世家,近亦凌替,弗能中兴,乃为异性所夺,如姬素英、鹿巧玲皆称翘楚。姬圆姿替月,而珠喉细稳,有大家风范;鹿活泼泼地,而歌音沉着,亦有可取。其徐娘年纪,面目憔悴,声嘶力竭,勉强终曲者,望之生恶,几不能安座,则深叹不如清茶一瓯、名泉相对之有雅趣矣。

趵突泉为历下七十二泉之巨擘,骈列三眼,时刻突跃如沸,奇观也。其实泉脉潜伏,泥土松疏,故时有细沫浮起如珠,前人利用之,乃成此奇迹,于是后人附会神秘,遂谓系天然而非人力矣。

临泉建殿,以祀纯阳,朔望商埠、倡家多来礼拜。此老饱受美人香花供奉,艳福诚非浅矣,第不知与女间有何渊源,则不得而知矣。去冬忽失慎,乃在楼上,未殃及其下,纯阳依然无恙,惟其龛已去其盖,以芦菲蔽之,为状殊可怜耳。

趵突泉前后左右,俱为商市,百货杂陈,方弗上海之城隍庙、苏州之玄妙观,其价较他处为廉,故生涯不恶。修葺方新,满目皆红绿,而尤以所叠假山呆板,了无丘壑,最使人生不快之感。泉之通于外者,曲折以赴,随处有细珠浮起,潆洄全城,为历下饮料惟一之府库也。

趵突泉右若干武,为山东大学校,内有金线泉。门者言,前年墙欹堕于池,灰砂沉浮,浚而复之,遂失本来。惟在出流近垣处,有水纹凸起如线,可二尺许长,水动则纹亦动,如游丝荡漾,门者称之曰黑线泉。按之志乘,无是名也,然金线既失,代以黑线,亦未尝不可。

军署有珍珠泉,得一介者,即可入览。容水于方池,围以铁栏，清澈纯洁，为他处所弗及。所谓珍珠者，亦时时浮起细沫如串珠而已，随起随化，无虑数十处，且不尽在原处，盖伏流活跃，不可捉摸也。是泉回流远迂，可泛瓜艇，惜为禁地，弗能容与，为怅怅耳。临泉有精舍，为巨僚宴会之所，则此泉已沾高贵气味，与在山时有霄壤之殊矣。

此外尚有一神妙绝伦之玉乳泉，在省署之西隅，水喷起可二尺，有似圆柱，洁白如玉，径可尺许，翻泛成粒粟，乃如乳液，抚之微温而不寒，饮之甘而不涩，较之喷泉为有味。壁树小碣，锓文记颠末，知系一朝鲜人所筑，盖亦利用吐沫如珠，汇而束之，乃呈巨观。省署西偏，略有林木之胜，惟布置草率，殊少结构匠心。

大明湖名震寰宇，顾闻名不如见面，以视明圣湖，瞠乎远矣。惟春尽夏初，薄言驾游，水波如縠，素心相接，空明骀荡，亦足移情。湖上建置以张公祠、铁公祠、关帝庙三处最佳。关帝庙极峻，有石级数十，左右石光可鉴，儿童每于其上竞走赌胜，庙塑神像，极庄严诡怕，谓所以镇湖妖也。

湖舟两种，一巨广可容二十人，玻窗漆槛，无异斗室；一小艇张篷，周匝无遮，可坐五六人。运行不以橹，不以桨，而以篙，篙非竹，而为树干，前后撑抵，亦能自如。值之贵者，日不逾三四金，已得清茶润吻，惜不能如吴中画舫之治酒食耳。舟悬联额，写作俱佳，可知已尽点缀湖山之能事矣。有历下亭，最古，门悬何子贞联："历下此亭古，济南名士多。"脍炙人口。顾其地亦平平，惟门前老柳婆娑，略有画意。

游湖不宜秋深，芦花已谢，只留枯干，满目苍凉，都无是处。此外则各有可取，不尽限于春夏之交也，惟春夏之交，士女如云，不仅有山光水色可看耳。

湖在城内，城齿照水如啮，此境有特殊风味。盖大抵湖山之胜，总在郊外，南京之玄武湖紧贴城根，已不多见，况潴渟于城内耶。此湖多泉水，故亦甚清纯厚冽。湖滨图书馆，有台可登以远眺。左近驻兵，每至夕阳斜堕，笳吹呜呜，催客归去，亦他处所无也。

城南有标山，山不甚高，而颇有秀逸之气，建屋数椽，可以登临，道者居之，憔悴可怜。若加润饰，亦能入胜。

历城凡四门，城外附郭谓之圩，圩凡三面，缺其北，其形如凹，圩门有五，相传北方之门启，全城将受巨火之灾寖，故终岁坚锢。城高而厚，多砖而少石，圩反是。圩读作围，与南方圩田之义不同，称圩内曰圩子里。西圩门曰普利，特大。

南圩门外有千佛山，新筑土路，可以通车，清明重阳，登者络绎，凡三百五十馀级，皆甚修整。有山兜代步，以木为椅，以绳为垫，上盖布幂，抬者并行，乘者横列，可以晤谈，亦名爬山虎，若在平地，其行迅捷，似较南方笋舆为灵活。山半有牌楼，题"齐烟九点"四字，更上数十级，为千佛山寺，右佛殿，左空屋，道士煮茗待客，其地在山崖，下临无地，可以望见城郭。山行多惫，于此稍憩，微风扇凉，山鸟呼人，甚乐。山顶极峻峭，然有山路易登。此峰为历城诸山之首出，惟千佛之名，殊弗相称，因搜尽山中诸佛，亦不及百数也。

去千佛山七八里，有寺曰开化，土名开元，不知何由致误。寺内石壁镂佛甚多，大者四五尺，小者四五寸，惜皆涂以颜色，虽甚庄严，已失本来面目。壁脚有秋棠泉，水乳淙淙，朝夕阴晴无间，饮之亦甚甘冽。

是地山峦蟠曲，如洞房复室，入之者往往不辨来路，故军事上亦甚重要。济南三面受敌，惟此山为苏豫之间阻，故守济南者，必守千佛，千佛不守，济南亦旦夕为敌有矣。

商埠公园面积颇广，树多花少，扁柏有高逾寻常者，有矮及腰围者。夏初紫藤花开，棚下设座品茗，时有花枝招展而过者，多为北里中人，亦有鲽鹣相比而至，午后四五时间最盛。花事以樱与桃为多，梅、杏、玫瑰次之。西有鹿牛，东有文鱼，鱼之大者可六七寸，无虑二三十对，惜无奇种，皆普通红白龙蛋而已。中央一亭，豢鹦武，雪衣灰喙，能与客周旋，每见丽人，则作媚声，亦可儿也。

魏家庄为商埠之特别区域，盖其地屈曲，与经纬路不能一致，有新市场，中有戏园、大鼓茶室、菜馆，以及各种货摊，为劳动界与兵士之俱乐部。其地污秽湫隘，不堪终日，最可异者，中间通路为水车之轮所碾，成一小沟，每值天雨，积水如渠，人行其间，须左右趋避，为状极可笑。

此外较整齐者，城内有劝业场，商埠有萃卖场，皆杂陈百货，其值往往比诸大商店为廉。近萃卖场处有茶楼数家，均招鼓姬侑客，每在黄昏时分，轻车过其下，遥见人影憧憧，歌声隐隐，别有荡气回肠之致。

二马路纬一、纬二间，为意大利领事馆及中国银行，杂树高出墙垣，寒夜丸月相映，积雪未消，益见皑白，林木静肃，人语不喧，与上海静安寺路极肖。

公共娱乐之所，有上舞台，男女合演，小广寒电影，而包罗万象则为游艺园。园在七马路之纬六路，环境已极幽僻，且中间布置，亦甚简单，故生涯并不见佳，而电影、新剧、京剧均须另行纳资，其费更昂，与上海之游戏场为经济的娱乐，迥乎不同。

上舞台卖座虽平平，而堂会则月必数回，故唱大轴者，与略有色艺者，所入亦不恶。最近赵少云唱须生，颇能叫座，微病在杂，学谭学汪，虽各得形似，究非专工，可以驰名，年仅十五，貌亦娟好。有妹十三，更依人如小鸟。东方亮、东方明姊妹，已为过去之人物，惟娄琴芳有后来居上之势。

小广寒之经理为一俄人，因之入籍军往观者特多。间有俄片，其背景特奇险，惜情节总觉简单。中国片多为天一公司所制者，以社会心理，趋向旧小说，而天一皆以旧小说为蓝本也。地甚小，价甚昂，每夕总能满座，则以往观者颇多贵人眷属，女伴招邀，汽车骈乘，往往定座以十数计，盖非此无以消遣也。

青年会亦演电影，然一年虽难得几回。此外日本人偶或假一地，临时开映若干日耳。

弹子之戏，都附于旅馆及西餐馆，青年会亦有之，惟人多，不舒服耳。麻雀之戏，较南中为盛行，且名目繁多，底虽小而出入甚钜，所谓无奇不有也，且皆行旧法，故庄家为人人所注目。扑克不多，新年及婚嫁寿庆，则每赌牌九，一掷千金，寻常事也，然亦以军政界为然。

最可异者，雅片烟几乎成为普通日用之品，中人以上宴客必设，不能玩者，视为特殊，因之军政界中上阶级，十人中八九嗜之。警厅搜禁，亦惟于平民能尽其力耳。本来曹州烟斗胶州灯，极负盛名，而青岛张泮之签，尤为国中巨手，细滑韧劲，有得心应手之乐云，器既精求，则人之嗜者自众矣。

妓院有两种，一北班，一南班。北班包括京、津，馀则土著。南班包括苏、扬，扬帮于南班中极占势力，因彼每自称苏帮，而人材又众，真正苏帮，寥若晨星也。大本营在三马路纬七、纬八间之济元里、大生里，亦有散居他处者。

院例不摆酒，出局唱者取二金，不唱者一金。故妓至，于寒暄后，必问客需唱否，客答以随意唱几句足矣，则彼此能体贴已。唱时必离座，面琴师而立，如私塾之背书然。

所赖以浇裹者，厥维牌局，局可获四五十金，则有留髡希望，若较高贵者，两三局后，总可达到目的；次也者，虽不成局，纳二三十金，亦能一度春风。盖例有拘束，不似苏沪之花酒，又热闹，又活络也。茶围又不取分文，因之院中模样，极形落寞。重以军兴后，兵士横行蹂躏，无由告诉，大兵砸班子之一语，闻之熟矣，不足怪焉，甚至有见妆台陈设，心好之，即怀之而去，安得不令人时生戒心。故济南之花，无日不在风雨中也。

日本妓侑酒论时，大致每一小时二三元，商埠有日本旅馆数家，均可招致。亦有如中国幺二堂子，专事肉欲者，惟价值亦随时间久暂而定云。

因俄人在济甚夥，遂有俄妓，以应需求，浓抹脂粉，真罗刹夜叉也。其例如何，不得而知。

倡门憔悴，半由军事，半由民穷，然亦有一旦承恩，忽然被召，贮之金屋，顿脱苦海者。盖英雄儿女，情意相孚，千金不吝，而济以权威，龟鸨不敢悭靳矣。故军幕中窑变之姨太太，较他处为多。

论理，妓必炫装，然济妓绝少新奇之饰，旗袍为最盛行，几乎四时不断。以交通多阻，物价昂贵，苏沪间时髦布帛，每隔半载始至，而其值尚增数倍。北地胭脂，平居有衣青布者，质朴可惊。

此外尚有一可笑之话柄，济南倡门无虑数百，而无一自办包车者，即房侍亦都以假母充之，能占一统厢者，已为红姑娘矣。在军队未开拔时，居屋被封，乃僦居旅舍中以避之，其情境亦可愍矣。

北妓以金铃为魁首，静娴娇小，一笑百媚；南妓以高小琴、小凤凰为最，然年事略长，不如金铃之年华犹当豆蔻也；云卿白皙窈窕，姿虽平庸，亦足一顾，以苏人而虱居扬帮之广陵仙馆，同伴咸以为非，其实同是寄人篱下，何必五十步笑百步耶。

花小芳之假父，花丛咸称以娘舅，工烹调，尤擅场作江南风味，故南客便饭，多倩下厨。北方鲫鱼虽甚贵视，然总不及彼塞肉红烧之腴美也。

其他春色出墙，别有问津，非得识途老马，难走章台。彼中人称转运公司，盖言如货物之由其输送也。

女佣多数缠足，故操作侍应极迟钝，惟每能作点心，如面、如馍馍、如扁食等，虽南方厨子，亦有愧色。洗衣用木板作梭，以衣濡水推搏，不能以手相搓，习之弗改，故衣易损破。

车夫较南方为廉，可令其赁车，以免自购，月计工资，赁资不过十七八元，车灯所需蜡烛、电石，一切包括。惟主人应酬广，则外快所得，往往超过工资，譬如赴宴，每车须四五角，赴博局则赏赉尤巨。通行于街衢间之车辆，计有五种，一为羊角车，一为骡车，一为马车，一为人力车，一为汽车。羊角车有一雅号，曰一轮明月，运货最繁，以乡间可以通行，故平民入城，亦多有坐之者，上置布垫，或铺毡毯，据老于斯道者谓颇舒服也，土称小车。骡车亦称大车，有时以马代骡，可装多量之货物，大车加以篷帘，即可载客，赶车者每以长鞭抽挥，以代呵叱，其声清脆，如放月炮。马车仅为眷属所乘，而最大主顾，厥为婚嫁与送丧，马颔系铃，行时叮叮作声，清丽可听。人力车极考究，后篷遮以白布，远望有如西洋鹁鸽之张其尾羽，铜镶其柄，景泰蓝制为栏，虽寻常一街车，远过苏州之自用车也，喇叭声洪大而延长，有置双踏铃者。汽车每小时三元，统计不及六百号，最近美记洋行来济设店，专售福特卡，生意并不见佳。

长途汽车有利菏路，以路劣车劣，时有半途阻滞之虞，自普利门起之菏泽县止。复自普利门至纬十一路，有公共汽车两辆，往来日数十回，以车小而人杂，故只平民与兵士乘之耳。然北方土路贯通，基础已具，若能随处加以开拓，使道路如蛛网交错，则长途汽车之发达，与地利民俗之交换，可得大利也。

轿极少，惟婚嫁及送丧用之，亦甚草率，远不如苏沪之华饰。此外尚有一奇异之代步，以木制为几，置骡背或马背上，铺软垫，使妇女乘坐，因妇女未开化，不愿如男子直骑，多侧身横坐也。余尝见一新嫁娘，满头宫花，与花花绿绿之衣服，耀眼生缬，端坐骡背之左，而置衣包小箱于右，高出屋檐，如抬阁然，可以入画。

婚礼新旧并行，嫁女受礼，不治饮食，不亲迎，仪仗亦只衔牌乐队而已。轿不空去，或雇一较楚楚之童子坐其中，或由喜嫔承乏。轿前有两灯，去时不燃，置肩上，归时则秉之如仪。

新式婚礼都于青年会、公园四照堂及齐鲁大学之礼拜堂中行之。

寿礼极隆重，物必求丰求美，友朋传致，愈多愈善。阔者招堂会，其僚属以级分认数目。即寻常人家，亦有以福、禄、寿、喜四级，请亲朋自认者。贵人生日之庆，几乎年年行之。

礼物首古玩，次金器，次银器，次幛，次联，金钱最为平淡，装潢亦较南方为考究。惟联价之昂，超过南方二三倍，例如一六尺泥金联，在苏沪不过七八元，而济南非二十金不办。

款识无甚大列，虚荣则较南方为甚，虽乡党亦叙爵。

丧仪称家之有无，所不同者，前导为经幡，而无开路神，铭旌有座，两人抬之如舆，高不可攀。槟前哀乐，有唢呐与笙，故呜呜咽咽，极凄楚动人。槟以杠房料理，外椁左右髹漆雕镂，嵌以玻璃，衬以刺绣，上覆彩绸，二十四人以上，举之在肩，一人执铜钲，一人执木柝，为动止之节。行时复以红绿绸缎前后引伸，以见其平稳，闻京津间俱若是。

路祭之处，上盖红黄两色相间之布幂，下置布彩之栏杆，菜亦丰腆美备，非若苏州路祭之不值一笑也。

某日见有某家举殡，槟前有高跷一队，粉白黛绿，装妖作怪，鼓乐杂作，其音靡靡。每至阔宽处，停槟以观其搬演，戏笑百态，绝不庄重，道旁围观如堵，喝采鼓掌，有如赛会演剧，即孝子顺孙，亦于斯时企首翘足以观，恐已忘衰麻之在身矣。此等怪状，闻所未闻，见所未见，即问诸土著，亦谓创举也。

元旦、端五、中秋三节，酬酢极繁，仆役贺节，主人犒赏，亲朋以礼物互相馈遗，机关停止办公。盖北方沿用阴历之习惯，尚未破除，而社会交际间，又重尚虚文也。

商店服从警视者之命令，谨敬小心，即如纪念日及令节，警厅命令悬旗，无论大小店铺，必以五色国旗撑出檐外。人力车夫亦较南方为驯善守法，譬如汽车自远而近，但闻喇叭之声，不俟岗警之举棍阻止，已相率避让道左，故汽车肇祸之事绝少。

警厅有清洁捐，不论商店、住户，均须照纳。街道尚整洁，沿途厕所极少。乞丐虽多，都为妇孺，因男子可以当兵，而济南招兵之帜，又遍地皆是。惟近年水旱偏灾，各县都有，每至冬令，流民结队而来，地方热心人，遂有栖流所之组织，活人无算。

每街有长，方弗苏常一带之地方，有官厅委令，在戒严时期，负清乡之责。

青布为最普通之衣料，虽家拥千金之资，亦多有衣青布袍者，质朴为他处所弗及。妇女居处，俱不穿裙，出则盛饰。因天津像生花随处皆是，故旧派簪于云髻之上者，颇不乏人，且其花悉为红色，有鬓边一朵两朵，尚不碍眼，有绕髻如环者，烂漫如刘姥姥入大观园。女学生制服，亦用青布，皆束玄裙，故极大方，且与不学者显然有别。

三十以上之妇女，多半缠脚，因当时求其纤小，故此时虽已解放，仍不能免去袅娜摇曳之态。城中少妇，面敷脂粉，鞋绣花枝，俨然二十年前姿态。虽官厅有放足之劝，并定罚则，而观望犹豫者比比，此殆教育不发达不普及之故耳。

亦有截发革靴之新女子，惟社会视如凤毛麟角，最普通者，厥维横 S 髻、旗袍、尖头鞋耳。

冬令天寒，较南方为烈，故女子之服装，不能不有所戒备。上也者，帽兜斗篷，平居则旗袍；下也者，扎脚管也，若是则下体可以抵挡冷气之来袭。

春秋暖和，多衣旗衫，寻常短衣，亦必过腰。女孩儿则花花绿绿，不拘一格，有以大红为尚者。大致颜色花样之流行，较诸苏沪约迟一年以外，虽亦有特出冠时者，然不能认为已经传布也。

男子之上流者，必加褂，虽盛暑，于夏布长衫外，加黑纱褂焉。冬令有氅，其式如斗篷，较长袍约短尺许，极轻松灵活，因大抵室中置炉，一卸一披，较大衣为便。此制系从军服中蜕化而来，故亦惟军政界中制用最多。

衣之格式，无甚差异，惟下裀开叉极高，离马褂只有二三寸。大约因北方人举步甚大，又喜骑马，故非此不能便利，非若南方人一步一摆，以摇曳为美也。

青布长衫，几成家常必须之服，与十馀年前苏常一带之竹布长衫同，虽为中人以上，其居家亦有衣之者。冬令近年多穿丝棉，南风北渐，于此可见。滩皮最不耐用，因煤灰砂尘，处处攻击，不及一周，新制者亦成灰色态度矣。

帽多皮制，间有用绒者。其式分两种，一为海派，系平顶；一为津派，系高顶。春秋所用之帽，其高度较海派高出三分之一以上。呢帽亦甚流行，惟不似上海人之讲究耳。

鞋亦有海津两派，惟绝少用玄色以外之质料者，津派有梁极深，海派为尖头尖口。因道路建筑粗陋，颇不经久，而以缎类为尤甚。市上有一种特制之拂尘，系以方布缚木杆上，拂去鞋尘，极合用，不知何以不南来也。

袜亦只黑、白、灰三色，其他杂色，购觅甚难，即妇女亦多用黑。丝袜极少，惟旧时布袜，则早归淘汰矣。

二三马路之两侧，时有出售旧皮衣者，精粗俱备，能具巨眼者，可沾便宜，否则反致受绐耳。

日本商店之布，亦能受一部分人之欢迎，俄人之肩荷求售者络绎于道。至推车卖布，以巨鼓摇动，声震里巷，别有一种风味，与南下叫货，异其旨趣。

店铺放尺极严，不及加一，而价目之参差，更不堪问，大半由于币制之不统一。

花边甚得妇女界之欢迎，几乎无衣不镶，且喜用粗枝大叶。本地无出品，皆自海上来，价自贵矣。

与北人相接，最可憎者，厥维葱蒜气，受之令人作三日噁。盖其日常所治馔食，无一种不加葱蒜也，习惯成自然，在个中人亦不以为怪矣。

普通人家一日三餐，晨馍馍或锅饼，不具菜；午晚俱馍馍，或佐以小米稀饭。夏令复有煮绿豆为汤者，谓可以祛暑毒也。

近来因南人北去者众，渐起同化作用，北人亦喜吃米饭，闻北地亦有种稻者。

实心而形如圆柱者，曰馍馍；空中有馅者，曰馒头；状如道髻者，曰花卷；扁如水饺者，殆曰扁食；其大如锣者，曰锅饼，此为日常所食之品。尚有实心烧饼，殆即《水浒》武大郎所制之炊饼也。面未见佳，且多以过桥为本位。

泰康公司、上海物品公司之宁波茶食，极占重要地位，其馀天津、北京式者，形式内容，似有相形见绌之势。此等买卖，计重量不计个数，面子上似甚公平，然未见以半枚或四分之一相增减，则其重量之合算，未必准合也可知。惟欧美化点心，则论件。

胶菜驰名南北，然在济只称白菜，其菜肥白阔大，煮之自然甘美腴润，与南方所尝胶菜大异。

小食之铺，随处有之，大都为馍馍、馒头与面，较上等者，兼治肴馔，则称饭庄，然而非以饭为单位也。北方人吃点心极少，大概入饭庄者，即饱餐一顿而去。

山东馆在中国饮食业极负盛名，北京之大饭庄，皆为山东人所经营，然在济南，则反称天津馆，所谓远来和尚好看经也。门前悬红漆金字之小牌，四下系红绸，迎风飘荡，盖犹是酒帘之遗意也。

店名有极奇异者，如一条龙、真不同、大不同等。真不同，其门才可容人，且猩恶之气，触人欲呕，然内座尚整洁，能制春卷及南方炒面。因北方炒面，仅在滚油中一撮即起，面与油未起如何作用也。

天津馆例，客至先以四小碟饷，一菜一豆豉一豆腐一酱瓜，不取资；治整席者，末后有饭菜四色，可以为客多菜少之救济。

鱼为大烹，而尤以黄河鲤鱼为最，在中等筵席，所以代燕翅也。其煮法有一做两做之别，一做者，或红烧，或清串；两做者，以一鱼中剖为二，一红烧，一清串，如尚有馀剩，则令去骨制为汤，可谓精之又精者矣。鲤鱼在南方不甚名贵，以自身之滋味及制法均不善所致。黄河鲤鱼肉肥而嫩，其制法与西湖宋四嫂所制相似，不令多受火功，故汤清如水，肉腴如屋，红烧串汤，各有至味。

山东馆尚有一名制，即汤包肚是也。其肉干脆，嚼之无渣；

其汤清澈，饮之味远。本来制汤，为山东人之特长，大约易牙之遗泽，犹有存者。猪肉之类，则不甚擅长矣。烧鸭亦较南方为佳，因肥大多脂肪，非若南方之鸭，瘦瘠如老鸡也。

（《紫罗兰》1927年第2卷第14号，署名范烟桥）

下　卷

百花村初拟仿镇宁间之茶酒两宜者，以济人无茶癖，故仍专以饭庄号召。惟百花村茶楼之招牌，尚在帐房之壁上，亦一纪念品矣。

论商埠诸菜馆，济元楼如半老徐娘，犹存丰韵，倘为熟客，倍见温存；新丰楼如新女子活泼泼地，自有天真，间效西风，更新耳目；三义楼如少妇靓妆，顿增光彩，已除稚气，颇有慧思；百花村如北地胭脂，未经南化，偶尔尝试，别有风光；宾宴春如新嫁娘，觍覥已减，斌媚独胜，三朝羹汤，小心翼翼。此外番菜，亦有可以比拟者。青年会如东瀛女子，不施脂粉，良妻贤母；仁记如西班牙女子，其媚在眼，其秀在发；式燕如久居中国之侨妇，渐受同化，又如华妇侨外，亦沾夷风。

大多数番菜系德国派，每色材料丰富，牛排大如人掌，非健胃者不能胜也。

城内饭庄，不及商埠生涯之盛，而有一点相同，即其建筑，与南京中正街之旧式客栈方弗,皆为敞厅,绝少高楼。

侍应与京津同一派头,客来客去,另有侍役屏立迎送,虽夏令亦穿长服,酒罢则进漱口水,较南方为周到。

每至十月,家家置炉矣,炉价极廉,仅及南方三分之一,大商铺亦有之,火炕之制已除,明年二月始卸去。因之窗牖亦都严密不透风,门垂棉帘,其出入必经之处,则装弹簧铰链之风门,漏隙处以棉纸裱糊。故入室即温暖如春,出门觉别有春秋。

房屋式样极质朴草陋,门面旧派如祠堂,新派则石库门,内室多四合式,极合分居之用,因各室平均,非若苏式之左右两厢,仅能备起居,不便作上房也,惟采光通气,不甚讲究耳。木板之价甚贵,故用之折壁者少,多用芦管支架,糊以红纸,即其墙垣,亦泥多砖少。

屋面用红瓦者甚多,其用青瓦者,皆仰置,下涂以泥,便黏着不移,掉换甚难。雨急,水如瀑布,无檐滴,无瓦沟也。

窗棂用玻璃者极少,平时光线亦弱。屋顶多天花板,皆为冬令求暖而设,油漆亦不讲究。尚有掘地穴以藏什物,或供仆役之寄宿者,曰地穴子,气候较地上室为冬暖夏凉,惜潮湿耳。

凡一住所,必有一毛厕,因北方人不惯用净桶也。此点殊有改良之必要,其实可以改为无底公厕,较为舒服而洁净。

普通建筑,都为三间,即小说所谓一明两暗也,明以饮食,暗以寝处,而会客之所,则在左右两室。其简省者,四合之室,各容一家,而以空庭为公共场所,特较上海衖堂式房屋为舒展。

盖济南地价虽贵，尚不至如上海之只能占天、不容占地也。

石以青石为多，琢工极粗。晚近新建筑，则尽是红砖水泥，然结构布置，绝少匠心。城中旧家，亦无园林之胜，一由于质朴之风未泯，一由于工作之费过钜。

店铺门面，装饰草率，大抵有一牌楼式之门，中间空出一横幅之地位，顶备书写店名，其门面较大者，则左右书其营业上之术语，如京津糖果、绸缎纱布等。有已经易主，不肯涂饰，即于旧题，略加粉饰，改题于其上，一经雨淋，粉去而旧题复显，遂成复形之字，殊不美观。

招牌亦甚简单，绝无过街者，书法亦不若苏沪间商家多倩名家法挥，大都任漆工任意为之，即有善书，亦不具名也，新派近日化。

包裹货物，俱用树皮纸，不印店名，其绳皆麻丝，染以紫色，与北京同。惟较新之店，则亦用印成字样之纱带。

除茶食、水果、饭庄、戏园有夜市外，其馀在十时以后，即无人过问。夜间灯火铺陈，亦甚简单，城内更形冷落。

电灯极暗，由于偷电者过多，故在傍晚，反觉明亮，八时以后，暗如蜡烛，至夜半始复大明，且时有中断之虞。然济南一埠，用者极多，若能整顿，不患无利。所困难者，军政机关，不敢过问耳。

电话为新式，不用手摇，接话亦快，听时颇清楚。因北方人说话沉着，并无苏人拖泥带水之习也。

济南名物，以玻璃丝制物与金银丝刻嵌，最为驰名。玻璃丝产博山，其细如发，以手工编组，中夹书画，远望隐约如蒙薄纱，电火映之，则作作生芒，制为灯罩，更见玲珑明媚，大者为折屏，较绸布者为耐用，最贵亦不足百金。金银丝刻嵌为潍县人所擅长，惜器具种类甚少，不外手杖、墨盒、笔架、花瓶等等，无新制，技术则甚精，细腻熨帖，绝无刀镂痕迹，价甚贵，一笔架刻四字双钩亦须六角，若加款识，计字论值，小字五分，大字一角，且多为篆字，取其易于雕镂也。

尚有一种毡毯，图案古朴，有毛茸茸然如绒，置榻上，极舒暖。惟颜色以紫黄蓝绿为多，一席之价约十馀元。此外有毡鞋，冬令穿之，不觉其寒冷，惜状甚臃肿，亦惟老年人肯用耳。

棉纱所织之枱毯，价不过一元馀，而花纹甚雅，与西洋舶来之绒毯相似。

首饰盛行镶嵌，手术不弱，普通妇女都用之，无专售珠宝者，皆附属于金银铺中。

水果置朱漆或黑漆之圆盘中，骈列两侧，如送礼然。梨为最多，可以四季不断，有数种，味皆甘美无酸。葡萄亦甜美多液，虽至隆冬不坏。泰康公司制肥城桃极鲜美，欲尝真味，须在六月，其大如南方之蘋果瓜，且少蛀损，则以北方雨少故也。

酒馆中供客消遣者，为西瓜子、南瓜子、花生米等。西瓜子大而咸，绝无南方制者，即以南方西瓜子饷北人，北人亦未必欢迎，盖病其细小而淡也。

晚近气候亦已变化，冬令极寒，只零下十馀度，且二三月间已能和暖去皮棉。故彼中人云，较之二十年前，已减去一个月之火炉生活矣。时吹大风，吹时飞砂走石，不能张目。夜间内暖外寒，窗上气凝为霰，有如花玻璃，间有冰碎者。雪下后，非三日不能尽融，其在阳光不到之处，或积一两月亦未可知。

夏令日间炎热，至晚凉飙吹来，却有秋意，已有海洋气候。雨水极少，亦无连日霪雨者。

文化极难感受，出版物之寂寥，殊失都会之地位，其间亦以军阀束缚忌讳之故，明哲保身，多一事不如少一事矣。学校以潜修为尚，绝少活动，故春秋佳日，盛会难觏。江南视为家常便饭之跳舞与歌剧，彼方尚居为奇货也。

报纸不少，有日本人出版之《山东新报》，全为日文，别有青岛版，随报附送，间有短评，眼光并不远大。规模稍具者为《新鲁日报》与《济南日报》，《新鲁日报》有官报臭味，《济南日报》有日人撑腰，然有时尚能说几句公平话。其他若《大民主报》《平民日报》、《世界真理日报》、《鲁声》、《山东法报》、《山东商务日报》，只是剪贴工夫，并说如不说之短评而无之，虽日出两大张，一二人足以了之。盖各省新闻有南北报纸可翻印，而本地新闻有新鲁社通讯大批供给也。

附张文艺之幼稚，更属可笑。《平民日报》曾一度仿上海小报例，出版《如意日刊》，后以材料、经济均告困乏，不能不抄袭。此外更不成模样，《济南日报》副刊甚至以《二十年目睹之怪现状》，排日连登，诚怪现状也。《新鲁日报》之附张《日新语》，颇能特出冠时,惜时方多故,南北邮件罕通,亦感稿荒耳。

京报隔日到,津报当日到,沪报最快隔两日到,其后津浦车梗,从海道至青岛时间更费,至少须隔四日。

济南人士之看报欲,极不发达,从来报纸,本埠销数无逾二千者,对于南北报纸之信仰,只有北京之《益世报》《晨报》、《顺天时报》,天津之《大公报》《益世报》《新天津》,上海之《申报》、《新闻报》数种,《晶报》亦甚少,市上无零售,《上海画报》更寥寥矣。

纸烟以英美烟公司所出为最风行,上层社会多为大炮台,中层以下为哈德门,南洋烟草公司弗能抗也。烟税特重,大抵一听须贴两角,故大炮台价在一元以上。

冬至后有元宵,其大如南方之汤团,惟俱为甜馅,以米粉作点心者,仅此一种,此外皆麦粉世界矣。

《史记》言齐人多夸,此风至今不减,逢人必以官衔、职位相炫,而谈吐之间,亦喜自张其能耐。因军阀势力之大,养成人民一种欺弱怕强之习惯,在此数年间更甚。

军阀机关之多,为各省所无,佩黄色附号者触目皆是。在丙丁之交,司令部有六十馀处,商埠旅馆幸免占住者,不足十家也。招兵之小旗,满街飘拂,盖旅部希望成师,营部希望成团,上有所喜下必有甚焉者,后以作战失败,严令禁止,遂稍敛迹。

白俄别有统属,称入籍军,优给饷糈,并有携眷属僦屋以居者。初时褴褛如乞人,今已易华服,与欧美妇女相类。俄兵酗酒与不洁之病，较之中国兵有过无不及，所习技术，以炮骑为上，然久用则疲，况又以娇养渐成惰性耶。

警察佩匣子炮，且素习射击，守岗时尚能尽力。冬令衣皮氅，形式上亦较南方为壮观。

因兵队之多，而军服店亦随之而发达。西门沿城脚，有专制武装带、子弹带之皮件店，比屋而居六七家，其值较军服店为廉。此外大衣之销场亦夥，因天寒出门，非此不可。

旅馆以津浦宾馆、胶济宾馆最为宏整，专为阔旅客而设。冬令有水汀，室中陈设，俱取欧化，兼治西菜，达官贵人往来小住，悉于是下榻焉。大马路侧旅馆虽不少，然类皆湫隘卑陋，且多为军部所占，门外红纸高揭，门岗矗立，即为禁地矣。

日本旅馆有金水及鹤家最美备，价特昂，一夕须三元以上，且席地而卧，天寒以炭燃磁缸中，纸窗木几，局促而不安，往往为密会之所。

学校涉目不多，颇闻尚重读经，因教育厅长兼大学校长为清季状元王寿彭，故思想极旧，训育方面自然取严格主义矣。山东大学校为省立，有工科，设备尚楚楚，校址亦大，外观直是一衙署耳。

南圩门外有一基督教之势力圈，齐鲁大学、齐鲁医院、女青年会、广智院均在焉。广智院之建置甚宏大，设备甚富，有黄河铁路模型、世界人种模型、古代各国钱币，以及各种足资参改之模型、标本、图画甚夥。自清末迄今，已有二十馀年之历史，中间颇有价值极高之品，若再广事征求，可以成为北方一大博物院也。

洛口距济南北二十餘里，为黄河铁桥之南岸，因车行至是，有数分钟之停止，而渡河者亦于此起落，故略有市面，汽车半小时可达。天寒水浅，沙滩浮出，下流冰片络绎而下，其声疏疏，如流泉咽石。桥长不知其几百尺，而桥下无水者有三十餘尺。建筑极固，并有复路，备人经行，然非得站守许可，不能通过。闻京汉路之黄河铁桥，更见伟大，然此桥已非南中所有，若在桃花水发，汪洋一片，波涛洶涌，当有可观耳。

河岸高及寻丈，车站几如堡垒，有石级可上下，而村落廛肆，在河岸之内，低洼中陷。盖河水暴涨，非如此不能得安全也。立此岸遥望彼岸，只是黄沙一抹而已，即水流亦极混浊，古人云："俟河之清，人寿几何。"实则纵历亿万千年，难见澄清，即长江滚滚，亦不能如海水之一碧也。盖长流经地必多，所挟砂砾至多，自成此色。

全省有一百零七县，面积极广。鲁南多山，每为盗窟，剿之不能尽，抚之不能容，重以连年多旱，忙于兵事，民力凋敝已极。故就济南一埠表面上观察，仅能得其皮相而已，然而金融上已出筋露骨。

山东省银行信用甚佳，其所发行之钞票，与现洋等，上海钞票反须贴水。自发行江苏钞票以后，现银缺乏，兑现顿感困难，价值陡落。余离济时，尚未公开折扣，然至青岛，已不甚欢迎矣。

军政费赖以挹注者，为金库券与军用票。金库券隔六个月兑现，初发行时可得五折以上，愈近愈增。军用票此次已为第二次，票面书明军事平定，一律兑现，因之随战讯之利否，高下其价值，最低为三折，最高为六折。惟其起落频频，故颇有因以为利者，大抵省银行职员与银号，为能占有耳。

银行有中国、交通、大陆、上海等，皆分行；有东莱、道生、丰泰、鲁大等，皆总行。银号多出数倍，除借贷博利外，买卖库券、军票为最大之命脉，操纵居奇，极称能事，盖有上海证券交易之风焉。

银号俱有零票，分一角、二角、三角、五角四种，漫无限制，往往有不及一年，即行闭歇。因此社会流通，亦有检别，外来者不察，不免受绐。最奇者，银角反拒而不纳，以大洋为单位，于是物价因而亦腾高不少。

金库券、军用票虽不许折扣，然实际上不能不任其升降，买卖时必先告以使现大洋，乃得真价，若不言，则彼所索者必奇昂，即授以现洋，吃亏甚大。然有时不肯说出两种价目，必待顾客以现大洋相示，方吞吐其间，盖恐受诘责也。

军官眷属出门购物，每以马弁相随，而马弁往往需索零物，占小便宜，主人不之禁，店伙无如何也。并有戎装佩武器而为主人褓抱孩提，顿失赳赳之概，亦中国军人之特色也。

人云一入京华，即生官瘾；余谓一至济南，即有军官癖。盖

149

触目皆军人势力，而军官之起居服御酬酢，在在占最高之位置。故虽三尺童子，亦喜穿军服也。有所谓幼年学兵团者，所容皆未成年之童子也，然其教练，与兵士相仿，童而习之，宜若可以成劲旅矣，而山东人之武倾，亦于此可见矣。

除普通机关外，军政衙门其办公时间极晏，大都自下午二时起至七时止。因此宴会在九时以后，睡眠须在十二时以后，而起身须在午前十时以后，其生活状态，几与上海方弗。

旧式女子尚占最大多数，故社交极枯寂，然军政界人物之眷属，烟酒赌无一不能，故消费极大。

广告招贴，有指定场所，并不随意四布。惟电杆木绝对放任，故五颜六色，至为复杂。

纬二路有一庚申俱乐部，为中日美术界之集合地，时于此中开作品展览会。日本人另有一种结合，每年须改选一次，选举运动，系公开的，于街衢间揭布姓氏，俾日本人知所注意。此种结合，专为居留人谋幸福乐利者，方弗一同乡会，而为领事馆之监督建议机关也。

日本商店，不出玩具、花木、吴服、药剂、文具诸类，其间陈设，亦不甚讲究美术，与中国商店相似，花木之装置最精，价亦奇昂。每至岁阑，大张旗鼓，有赠品，有折扣，有时则划一不二价也。

北方水果肥大甘美，素所著称。惜余以十月去，明年三月返，在此期中，为水果最少之时，只有梨与葡萄而已，甘蔗、福橘其贵几超过产地十倍以外，木瓜极大，北方人以之置枕边，谓可医疯痛，闻杏子极甘而多汁，同与嘉兴之檇李，与肥桃同一无福消受。而此行亦以未瞻孔林、未登泰岱、未尝佳果为大缺憾耳。

(《紫罗兰》1927年第2卷第19号，署名范烟桥）

青岛一瞥录

　　山东之有青岛，如江苏之有上海，然上海只宜于工作，而青岛则不啻一大别墅也。在未经收回以前，遗老依为护符，巨贾都有别业，因交通、地势、气候，在在舒服而便利也。

　　上海、青岛间，每日有轮舶往来。济南、青岛间之胶济铁路，设备与整理为中国铁道之巨擘，每日有通车三次，区间车尚不在内。因之南北货运，胥以青岛为承转机关，即天津或大连之南航轮舶，亦须在青岛停泊。近年津浦南段时生阻碍，南北往来假道于青岛者益繁，则青岛之重要，可以概见。又以德日两度经营，海口防御，渐成东亚重地，则军事上亦不可小觑者矣。

　　胶济路车站甚密，计有五十站之多，平均十馀分钟，即须停靠一次。站台多植樱花，花时照眼，皎然如雪，亦特征也。车厢间敷饰甚美，头等以玫瑰紫丝绒作座，锦席为帘，并有汽窗，可以启闭。车过沧口，即沿海而行，即胶州湾之右弧也。中间在淄县有铁桥，架淄水之上，约有一里之遥，冬春水涸，黄沙见底。自青岛至沧口，有汽车路可通，因其间皆工厂所在也。

夜车自济南至青岛，抵海适在日出以后，碧波如镜，孤艇浮沉，晨光熹微，空明清爽，此境难得也。

青岛全市一大山耳，其街道建筑，悉依其山势之高下，而曲折布置。最难者，屋舍形式，绝少雷同，闻当时德国提督，刻意经营，以美为归，居民建筑，先具图缋，其有因袭，即令改制，故各具面目。又以人少地宽，室之四周，颇有回旋馀地，即以第一旅馆论，其外观，固一极有匠心之别墅也。

全岛分两部，一部属大保岛，一部属青岛。旧时租界则为大保岛，今尚有日本街之名目。日本街为日人经营之商店麕集之所，在山之半，地形特高，仿佛更上层楼，所售卷烟，依然无税，亦可异矣。

街道极为修整，俱系柏油所浇制，故其平如砥，且于道左别筑一石板之复道，其两边之距离，足够大车两轮之辗过，故一切载货之车，均循此以行，绝不紊乱，而正道不致受重过量，损坏自少。此等护路办法极善，然非平时警察指挥监督不为功。

青岛气候调和，虽盛夏亦不炎酷，晚凉往往胜衣，且多微雨，几乎无日无之，其细如丝，顷刻即止，所谓乍阴乍晴，如南中熟梅天气也。其故殆在近海，水气上蒸，故倏忽变态，因之道路间无灰砂扬起，有如天然之洒水器矣。

汽车极适用，遨游海滨山涯，非此不乐，赁值极廉，每小时仅两元耳，即轿式亦不逾三元。

春初海虾上市，亦称明虾，购时以两虾相并，故又称对虾。每对极贱时，只七八分耳，运至济南，已不甚鲜美。若在青岛，不必加以佐品，但置油酱略煮，即肥美嫩白，异常可口。虽海上亦有之，不及青岛所产者远甚。

德人治青岛，于隙地必造林，故今日所过，皆葱葱林木，无濯濯童山。惟收还后，偷伐渐众，不肖军人，甚至货以入己囊，若不禁阻，数年以后，疮痍满目矣。

第一公园最大，有土路，如螺旋，可以行汽车，渐升渐高，略不费事，俄顷之间，林木亭榭，已低落于车轮之下，且左右皆绿树成荫，非常悦目。中有澄清亭，为岛民纪念毕庶澄氏之建筑物，费一日一夜之工而成，毕氏自书联额，极意气飞扬之概，今年死于刑戮，不越一旬，悉撤去无留。

园中樱花亦极多，夹道而立，花时弥望如雪，则为日本人所留之痕迹矣。即胶济路各车站，亦有樱花，惟较岛上为早开，最盛之三日，开园游会，券售五元，中日本人相集狂欢，有宴会，有舞会，盖犹是曩岁日本人管理时之遗风未沫也。

神社为日本人媚神之所，其体制甚宏伟，甬道两侧，骈植樱花。花讯中设饮食肆于树后，并有自携蛮榼，席地野宴者，盖犹吾国古代之踏青也。神殿非进香不得入，若掩入，必遭呵禁，设位不设像，燃香不燃烛，珠帘下垂，一尘不染，状甚肃穆，其侧有穿祭服者守之。殿右置亭榭，蓄鸽、熊、猴、鹤诸动物，收拾甚整洁，盖以园林之法布置之也。

炮台有三处，最低者最大，有机械可以旋转，其炮位在下，拨动绝不费力，其建筑之伟大巩固，不胜惊叹。惜德人离岛以前，将紧要处捣毁破坏，虽欲修理，其费已不赀矣。

海水浴设备甚完美，名汇泉浴场，夏令每至夕阳将坠时，士女纷集，裸裎跳荡，活泼泼地，真无遮大会也。然华人性怯，习之者少，薄而观之，则大有人在也。

阳历五月，日本人有一种辟邪之习俗，如中国之端午然，门外悬一巨大布制之鲤鱼，亦有以纸制者，肆中有神像出售，擐甲荷戈，戟髯紫颜，殆锺馗之武化欤。

岛上有高丽妓，喜作中国装，不钮而结，蟠发于顶，则又如日妇矣，居日本街，其住处称馆。

最繁盛之市街为山东街，然亦只如晨间之上海虹口耳。

有日本剧场，其门外所揭之广告，绘怪异之图画，极触目。即各店铺之新物上市，门面无适当之地可以露布，则制为三角形之木架，置于水门汀路之边缘，行人一目了然，而绝不碍于观瞻，此法极有思致。

岛上中国报纸有《中国青岛报》、《青岛时报》、《大青岛报》、《青岛新报》、《胶澳日报》诸家，日本有《山东新报》之青岛版，本埠可以零售。每得一较新之消息，即大书于纸，露市门外，绝不居为奇货也。

155

劳山在岛之东,地理书称高三千八百尺,相传秦皇欲望三神山,命人民叠石加泥以增其高,故名劳山,所以示民怨也。然察其地形,奇石参差,颇有玲珑剔透之观,殊非人力所能致。自青岛抵山麓,汽车行一小时,往返费十五元。山道平坦,俱系黄砂铺成,宛延盘旋而上,故登山不甚费力。若坐小汽车,可以渐登山半。山阴有柳树台、北九水诸胜,以时间匆促,只在柳树台小憩。有日本式矮屋,侍者出汽水、啤酒、咖啡相饷,同行者出所携罐食面包大嚼,快极一时。山阳有上清宫、下清宫诸胜,须驾舟浮海而往,只可俟诸异日矣。此山亦经德日人点缀,故得登临便利。且遍山皆树,尤觉生趣盎然,晚近颇脍炙人口,其实不过如吴中之天平,尚不及其曲折多姿也。

(《紫罗兰》1927年第2卷第17号,署名范烟桥)

八卦轿的点心钱

　　天平山下有一种大竹制成的山轿，抬轿的有普通的山农，还有特别的山妇，因之有八卦轿的名目。譬如坐轿的是男子，抬轿的前后也都是男子，就成了乾卦；坐轿的是女子，抬轿的是男子，就成中虚的离卦。依此类推，成为苏州特殊的风光。他们虽没有规定的应雇办法，可是按着习惯，却也丝毫不乱，绝无争夺，因为他们把入山要道的西津桥，做接水的码头，在未吃中饭以前，群集在桥头，守望来船，一见了船中的主顾，便打招呼，以后论定价目，依着守望时候的次序，少了再去补充，多了把最后的留住。这种不成文的轿埠头章程，至少已执行了几百年了。
　　女子是不胜劳力的，但是天平山下的农妇，似乎别有天赋，伊们能够把一百多斤重的负担，放在仔肩上。走那崎岖不平的山径，虽是也很吃力，却和种田所费的力量差不多。我们可以从闲话中间察看，伊们出言吐语，并不像牛一般的气喘吁吁，料定伊们的丈夫或者还输一筹呢。据我的朋友从广东来说，岭南也有这种八卦轿，伊们的仔肩，更耐得起重负，往往有独自登山，采了二三百斤的柴草，轻松平淡的负着归家。这种可惊的神力，谁也不信是女子所胜任的。

  但是天平山下的农妇，不单是能负重力，还可以坐定了做刺绣的女红。刺绣不是要有致密的心思和幽静的功夫么，和抬轿的粗手粗脚，可算得绝对的反对。倘然把年龄来划分工作，还不见得希奇，最希奇的是正在捏着绣花针，在华丽的绷子上刺花，得了主顾，立刻收拾起，大踏步走上街头，把很重的轿子，放上肩去。这种文武兼具的本领，不是和上马杀贼、下马草露布的儒将一般的有天才么。

  这般继续不断而又调剂得宜的工作，于伊们的经济上，当然有很大的益助。论理，伊们的生活，可以比旁的农家要好一点，可是也不能一概而论。前天我们到天平山去，同行的几位朋友，都上一线天去了，我为了那天天气很热，身子笨重，上山容易下山难，不如在兼山阁上细品钵盂泉来得适意。在这憩息的当儿，便和轿妇攀谈，约略得到伊们一点生活的真相。就中有个四十多岁的妇人，阅历最深，抬过城里的乡绅太太来烧香，点心钱一把抓出来，有时比正当的轿钱还多些。伊说："城里的女孩儿家，真是嫩弱，风吹便倒，雨落便酥，坐在我们的山轿里，还要嚷着吃力，倘然教伊们抬轿，不知道要压成个什么样儿呢。近来有上海来拍影戏的，这些小姐，才是厉害，穿着伶仃的外国鞋子，在狭窄而滑溜的石级上走得非常的快，并且伊们和我们一样，没有难为情的话，和同伴的男子，嘻嘻哈哈地，什么都说得出、做得到，比女学生还胜三分。可惜伊们在上海坐惯舒服而迅速的外国车子，所以总嫌我们的山轿太颠簸太迟慢，或者这些话也是拒绝我们讨点心钱的盾牌呢。但是毕竟上海人的手面大一点，不比城里的太太们，除掉烧香，就看得一钱像磨卅一般大了。"

我觉得伊们别的没有什么坏处，说话也率真，间或有些粗俗的风话，也是伊们要博得游客的欢心，只是上山要讨点心钱，下山又要讨点心钱，说了许多似乎好听而实在讨厌的话："大块头先生，出来白相，弗在乎此，多给几个钱，伲出了几身的汗，一点物事齰下肚，饿得来，呒不气力，抬弗动哉。"我笑道："你们的胃口真大，怎么中饭吃了未久，又要吃点心了？"伊们又说："老早就在四津桥时候，那哼有工夫吃饭！"最乖觉的，特地加快几步，和大队离开得远些，然后停下来要求，含有挟制的口吻道："啊哟，真正抬弗动哉，好先生，随便给几个钱，横竖俚笃在后而，弗看见格。"倘然心肠一软，给了几个铜子，伊们又半推半就的神气说："嘎唷，几个钱不够买一个大麻饼吃，阿弥陀佛。"伊们眼光也很厉害，看得出主顾的慷慨和悭吝来，到了要求不遂的当儿，也就戛然而止了，不愧为识时务者。

上了山，不免嫌热，什么帽儿褂儿袍儿袄儿脱下来，都可以交给轿妇掌管，不过到了下山的时候，少不得又要讨点心钱。我的朋友K君，不惯走山路的，听见人说一线天的奇迹，很想上去瞧瞧，争奈在山下望见三十级狭小的石步，嵌在两片断崖里，心上想，万一失足堕下来，还有性命么，因此馁馁然，不敢尝试，加着那些轿妇，再作骇人听闻的神话道："越是胆小的人，心上恐怕走不上去，那两边的山石，好似在那里夹拢来，使你更见得狭窄，越是恐怕滑跶，那两脚便像抹了油。"K君听了，自然格外忧虑。但是瞧见同行的都鼓起勇气，大踏步上山，又充满了艳羡，最后只得借助于轿妇，扶着她走上比蒲团还小的石级。K君自己也惭愧了，说道："一个男子，倒要女子的搀扶，何等可耻。"但是除掉这"扶大爷上山"以外，没有第二味壮胆健脚丸了。后来下了山，这一笔点心钱，便不在少数。我对伊们道："你们所得的点心钱，足够和丈夫对脚背喝黄汤了。"伊们叹一口气道："喝在肚里倒好了，可惜都送给人家喝去呢。"我不懂伊们说的话，什么意思，到了回船的当儿，见矮小黑暗的小茶馆里，一簇一簇围成了几堆的农人，都在那里叉麻雀，穿青布衫的轿妇，对后面穿白布衫的轿妇说道："阿珠的父亲，又在赌钱了。"白布衫的道："有什么话说？'生成的相，做成的酱。'他前天赌了一夜，足足输掉三块大洋，气得我两天没有吃饭。"青布衫的道："阿珠的父亲，倒还有赢的时候，像我们的死坯，一双晦气手，逢赌必输，从来没有瞧见过赢一个钱回来。"白布衫的道："有钱在袋里去赌，赌空了歇手，倒也罢了，争奈他们没有钱时，还要向人借贷,这赌场里的钱,借得起么?今天阿贵给王三逼得要死,听说在上一个月里,借他两块大洋,今天要他还四块大洋,不知道算多少利息。阿贵的妻子,哭得两眼像胡桃一般肿,方才我约伊,到西津桥去,伊也不高兴,带哭带骂道:'我费了气力,挣得的钱,怎够死坯一筒烟功夫的赌呢,拚着大家饿死罢。'你想可怜不可怜?"轿儿抬过许多矮屋时,常有相熟的人,嘻笑着脸,迎来道:"新嫂嫂回来了。""大块头分量倒弗轻格。"一个老妇人抚着二尺多长的一个小孩子道:"阿珠,你的母亲袋里有大麻饼咧。"阿珠便伸着两只鸭掌似的小手,嚷道:"姆妈,饼呢……阿爸又输完了……等姆妈拿钱去。"白布衫的话也不回,急忽忽的抬着轿儿走,到了停船的地方,歇下来,汗雨淋漓在颜面上,好像在那里哭。伊们一壁问主顾讨最后的点心钱,一壁在河桥上洗脚洗脸。我们把讲定的轿价给了伊们,另外再给几角点心钱,伊们还是堵起了嘴,不愿意接受。我道:"你们少讨一点罢,讨得多了,给你们丈夫知道,又要赌一夜咧。"

我们的船撑开了,还听得伊们嫌着点心钱太少的话。同行的B君道:"我坐在轿里,见伊们背上的汗,渐渐的渗透过布衫来,心上老大不忍,所以我在将过童子门的时候,在山下就下了轿。"K君道:"我最佩服伊们在归途中,索性把蒲鞋脱去了,赤着一双脚,在确荦的山径上走去,怎么不刺痛?有时还铺着细小的砂屑,我们偶然误嵌了一粒两粒在脚趾间,已觉得不舒服了,怎禁得粗糙的磨擦呢?这几个钱,不容易赚啊。"我道:"你们的心肠比伊们的丈夫软得多咧,可惜这出于体恤的点心钱,都供给赌场的牺牲。"

(《紫罗兰》1927年第2卷第21号,署名范烟桥)

沪西沪北之壮游

劳圃引出薤露园

余以逸梅记劳圃风物清嘉，函约卓呆于星期日访之，卓呆覆书谓可先游薤露园，一视其爱女孟素女士之墓，当来相就，驾车偕行。至日，晨起未久，卓呆已手花一束至，与之循极斯非而路而东，将于云飞唤摩托车也。

看香客买鲜花

不知是何因缘，静安寺前有明月车二十馀乘，各坐妇女二三，黄布之袋，佩于胸次。余借看香客之由，折至静安寺右一花肆，亦购鲜花数束，卓呆致客气力阻，已粲然盈余握矣。

虹桥路可称林荫路

大西路,终林荫路,始两侧植大榆树,交枝如盖,方叶其柔荑,映人眉宇皆碧,余曰:"若是者,方合称林荫路耳。"路外阡陌间,菜花黄,豆花紫,烂熳可观,蛰居闹市者,乌知此间之乐,别有天地耶。

具见匠心各运灵思

孟素女士之墓,植玉兰、海棠、蔷薇,惜非花时,而四周苍松翠柏与红杏碧桃相错,亦不寂寞矣。石碣之顶,立白石安琪儿,其下嵌磁像,神采栩栩如生,云是从意大利制东,历八个月之久。守墓人接花插瓶中,置墓前,卓呆呆立若干秒,知斯时重温其"创痕"之酸辛矣。余乃乱以他语,与之历行墓道,审视种种不同之规画,具见匠心之各运。惟题碣皆庄重而绝无新意,惟一碣锓佛偈二十字,较为别致耳。

上下数千年

来时曾约云飞越一小时复来,载吾侪去,而卓呆之表拨快一点钟,期以十时半,吾侪出园只九时半耳,距所期甚久,度不可耐,乃易明月车,经法华而返静安寺。车经石子街,颠簸如按摩,笑语声颤，又似疟疾。余曰："来时之摩托与此时之明月，其间历史之远距，亦可惊矣，吾侪今日可谓上下数千年。"

凭轼而观兵

既抵静安寺，谋易登电车至沪北，久久弗至，云是英兵今日会操于跑马厅，人众塞途，车以阻滞，乃改乘公共汽车。过静安寺，即见大队整装而来，车守嘱司机人缓缓而行，于是吾侪得凭轼而观。苏格兰乐队悠扬悲壮，卓呆曰："方弗大出丧之小堂名。"沿途观者蚁屯，有专车相跤于途次者，以西方女子为尤众，纷红骇绿，更使赳赳者生色。

惊鸿一瞥之协和会

舍公共汽车而易以人力车，过六三园时，见旭日之旗飞舞天空，而木履儿纷至沓来，军乐越墙而出。卓呆辨声，识是日本之海军乐，而协和会之旗帜，撑出丛树，方知此中有盛事，惜不得一观其狂欢耳。

桃始华

劳圃春到较迟，故洒金桃花正在怒放，不若龙华道上只有人面之红。圃植珍珠米几半，而蔬果之属，亦逾十种，阶前两桑树，枝屈曲如须，着叶嫩绿，云称龙柳，蓬莱山上物也。

不淘而逃

三间之屋，既垲且爽，中客室题"逃斋"，萧蜕公所书，卓呆初定曰"淘斋"，意谓受上海之淘汰而来江湾，蜕公以卓呆非时代落伍者，此来所以逃尘嚣而适清静，故为易题，亦趣事也。右书室，悬孟素女士像，题"我家之天仙"，而其慈母剑我女士所题之"怀素室"三字，与之相对。左卧室，不设床，仿日本之铺，而近于关外之炕。昔唐玄宗以长枕大被，置花萼楼上，覆其昆季，不知亦作如是观否。

不可思议功德

剑我女士拥衾而卧，病已经年，近始渐见痊可。卓呆云："得力于三数基督女教士之祈祷。"剑我女士云："祈祷后之手，如有奇热，着体舒服，霍然若无病者。往时闻儿曹笑语，即觉生厌，今女教士向之喃喃唪诵，历数十分钟，而不嫌其扰，且似有一种不可思议之功力。"诚哉，其不可思议矣。

火车掠窗而过

饭后复长谈久久，思附火车归，卓呆视表，谓尚早，不意语甫毕而东来之火车，已掠窗而过，乃相与大笑而出。抵江湾站，而火车远去无踪矣。适汽车揽客甚殷，即与卓呆告别而登。综此一日，自沪西以达沪北，易车凡四，历程迨数十里，得非壮游乎。

(《紫罗兰》1928年第3卷第4号，署名范烟桥)

唐塑波澜

一、小　引

　　甪直保圣寺之唐塑，因顾颉刚君之发见赞叹，而名闻国内外。因日人大村西崖《吴郡奇迹：塑壁残影》之著，而引起保古者之兴奋。因蔡元培氏之倡议重修，以及各方之同情，而有今年总理诞日保圣寺古物馆之揭幕。因此不可多得之盛典，而朱梁任先生暨其公子天乐君与傅紫雯君作无谓之牺牲。其间波澜起伏，蔚然为中国美术史上一大公案，钩元提要，而著于篇。

二、保圣寺

　　保圣寺在离苏州三十六里之甪直镇。《吴郡甫里志》云，保圣寺创立于萧梁武帝天监二年，明崇祯七八年间重修。大殿梁拱最高处之版，刻有岁月。惟归有光《保圣寺隐安堂记》云，保圣寺创立于唐大中年间。僧明理之《保圣寺法华期忏田记》（元元统二年立碑）亦云建于唐代。大村西崖以为保圣寺当建于唐会昌灭法废寺之后。宋祥符六年赐紫僧维吉重建。盖根据于宋李明仲《营造法式》一书，谓其建制十九相合，故云。

三、罗　汉

《甫里志》云，保圣寺有罗汉十八尊。就大村西崖考证所得，云，其年出于玄奘所译之《法住记》（庆友尊者所著），仅有十六尊。五代时蜀赵德奉描罗汉像于成都大圣慈寺竹溪院壁。后梁乾化中，洛阳沙门智耀构"应真浴室"，列十六罗汉于西庑。以后画师作罗汉为数皆十六。宋以后乃增为五百，而别以迦叶与君屠钵叹二尊者加入十六之数而成十八（或以迦叶与庆友二尊者加入）。是则保圣寺之十八罗汉，或为宋时所塑，亦未可知。在大村西崖参观时，已仅存其半。康熙《甫里志》载奚士柱（太仓嘉定人）《保圣寺罗汉歌》，描写甚详，则当时尚完好也，诗云：

"鳌掷鲸跳海水立，奔涛骇浪排天黑。只履昙摩能蹈芦，走入空山僵面壁。应真五百自天台，若忆于思老衲骏。遗教寻取少林道，瓶钵随身得得来。伊昔昆山海口揭，豕峰触浪舟沉没。沧桑变定白莲开，环绕莲台行脚歇。埏土流传凭巧匠，搅扰支那匪一状。擎拳踏步诧风魔，屈伸坐立纷相向。一僧咒钵起龙珠，一僧飞锡扰于菟。独撑赤掌擒山鬼，更或青胪睇雁奴。亭亭鹿女衔花荐，猎猎鸟巢风扑面。鹅听讲时贝叶宣，猿惊定处松阴转。半疑身悟辟支禅，又似心皈净土莲。竭来震旦空嘶乱，说是灵山十八贤。色空空色原无相，游戏神通何跌宕。瞿昙冷坐笑拈花，笑杀空门此亦障。圆顶岐嶷白足嘉，群状挂裓会龙华。精灵蜕去遗躯在，拥护梵云帝释家。甫里千秋镇名迹，吴中少此奇抟埴。低眉努目互庄严，霄斧风斤谁肖得。肖得形骸并性灵，伐毛洗髓真宁馨。写生不数三毫颊，谛视如开十幅屏。肖像传闻罗汉度，神镂鬼刻当年塑。徘徊展拜炙芳徽，皈心谩向天台路。"

就诗中所描画而言，有"降龙"，有"伏虎"，有"捉鬼"，有"看雁"等等，此外尚有牡鹿、鹅、猿，而顾颉刚君《四记杨惠之塑像》云：

"民国七年，我第一次到甪直的时候，保圣寺的大殿尚未坍败。友人告我：'这十八尊罗汉，下面一排，都曾经过修饰，只有上面的四尊，这是杨惠之的原迹。'这没有修饰过的四尊，我后来去时，已经塌坏了两尊，我也想不全了，只记得一尊在趺坐，一尊在题壁，一尊在高瞩（即奚氏诗中所谓"更或清胪睇雁奴"的），还有一尊，不知什么样子，问别人也不知道。……尤其是伏虎一尊，……我看见的时候，这尊罗汉毫无意思，同别个寺院里的差不多，不过旁边这只老虎还大而已。降龙的一尊，则虽经修饰，还是精神饱满的（但筋肉已没有充分表现，色彩亦不浓厚）。

这条龙,蟠在梁上,更觉夭矫有致。……至于歌中的'赤掌擒山鬼,鹿女衔花荐',以及猿、鹅之类,我都想不起。不知道是我看了忘记了呢?还是我看见的十八罗汉的样子,已经不是完全奚土柱时代的样子呢?"

则大殿未毁以前(民国七年以前),罗汉十八,在数目上完全无恙,且有"还大而已"之虎,与"蟠在梁上"之龙也。

四、塑 壁

以前之赏鉴家,仅注意其塑像,而未及塑壁,大村西崖至,乃大事表襮,有云:

"塑壁起于殿前,与金柱相并之檐柱,由东南两壁经隅角至第二之檐柱而终。东西各横四十二尺,高十二三尺,下部高约一尺五寸,前后造四尺许石坛,侧面虽有浮雕,以瘗于浅土而不易见。坛上壁面,塑有山云、石树、洞窟、海水等。崇卑之土坡,突兀之山岩,卷舒之云气,由是而起。或植天然树木,配以根株,或缠龙身于梁上。……至其所塑山顶、石尖、云头,高及三尺,与昂身互相参差,致遮掩其所支之桁。自壁前观之,有如覆盖,有浮雕之处,仅石间深处与水波而已。至其岩石皴法,全属唐风,不似宋式。……是乃所谓杨惠之手迹之传说所自本也。"

所谓"塑壁",即"云海",今日大寺院中大雄宝殿之后壁,往往有之,然恶俗了无画意。惠之之塑壁,从画中得来,王氏《居易录》云："唐杨惠之变画而为塑。"而广爱寺之楞伽山，为惠之杰作。此等塑艺，殊不易觏，保圣寺有此奇迹，自后难能可贵，故杨塑之传说，非前人有意高攀，亦有使人信从之可能也。

五、杨惠之

《闻见后录》云："杨惠之与吴道子同师张僧繇学画，惠之见道子笔法已至到，不服居其次，乃去学塑，亦为古今第一。"宋刘道醇《五代名画补遗》所说略同，并云："时人语曰：'道之画，惠之塑，夺得僧繇神笔路。'"王谠《唐语林》云，惠之为唐开元间人，而其著籍，不可得而考矣。惟正德《姑苏志》列惠之于人物门，目为"姑苏人物"，乃依据《中吴纪闻》而致沿误也。近人莫天一著《塑述》（《东方杂志》第二十七卷第二号）第六《塑之名流》首列惠之，引王氏《画苑》云：

"杨惠之尝于京兆府长乐乡北太华观塑玉皇尊像，及汴州法王院大殿内佛像，及枝条千佛，东经藏院殿后三门二神，当殿维摩居士像。又于河南府广爱寺三门上五百罗汉，及山亭院楞伽山，皆惠之塑也。……惠之尝于京兆府塑倡优人留杯亭像，成之日，惠之亦手装染之，遂于市会中面墙而置之，京兆人视其背，皆曰：'此留杯亭也。'"

则其行踪，每在汴京一带，似未曾南渡也。宋邓椿《画继》亦云：

"中原多惠之塑山水壁。"未尝言及南方有其手泽也。

六、重修之经过

熊適逸君之《甪直观塑记》谓，顾颉刚君于民七发见此奇迹后，于民十一重游，见庙貌益见零落，乃于《努力周报》作《记杨惠之塑罗汉像》，以唤起国人之注意。高梦旦、任叔永两先生请于省当局，乃有保存之计画。

十一月十二日保圣寺古物馆行揭幕礼，蔡元培有《唐塑保存与重修之意义》之演辞云：

"今日为总理诞辰，总理民族主义演讲上，力言我等规复固有能力。能力也者，不仅在科学之发明与应用，而亦在美术之创造与纪述。我等于总理诞辰举行此古物馆之落成，表示我等于恢复固有能力上，稍稍尽些义务，亦是有意义的事。按塑像为我国特殊之艺术，其古代作品，仅存于今者，以山东灵岩之宋塑罗汉，及北平、宝坻两处之元刘兰所塑释道各像为最著，然唐像尚付阙如（陕晋豫鲁各深山穷谷中，有无存物，则不敢知）。自甪直保圣寺唐塑罗汉像发见，吾国艺术界乃为之一震。保圣寺相传始于萧梁，陈迹莫考，而塑壁及罗汉十八尊，则志中且详为唐之杨惠之所塑。惠之本画家，在唐代与吴道子齐名，因不愿与吴争胜，乃遁为塑造。保圣寺之塑造，是否确为杨惠之手造？除志书外，别无确证。然《昆山志》曾详述玉峰慧聚寺杨惠之塑像之事

173

实，则距离不远之保圣寺，同为惠之所塑，亦属可能之事。各像前经顾颉刚先生首先注意，宣布于众，引起中外人之研究。鄙人曾议集资保存，因循未及实施，而大殿已毁，前之塑壁，为东西北三面者，仅馀东部一面，连先已拆存之罗汉像，仅馀九尊，同人以全部破坏为虞，佥议妥善保全之策，应建一新屋，以覆各遗物，其旧日之碎片，应装新壁之上，各罗汉像亦咸装入。鄙人方掌大学院，乃议拨款一万元为之倡，旋省政府允拨款三千元，各方善信又集资一万元有奇。由教育部组一委员会主持其事，复推元培及叶恭绰、陈去病、马叙伦、陈万里、陈剑修、金家凤七人为常委，经营三年之久，今日乃克告成，此实为我国艺术界考古界所可庆幸之一事。盖不但唐代名手之作品，藉此得以延寿，而因此可推见当时艺术之真象，且因以引起人研究之兴味与线索，在此时代，不能不认为一小小的贡献。抑保圣寺为著名古刹，其大殿之建筑，审为宋物，惜已倾圮，今仅能就其旧料凑合为二斗拱，以存形式，并将寺中古物，竭力搜集，藉供参考。"

叶恭绰氏有《保存与重修之经过》之演辞云：

"保存委员会于十八年秋着手进行，中间曾因战事，致告顿停。建筑系由某建筑公司承造，以该公司不派员负责监造，致工程辄多不合，于是自行解约。因工程费仅一千馀元，幸得史君设法，由常熟之建筑公司承包，始得完工。十八年秋九月，开始工作，移出大佛于金刚殿，由上海塑佛匠卫同庆雇宁波塑工，及当地小工三十人，拆卸东部塑壁一小部分并罗汉像，存放学校内。

同年冬起手建筑为塑壁之必要部分，附水门汀墙一座，并附角铁，以备附塑壁木架用。十九年六月建筑墙壁屋顶工毕，开始修塑壁，将存放学校内罗汉像九尊及塑壁残块移新屋，先筑石台一座，以本有之石台改造，原来之石台狭而高者，改成稍低而阔，石台造就后，着手柱木，主柱自地平及顶，均附于角铁，以作基础。续将罗汉九尊及残块塑壁移上，配置构图，时雇工人六人，且并未十分注意于原来塑壁之全部构图，仅就料（罗汉塑壁残块）构图，加以塑工多以普通经验及传统观念工作，虽由江君（小鹣）构图作样，未曾以此为准，故七八个月工程完全无效。因再另觅能手，雇苏州塑匠胡寿康主持重修，四个月亦不能满意，此十九年一年内工程可称完全废工。二十年，塑匠驻甪工作，至沪战起时，大致全部告竣。至今岁夏初整理最后工作，现已完全成功。塑壁诸料，计用料泥、糠、棉、麻。外用麻布、皮纸、桐油、色粉，并依照原留残块色，罗汉像则亦依旧样，以存真迹。全部工程计费时三年，每日平均约四人，计共费银二万四千馀元，尚未及预算三万之数。除教育部拨一万元，苏省府三千元，各方捐募一万一百馀元，银行利息五百馀元外，尚欠一千馀元。"

关于以后之保管，有甪直保圣寺古物馆董事会之设，会置董事七人，以教育部常务次长、社会教育司长、江苏省教育厅长、建设厅长为当然委员，其馀三人，为古物保存会江苏分会代表陈去病及保存甪直唐塑委员会委员蔡元培、叶恭绰。各董事不能常驻甪直，故委托甪直公安分局及区公所代为保管。常用经费，由吴县建设局负担。其继续进行之工作，为修复金刚殿及寺门，预算约需银五千元。

七、杨塑说之推翻

顾颉刚君于民国十二年六月作《记杨惠之塑罗汉像》一文，载《努力周刊》；同年十二月续作一文，载《小说月报》；十五年六月作《杨惠之塑像续记》，载《现代评论》；十八年十二月作《四记杨惠之塑像》，载《燕大月刊》，皆深信保圣寺之罗汉，为唐杨惠之所塑。迨十九年一月得见守山阁丛书本范成大《吴郡志》"方技"门，方觉前说为武断。原文云：

"昆山慧聚寺大殿佛像，及西偏小殿毗沙门天王像，并左右侍立十馀人，皆凛凛有生气，塑工妙绝，相传为唐杨惠之所作。惠之塑工妙当时。或又云：'张爱儿所作也。'龙图阁学士徐林尝叹息其妙，而大殿三世佛已为庸僧妄加涂饰，天王像采色亦已故暗，恐不免，乃题殿壁以志之云：'慧聚寺重塑天王，予连日观瞻徘徊不能去，二彩女尤胜绝，绝与顾恺之画相类。'按此寺成于大中年，为此塑者，得非杨惠之之流乎？今大殿龙象，再加彩绘，古意已索然，予惧无知者又将以脂泽污圭壁，使唐人遗迹扫地，将叹恨莫及，故书以告之。初寺以此像，及半山普贤像，并《涅槃图》，为山中三绝。淳熙十一年寺焚，殿阁皆烬，惟普贤像，一僧背负之而逃，得免，馀悉不存。"

前以昆山慧聚寺之杨塑，而推想保圣寺罗汉为同出一手。今慧聚寺塑像，已非杨手，则保圣寺之为杨塑，自然更难置信，故顾君于《五记》中，自行推翻前说，然其结论谓：

"因为我们所以看重杨惠之，为的是他的塑艺高超，我们所要保存的是高超的艺术作品。保圣寺的罗汉像，虽非杨惠之所作，但是塑得'神光闪耀'（康熙二十三年《长洲县志》语），这是众口一词的，在杨塑的传说未起时，已这样地被称赞了，所以这些罗汉像，在艺术上的价值，并不因其成于无名作家之手而低落。"

张爱儿名仙乔，《历代名画记》云："时有张爱儿学吴画不成，便为捏塑。玄宗御笔改名仙乔，杂画虫豸亦妙。"张爱儿为何处人？曾来江南否？不可知，恐仍是传说，未必即为其手笔，慧聚寺如此，保圣寺更可想矣。

八、保圣寺古物馆一瞥

动机 余见同学顾颉刚君在《小说月报》表扬唐塑后，即欲一往瞻仰，人事卒卒，久久未果。此次闻重修告成，颇欲随众一与其盛，故未得柬，弗敢冒昧。当时甚异朋旧之主持其事者不齿及余，迨闻梁任先生之噩耗，则深幸余之未获主持者之眷顾矣。爰于开幕后八日，与东吴同事数辈附轮往。隔夕细雨萧萧，甚恐明日不能成行，而惑于朋侪之言，以为逗留之时间甚促，乃预贮干糒，以待果腹焉。

小竺天 孰意天公厚我，是晨乃大放晴光。八时发自金阊门外，十一时有半，已抵甪直。迳至保圣寺，觉距泊处甚迩，所谓一二里者，诳也。寺之山门，为乾隆时所建，上题"西圣居"三字，而其背题"小竺天"，不可解。余于佛学智识极肤浅，仅知天竺之为佛国，即印度之古名，不知"竺天"之为何义也？

大如来 前行数十步，有一殿，四壁无存，方弗凉亭。中坐巨佛，盖如来也。据土人云，本在大殿中央，端拱而坐，今以非唐塑而被遗弃于此。背有窟窿，一小佛偃蹇于其中，如来殆怀鬼胎矣！一笑。闻保古诸君子将继续修理此殿，以容如来，盖从考据上发见此殿亦宋制也。

推进 殿后十数步，为一石阙，铁扉阻焉。乃问得区公所所在，而乞钥以启。阙题"保圣寺古物馆"，谭延闿遗墨。门启，入庭，右为巨钟，左为宋经幢。登阶，复有阙，则于右任题字。周匝以红砖，外观极庸俗，虽涂以藻饰，无有古致。观门复启，伟观突呈。

瞻望 正面设石座，高三尺许，座置塑壁，长三丈强，高二丈弱，错落置罗汉九，上四下五。上之一（自右而左）作仰视，或即降龙，色彩犹在，如对古画，龙虽破壁飞去，而观龙之姿未改。上之二垂睫如入定，有幞，衣绣服，殆即达摩与梁武帝两说争讼未定者。上之三一目开，一目合，且举其已断之左臂，似为伏虎。上之四端坐静穆，若无所营者。下之一（亦自右而左）于思于思，不失印度人本来面目。下之二为青年而儒雅者。下之三哆口似与人说法。下之四垂目不知何所视。下之五亦端坐无所表示。各具面目、神气，惜手臂皆断，精神为减。至于艺术之高超，虽求之画像中，亦无其奕奕如生也。尤为难得者，其衬托之塑壁，石势崔巍，极有丘壑，且其气魄，甚形伟大，绝非江南柔美之山所能方弗。其隙处，补以海浪与云气，可当作唐宋人卷子看也。

旧雨今雨 方欢喜赞叹，忽闻有人呼余名，回首视之，则同学沈君长吉也。同时并为余介绍滑田友先生，即始终擘画此重修之工作者。余即叩滑先生以旧时面目如何？滑先生谓，塑壁毁损太甚，今仅就较能整理者七拼八凑之。大概左右两端，尚存旧观，中间颇有变动矣。沈君亦为之证明云，右端一部分，尤能保持原有精神，惟其他附属之物，已无法收集，无法补缀矣。滑先生又言，初欲为之加手，惟已不审原状何若？加之不当，反使损色，故不如缺之，色彩不施，亦是故耳。

东方西方 左右两壁悬未重修时之摄影，大半皆《塑壁残影》之翻印。立碑三，一为宋熙宁白莲寺使帖刻石，一为元元统《法华期忏记》碑，一为新锓之《甪直保圣寺古物馆记》（蔡元培撰，马叙伦书）。而唐大中石经幢，已断而为三，旧时大殿之斗拱、鸱吻、盖瓦、础石等，各保存若干，以为稽考之资。馆内略存旧制，其顶作方罫，而未施文章。先一日，余在刘公鲁先生席上，晤何亚农先生，谓："开幕日有日人某，华服往观，归语何云：'塑既大失本来面目，而馆舍非今非古，尤不相称，既欲保存，宜以今日之材仿古时之制为之，日本某寺至今犹作唐时建制也。'"沈君导余仰视庭左右经幢之顶，有裸女张翅而垂鸟足，虽丧其元，犹可方弗其为习见之西方女神像也，沈君疑为希腊之制。而馆外破殿之前，有石柱，所以立天灯者，石端键贝叶两层，沈君云是罗马之制。果而则西方艺术之东流，固已旧矣！

宋殿 沈君复言馆外作凉亭状之殿，据一般人之考证，亦为宋制。旧时有联云："梵宫敕建梁朝，甫里禅林第一；罗汉溯源杨子，江南佛像无双。"为今日努力于保古之金家凤君之先世默堂先生（成）所作。"溯源"两字，颇有意思，盖不啻明白表示非惠子之手泽而仅作"杨惠子之流"之观念也。

唐墓 馆左为唐陆龟蒙先生祠墓，祠塑像，白皙微髯，塑技极平庸。闻旧有像甚肖，清初为一醉汉负之投吴淞江中，不知何仇于天随子也。龛柱悬一联，为"触即碎，潭上月；抵不灭，玉上尘"。甚难解，盖用唐人祭陆先生语云。祠后为墓，墓前置两石槽，其一端有圆孔，可以泄水，不知何所用？闻叶誉虎先生目为天随子斗鸭之栏，恐附会也。

尾声 沈君导游既周，复饷余以酒食，江乡风味，突胜城市，沈君并言鲌鱼汤亦较木渎石店为腴美，惜无于骚心为之揄扬耳。余曰："甪直有唐塑，已足傲视一切，何妨让此一汤与灵岩欤。"众大笑。返舟经某机关，于门内见古柏，槎枒斜立，干成枯木，而顶发翠枝，其年当不在百岁下，亦考古之尾声欤。

九、为考古而牺牲者

朱梁任先生暨哲嗣天乐，与傅子文君，俱以参与开幕典礼，遭灭顶之凶。朱先生有考古癖，近攻甲骨文字甚专。其事详于其婿查东初君所为《事略》。

《朱梁任先生事略》（安吴查旭敬述）：

"朱梁任先生，讳锡梁，一字夬膏，江苏吴县人。清武进士小汀公长子，幼读书学剑，倜傥自喜，既而究心经世之学。走日本，挈比政治得失，慨然自任以天下之重。会孙中山始设同盟会于东京，先生致身为会员。潜归与江南子弟言革命，以士习僿陋，与黎里柳亚子立南社，结文字交，罗英俊千百人，声气西迄川陕，南至滇粤。岁戊辰，清太后万寿，苏吏举庆典，先生白衣冠而往哭之，曰：'嗟我汉族子孙，乃甘为奴，何不肖一至于此！'吏执而讯之，先生抗辩不屈，大吏谩以为狂，斥之去。民国元年，先生参议北伐军，军淮上，及南北和议成，先生遂隐居不出，授徒以自给，岁乙卯，袁世凯叛国称帝。先生招同志十八人，登狮子峰，招国魂，放歌痛哭，事闻当道者，甚之甚。先生主笔《苏报》，因撷拾文字周内之，捕入狱，将治以军法，而军阀谋沮，遂释先生。先生乃遣子天乐往广州，习兵旅事。旋任钱大钧师连长，转战赣闽屡捷。先生闻之抚掌曰：'儿子辈能杀贼矣。'迨国民政府成立，北伐事功亦定，天乐归侍，任成烈体育专门学校教习，具菽水以为养，而先生亦讲学于沪苏间。先生治学博涉，顾喜考据古文字之在龟甲兽骨者，一览辄精辨之。生平购藏书籍碑帖甚富，东南学者莫不善先生，先生固硁硁未尝有近名之意，而盱衡当世，凡政教之不餍于人者，又未尝不侃侃论之也。今年十一月，甪直唐塑委员会设保圣寺古物馆，邀先生挈天乐偕，舟行至半途覆溺，先生死之。天乐自水中旁行出覆舟，知先生未出，复入求之，亦溺以死。时壬申十一月十二日，先生年六十八，天乐才三十耳。先生配祝夫人，与先生齐年。女长士瑛，字戬法，适安徽泾县查东初。次天婺，字山绿，字同邑庄氏。媳王氏，亦吴中宦裔。女孙三，尚有遗腹焉。"

惟登狮子山招国魂，乃逊清光绪二十九年十月一日事，非袁氏叛国时也（讣告时，查文已有所订正）。详见陈佩忍先生所辑《江苏革命博物馆月刊》，陈先生撰有《狮子山招国魂记》，并系梁任先生所作《题招魂幡》诗云："归去来兮我国魂，中原依旧属公孙。扫清膻雨腥风日，记得当时一片幡。"

余更忆及在陈氏浩歌堂席上，梁任先生曾言："革命博物馆所陈不及我家一长物。"长物维何？即当时树于狮子山巅大声疾呼以招国魂之"招魂幡"也。余叩以幡状，谓绘睡狮猛醒之图，不知此幡尚在其家否？

梁任先生性强毅，敦朴不华，所居三六湾在城外，每入城访友，恒徒步，未尝命车。诗不多作，作亦随手弃去，不留稿。见于《南社丛刻》者仅数什，如《蓝关谒韩庙访马迹井》云："秋风匹马上蓝关，旅思诗情不可删。博爱有亭过客喜，归儒题寺野僧闲。潮阳庙貌同千古，唐代衣冠镇百蛮。一勺蹄涔偶然耳，长留名字在青山。"《慧山》云："结伴来游日未晡，城西五里走通衢。方圆水味泉清浊，今古山名锡有无。祐主可怜馀胜国，吾生只合醉当垆。亚欧多难且行乐，自写诗篇待覆瓿。"《题亚子分湖旧隐图》云："一曲分湖水，高贤此卜居。手磨三尺剑，腹贮五车书。旧隐今何处，长吟入画图。秋风弹指起，岭外忆莼鲈"（原注，余时将有粤行）。

今秋章太炎先生讲学于吴会，先生亦日拄朱杖来听。一日共为文酒之会，金松岑先生歌岳武穆之《念奴娇》词，李印泉先生歌汉高祖之《大风歌》。群谡先生歌昆曲，先生辞弗能，乃以反切诵张继《枫桥夜泊》诗，谓太炎先生深谙音韵，当能解之，然章先生未曾谛听，座中更无能解者，仍赖先生之自解，一时兴会飙举。距今不过两月，而先生遽逐屈大夫游，呜呼！

天乐君余未之识，无由知其梗概，而此次与其尊人同为波臣，实出于孝行。缘先生既遭覆舟之祸，天乐君必以援之使出为急，而为窗篷所阂，救父之志未逮，且不遑自脱。否则天乐君为三十壮男儿，曾入行伍，何至不能挣扎而出于水乎？以救父而殉父，尚有天道可言耶！

傅君紫雯，诚挚有古道，今夏以《弱者老土》（中篇小说）一篇示余，为无产阶级作沉痛之呼吁，余叩以是否君之大作？君诿为其友所撰，今已无从质证，余惟有揭布以请作者之自白。设果为傅君之作，则余不能及其未死以前，公诸文坛，为滋痛耳！

183

然而读者若能于其所作，得一同情之反应，则傅君或可稍慰于九泉耳。

傅君曾以其友幼波君所摄关中风景见饷，制版而未印者尚有数帧，一为展对，如见故人。不知幼波君何在？余颇欲以原璧归赵，设幼波君不欲索还，余当永远宝藏，大书于箧衍曰："此故友傅紫雯君助我《珊瑚》之纪念也。"

十、馀　绪

本期画报所列五阿罗汉像，为民十五所摄，尔时张仲仁先生曾言于江苏督军孙馨远，孙欲一见颜色，乃招叶柳村君往摄。大殿已毁，像置甪直小学中，故甚清晰，今底片已无存，弥觉可珍矣。后为锺锺山君所见，谓其间斜襟者，系宋时服制，恐非全出唐工一手。金鹤望师《保圣寺访罗汉记》有云："今保圣寺殿宇，业为乾隆制度，杨塑之存于是者，其果无毫发之捐益欤？"盖已疑之。《记》又云："保圣寺大雄殿中供释迦文佛，厥高丈六，迦叶、阿难立侍。"今释迦被摈于馆外，迦叶、阿难殆即踞于腹与偃蹇于侧之两塑耳。又云："又有西方三圣铜像三，方石四面造佛像一，审非近代物，皆可珍。"铜像不知何之？方石已考得为"元元统法华期忏原石础"，今列馆左焉。

（《珊瑚》1933年第2卷第1期，署名范烟桥）

记　潮

　　有观潮归者言，今岁潮势殊弱，西兴所见，仅五六尺。然往年余在南星所见，亦逾此量。言夫潮，洵为天地间奇物，按时而至，不爽晷刻，而以太阴历计算尤准。潮未来时，翘足以观，引领而望者，必好为谣诼以动人。初来时，一线横江，有如匹练，虽不数瞬，已若万马奔腾而至，汹涌澎湃，心惴目眩，观望者反钳口结舌矣。尔时停泊于江边之舟楫，皆颠簸如有振撼者然。及其退也，悠然而逝，冥然无迹，天朗气清，行若无事。人海之潮，亦当作如是观也。余在龙头山上，每于梦寐间，闻潮声空洞，如泊江滋，东坡所谓"惊涛拍岸，卷起千堆雪"者，以之状扬子之浪，不如状钱唐之潮为更切耳。沪杭甬路以桥梁难建，至今不能贯通，二十年前已有此议，且曾树桩测量矣，卒为潮所动，虽及夫数丈之渊而弗济,殆亦天耳。

(《大亚画报》1933 年第 403 期,署名范烟桥)

旅　坐

　　为了津浦车时常误点，便在上一天的晚上，先托下关饭店的茶房，打电话去打听。他回报说："明天上午十一点钟有一班寻常快车北上。"这是最巧也没有了，不必等候多天，就有车，在近来几个月中间，是不容易碰到的机会，所以很乐意。虽是睡眠得很早，却不久就酣然入梦。说也希奇，没有到天亮，好像有人来呼唤的蓦然醒了，草草盥漱了，吃了一点预备着的干点心，坐了一回，天上已有阳光漏脸了。很舒齐地把行李装上了黄包车，坐着冲破了晓雾的重围到江边。

　　在渡船里，看到黄漫漫的扬子江水，想起苏东坡的《水调歌头》，的确"浪淘尽千古风流人物"。我虽够不上被淘的资格，但在人事的争竞里肉搏，一天被摈，岂非和浪沙淘尽一般的晦气，这回重行北上，不知道命运如何？听说革命军已到了平望，离开我的第一故乡和第二故乡，都不满百里，说不定我到了生活的战线上，故乡已换了新统治者了。这渡船上自然形形色色，从各种外型上可以断定有许多复杂不同的事要去干，中间也有一个挂着符号，带着很多的行李，像是和我有相差不远的企向。我就向他招呼，问他的行程，又是一个巧极，他要上天津去的。上天津去，不是要经过济南的么？做我的旅伴，是最好没有啦，我就很热烈的和他攀谈，用尽心思，想出许多和他有关系的话来，因为他是常州人，姓方，在天津督办公署当秘书，比我资格老得多，结果他反供给我许多北方军政上的无关紧要的遗闻轶事。这们的一谈，连渡船已达彼岸，都没有觉得，见旁的人都在手忙脚乱，我们才同样地骚乱起来。

什么都归泡影，车辆虽已整整的排列在轨道上，却没有车头。蛇无头而不行，车和蛇是一样的。车怎的没有头了呢？给什么军扣去了。难道没处张罗了？有的，有的，已经逐站打电话去找寻了，不知道在那里才有空闲的车头；有了空闲的车头，能不能开过来？开过来要费多少时间？开过来了，能不能就把这里的车拖去？都成问题。好在有许多有紧要公事的人，有许多比我们躁急的人，有许多和车务处接近的人，在那里设计、建议和讨论。一有了消息，自然会转展传来的。所以我们就抱定既来之则安之的主义，在这里静候发落。万一到晚上没有好消息，只得还下关去过夜，因为浦口的客栈，实在脏得住不得。

好消息果然来了，车头快开到了，可以上车了，轧票的也从站长室里走出来了,我们就吩咐脚夫掮着皮箱,拖着铺盖上车去,无所谓秩序,尽着有势力,有气力,挤上去,得了一个坐位,无异大兵占领了一座城池。我们的免费乘车票,注明是头等,但只有一节餐车,还有几个座位,不久也就坐满,后来的只得向隅。我们总算侥天之幸,得到相宜的两座,更是满意而又满意了。不过坐定了,方秘书踌躇道:"今夜怎样睡法呢?自然啦,那里还有横身的地位呢。"我倒很兴奋地说:"有了坐的地方,已经是如天之福了,坐一两夜何妨?你瞧三等车的旅客要坐到车顶上去,还给人挤下来呢。"

别的倒没有什么,谣言还是不住的传来,反觉得可虑,什么车头又在那里扣住了,不得来咧;什么这列车也要让给第几军装兵咧。说的人头头是道,凿凿有据,我们怎么不信,可是到了这个地步,也不想再搬动了,除非真的有丘八来赶我们下车。

看表走得真快,一忽儿已是一点半钟了,肚子里叽里咕噜在那里呐喊,虽有大饼、油条、车饼在兜销,那里好下咽。车上有大餐间,这时还没有生火,那些大司务,又起腰,衔着烟卷儿,也在那里徬徨、犹豫,感到前途的茫茫,自然不能给我们东西吃。带来的一些儿干点心,陆续送到肚里去,不知怎的,总不能弹压肚子里的叛逆的反动。

过了午餐的时间,肚子里的叛逆反而安靖一点,大约它们也知道尽是反动,也无益的。两点,三点,四点,一直到五点,才解决了行的问题。车头也开到了,和这里恭候多时的客车,连接起来了，隔不到半个钟头，车儿竟喜出望外的蠕动了。什么站，什么站，都是脑筋里绝少印象的陌生地名，一处一处从车厢外向后退去，让车儿前进。这时大餐间里也顿添生气，洋葱的浓烈的香味，毫不客气地直冲进我的鼻管，又惹起了肚子里的反动者，起着一阵强大的哗噪。我立刻去办交涉，得到一盆牛肉丝饭，虽是烧得半生半熟，但闻到了香味，已馋涎欲滴，还来得及顾虑到这们的硬粒子，能不能消化，加速率的照单全收了。这一顿的大嚼，于物质精神，都得了安慰。电灯已吐出黯淡昏黄的懒光来，邻座上有小一半的旅客，已伏在桌上打瞌睡了，我也不能支持了，只得依样胡卢，也打着瞌睡。但眼帘刚垂，又给车儿的吹气唤醒了。幸亏路上常有兵车挤住，等交车，总得比规定停车时间要加上几倍，或是几十倍，可以放心托胆地睡一下。在徐州更诧异了，半夜十二点三十分钟到了站，老是不开，站台上一堆一堆的丘八，恶臭一阵阵从夜风送进车厢来，使我不敢再伏向窗槛上去了。站台上微弱的灯光，照见那些丘八，凌乱，龌龊，喧杂，七横八竖，简直不像人类，和猪栏里刚鬣公方弗。他们不久要南下了，南方的人民，要供他们蹂躏了，料想他们一定在企求快些开拔，和我盼望列车快些开行北上，一般的心理，因为闷住在半途，是旅程中最苦的一件事。

方秘书睡得很酣，我也不去惊动他。但这时忽地走上两个军官模样的人来，高吭地说话，把全车厢的好梦，一个个惊醒了。方秘书自然不能幸免，挺起了身子，张开了眼睛，向两个军官一瞧，顿时嚷出一个"啊"字来，站起来，伸手过去，要求那挺直的一个，和他一握。同时很亲热地说：

"鲁团长上济南去么？"

"不！上海州去，方秘书上那儿去？"

"天津！"

"我险些儿搭不上这车，论理，今晚七点钟就得开过去了，怎的到这时候还没有开？"

"不用说啦！我们已白坐了半天，算准了，此刻天津也快到啦。"

"实在这几天军队调动得很忙，车儿不够，你们还幸运，半路上没有给人扣住，这是常有的事，我们张参谋，前天从保定来，走了五日五夜呢。"

"比从前坐大车赶路还快得多啦。"

"呵！呵！"

这一席话，把一声苦笑做了收科。方秘书见鲁团长没有座，向四处瞧了一周，连立的也挤得不容易转身，他便让座给他。鲁团长那里肯坐，两下客气了一回，还是方秘书坐了下来，鲁团长坐在桌子边上，和他谈天。

天亮了，我张开了眼，见站台上的丘八，骚动得更厉害了，他们闷了一个昏夜，见了阳光，自然高兴了，便是我也精神振作了不少。但要盥漱了，拿了手巾、牙粉等，一路"借光"、"多谢"、"对不起"，煞费招呼地走到后面的大餐间里，胡乱的洗了脸，漱了口，向他要朝点。大司务说："没有了，剩下的要留待今天一天的用场，因为开过了徐州,没有大站,没有东西好买,非到济南不可。照这样子看去,今夜未必能到济南,说不定在半路耽搁了一天半夜,吃的东西都没有,怎么办呢?"我说:"这里也是一个大站,可以下车去采办一点。"他说:"还用得着你说,我们在昨夜就下车去的,那时城门已经关了,城外的店,都打了烊,听说他们怕丘八,连白天也不敢做生意。要是上半天不开,或者还有法子想。"我费了许多唇舌,总算吃着一个鸡蛋,可是我遵守他的密约,偷偷掩掩的就在他那里吃的,还出来,连方秘书也瞒过不提。不知怎的,车儿忽地开驶了,大家都透过一口气来。但匆匆地,不幸又到了午餐时候了,许多北方旅客,自然不生问题,他们到各个小站上,买了一点,塞饱了肚子,就完啦。我们这些吃惯舒服饭的,糟糕了!大餐间里宣布说,只有盐水炒饭了,连起码的蛋炒饭都没有了,尽我向他要求续订密约,也遭了拒绝,没有法想,只得吃那从未吃过的盐水炒饭了。饥不择食,这是的确可信的老话,嚼在嘴里,觉得很够味,并不亚于其他有鸡肉、牛肉或是猪肉的炒饭。因为我听见一个三等车里的旅客说,从上车前三小时到现在,一粒米也没有入肚,他还要上掖县去,身边带的钱不多,这年头,路程是算不准的,弄得身边连坐小车的钱都没有了,怎么办?我听了,便十二分的满足了。

夜饭也是一盆盐水炒饭,不过上面添了两三块的蛋,这无异尝到了山珍海羞了。吃饱了,又要解决睡的问题,无庸议地还是伏在桌上,时醒时寐的胡乱过去。方秘书忽地推醒我说:

"好了，泰山也到了！"

我急忙挺起身来，向窗外瞧，固然，挺大的一大堆雄伟地显现在眼前，渐渐地移过去，宛似展开了很长的画卷子，茅屋，小桥，流泉，杂树，田夫，野犬，红的，绿的，赭的，什么都有着，看了二十多分钟才完，回过头去，又看了一回儿，直到隐没了，才转过头来，向方秘书说：

"两夜一天的疲劳，都恢复了。"

方秘书笑了一笑，指着窗外说："瞧！什么？"车厢里的人，都伸出头去瞧，原来一个小站上，停着一列车，只剩了四个大轮和几块焦黑的板。据鲁团长说，是褚督办的军火车，出了事，还炸坏了许多人呢。我不禁纳罕，想说不定这列车也装了军火呢。

三十多个钟头，这车厢没有整理过，水果的皮壳，点心的包纸，香烟屁股，随处都成堆。汗气，葱蒜气，香烟气，一切的闷气，蔚成一种不可分析的恶气。腰背酸，臀尖痛，眼睛昏，口舌干，倘然再不到济南，恐怕要病倒在车站里了！我真佩服方秘书，他还是精神抖擞，鲁团长倒不及他，因为上夜他在窑子里打了整夜的牌。

济南到了，我自然快活得不知所云，但方秘书还苦着脸说："你倒出罪了。"这时是上车后第三天的午后一点钟。

(《新上海》1933年第1卷第2期，署名范烟桥)

居然江北复江南

一、动　机

　　不知是何因缘？在××大学的教员休息室里，听到一个消息，"倘然高兴到镇江去，可以参加××会"。有游癖的我，自然震动了心弦，很踊跃的去告奋勇。在四月三日的正午，随着一位外国同事，和五位中国同事，从苏州趁火车到镇江。

　　镇江是我十八年前旧游之地，当时的游伴徐穉穉君，现在已颓唐得像老人了。但是我还鼓起了童心，去寻旧梦，当然我很自幸，隔了十八年，游兴丝毫未减。可是从种种不同的环境上，却也感到重大的怅惘。镇江的一切，比较十八年前进步了多少？我已经模糊而无从回忆。只有一桩事情，是很可以断定而说进步的最显著者，就是有几条街道放宽了，足够省行政领袖的汽车，风驰电掣地卷起一阵阵的黄沙来,吹迷避道的行人的两眼。进步的征象,仅此一点?我不敢说,因为我始终是来走马看"山水"的人,那里有功夫去观察社会和其他。

××会是江苏、浙江、安徽三省教会学校的集团,论理应当有许多问题要研究,要讨论,不过研究讨论,都是"奉此等因"一类的具文,于实际上仍是一盘散沙,各自为政的。所以漂亮的会员,总是把开会作幌子,而游览却视为当务之急的。尤其是我,在出动以前,就存着一个多走路少开口的心,所以下车伊始,便把游览日程去替代议事日程了。

二、依山为屋的公园

璞先生说:"沿京沪线的各个都市里的公园,都不及镇江的好。"我们要证实这句话,不能不实地去登临一番,的确!很好!依着山,建置几座屋宇,虽是所占的面积并不大,地位并不高,已经足够市民的游目骋怀了。不必把别处说,单说我们的苏州,那里有这种新建设。走进苏州公园的,有怎样的憧憬?我实在不忍说了。

在残照里,瞻仰赵伯先烈士的铜像,觉得黯淡的幂,笼罩到我的心上来。虽有红的杏,白的玉兰,给我们许多春的安慰和引逗,但是安慰的成功很薄弱,而引逗了不少的感喟。长言之不足咏歌之,来几句落伍的旧诗罢。

"伯先祠下踏青来，碧血青铜有古哀。毕竟春寒忒料峭，桃花时节杏花开。"

三、扬子江边的落日和宝盖山上的新月

"甚嚣尘上"的扬子江边，自然没有什么可玩。谁知给青先生发见了一个画意诗情的落日，圆浑浑地，红光光地，好像一块炽热的铁，在白云堆里堕向地平线下去。大家只有赞美它的好，一句也说不出好在那里？短视的我，把半腰里一抹的云认作山，嚷着："给山吞去了！"到后来有半规的红光，渐渐移过这云带，才恍然大悟。从整圆而半圆，而梳形，而摇痕，而一线，最美的是瞬时即归消灭了一线了，方弗少女嫣然一笑的绛唇。想到李义山的"夕阳无限好，只是近黄昏"，我们不能再留恋了，并且日落了，夜色的幕里，有什么留恋的意味。我们在归途中，只可惜不能描画，不能摄影，不能作诗，老实说，连几句形容得真切的话，也不容易说。

在饱尝了干丝、肴肉以后，上宝盖山去了。山上有一座已经停办的医院，××会借作会员的宿舍。因为昨天落过雨，今天是勉强放晴，也像薄病初愈，月儿还是很腼腆地不肯放出清光来。几座屋宇里，星星的电火，闪烁地真像繁星。我们在整洁的砖道上散步，不尖峭的风，吹到面上来，中间夹杂些不知名的野花香，如山上共有的天然味，觉得这突换的生活，怪有味

的。这时候，忽的破空而来一起隆隆的巨响，连绵地由远而近，从东向西的火车，在山下经过了。顿时冲破了幽静，给与我们一点厌倦。

四、充满了英雄故事的北固山

一般人说京口三山的风景，第一当推焦，第二是金，北固只能屈居第三。不过我的主观，却不是如此批评，以为北固虽小，可称第一。因为它在地位上，实在不恶，左金右焦，可以顾盼自豪。尤其是沿江的山脚，仰观峥嵘的山容，俯听㳽溯的水声，金焦两山没有这们的眼福耳福兼而有之。还有一个英雄儿女交织着一段佳话所附丽的甘露寺里，充满了《三国演义》的色彩，孙权和诸葛亮商略拒魏的"㾗石"，和走马的斜坡，孙夫人的"妆楼"，刘备的试剑石，尽管知道是附会，尽管高兴地向人絮咶，絮咶不已，还要诌诗：

"北固廊房留壮迹，方言取譬故斜斜。长江天堑曹瞒窘，㾗绝双雄语不夸。"

我们从壁上看到××学校名胜的考证说，镇江有一句方言："北固山的廊房斜斜的。"觉得它斜得很美,建置的时候，很有匠心。吴琚题的"天下第一江山"，未免推崇过甚，不过江和山连在一起，各有一种胜概，确是不容易的。我以为太湖里的洞庭山擅湖山之胜，和扬子江边的北固山擅江山之胜，可算得美尽东南。这句话，或者没有人有异议罢。

五、焦山的巡礼

本来到焦山,只消雇红船,为了时间经济,并且要上扬州去,所以借了一艘轮船,三十分钟就掠过了江面,停碇在山下。有几个兵士来问讯,叮嘱我们不要到山顶上去,因为那边有炮台,思先生的照相机,也只得留在船上。一行人随着一个导游者到定慧寺前,瞻仰那株长不及丈的"六朝柏"。到寺里,去抚摩那块久浸在江水里的《瘗鹤铭》。导游者时常要卖弄他的考证学问,我们寻幽探奇要紧,谁耐烦去听他。从"松寥竹坞"的宝座想到乾隆南巡,从枕江阁想到蒋委员长的行踪,从三诏洞想到焦先的高隐。总总不同的印象,在短时间里,像读史一般地一页一页的过眼,只有浪沙可以淘尽千古,我们立在悬崖上,自然要发些历史意味的感慨。到了海西庵,读杨椒山"铁肩担道义,辣手著文章"的楹帖。自然庵看朱元璋的五岳朝天像,还有什么人的手卷、册页等等,实在看不胜看,记不胜记。我们方才知道焦山所以留住人的游踪,和尚所以笑逐颜开地接受游人的布施,都是这些古董的魔力。这就是"生财之道"罢!我们不是吝啬,为了节省时间,不能在每一个庵里坐一回儿,喝一点茶,我们有负了和尚的雅意,但是却无负于山灵,因为焦山的胜概,我们都见到了。胜概在那里? 一处是定慧寺后面,炮台下面,丛杂树里。一处是海若庵以东，沿江的山嘴上，一行绿柳下。

六、绿杨城郭的一瞥

　　这个扬州梦，我已经做了好久了，这回几乎去不成，幸亏思先生有一位朋友周先生，借了轮船给我们，能够在三小时内到扬州去逛一回。从六圩坐汽车，二十八里单调的行程，见到不少的杨柳，觉得"绿杨城郭是扬州"一句诗，描写得很具体，因此也添了许多兴味。还有天宁门外的绿杨村，着力的渲染一番，更下了一个注脚。我们给阳历闹糊涂了，要不是古典派少妇头上的宫花，和旭先生探听来的"清明不戴花，死了变老鸦；清明不戴柳，死了变黄狗；清明不戴黍（？），死了无人哭"的古谚，我们永远不会知道那天是一个可爱的清明了。因此又作了一首打油诗：

　　"绿杨村外一舟轻，瘦绝西湖浪得名。女戴宫花儿折柳，方知今日是清明。"

　　到了扬州，自然要游瘦西湖的。在绿杨村吃了一顿有名的"扬州点心"，去雇船。说起雇船，可发一笑，船家的索价，从三元四角以次递减到八角成交，这个"扬虚子"的雅号，真是名副其实。白布的篷，和西湖里的划子，没有什么两样，只是用篙不用桨，似乎减少了从容的雅度。沿着已薙去雉堞的城垣，撑到湖里去，掠过小金山徐园，停泊在五亭桥畔，在桥上拍了一张用喇嘛塔——

一名舍利塔——作背景的照,从喤喤的钟声里,走过了许多野坟,到徐园下船。大家都有些"闻名不如见面"的感想,"腰缠十万贯,骑鹤上扬州",本来不是我们的"扬州梦"呢。

只有躺在藤椅里,任着船在水面上荡漾,骀荡的春风,带来一些邻船的粉香,澄清的涟漪,映着婆娑的柳色,和丽人的倩影,天空点缀几个动摇的风筝,是不虚此行的"宝石时代"。

从天宁门到福运门,穿过了扬州城,经过的就是最热闹的市街,一切和江南相似,倘然扬州是江北的代表,那么江北何尝不及江南呢!但是扬州以外的江北,决不及扬州的繁庶,这是可以断言的。就是江南,也何尝都胜过江北呢!我们从概括的地理的立场上说,我们确是从江南到江北了。

在归途中,旭先生说:"我失望了,以前常听人说,苏州头,扬州脚,苏州的头,确乎很讲究的,至今还能在市上,瞧见几个'其光可鉴'、'苍蝇滑脚'的发髻;这里的脚,却找不到一双文人惯称的'金莲'了。"梦先生笑着说:"这是时代的作弄,扬州的脚带,早给海风吹去了。"

为了要趁镇扬车船联运最后一次的汽车,不能到平山堂去了。我们从小说上,得到平山堂的大概,也从船家嘴里打听到了一些,再从瘦西湖的徒有虚名联想去,大约平山堂也不过是"平"常的一座"山",有几所"堂"宇而已,所以我们并不缺望。倒是在归途中,听了人力车夫的游说,要上梅花岭去展拜史可法的衣冠墓,算是扬州之行的一阕尾声。虽是只在巷口远远的一望,好像已经温习了一遍全谢山的《梅花岭记》了。

七、柁楼听豪语

"两点金焦势壮哉,下游门户众山颓。柁楼附掌听豪语,敌舰尽教一弹灰。"

暮色苍茫里,我们离别了绿杨城郭,乘风破浪,横渡扬子江,腔子里充满了诗意,无怪阿瞒先生横了槊还赋诗呢。但是我没有他的壮志雄心,只好望屠门而大嚼,在柁楼和柁工闲谈。那位宁波朋友倒是染有文人结习的夸大狂的,他说:"刚才有四个日本兵舰,向西开去,要是真的闹翻了,怎够我们象山炮台的一炮。"青先生有些怀疑了,问他:"象山炮台有这们的力量么?"宁波柁工说:"这是事实,那年孙传芳渡江,许多船都给象山的炮台打沉的,我在镇江,眼见的啊。"青先生振作精神地赞美了一声"嗯!"旭先生却立在角落里,沉吟地说:"恐怕只够打孙传芳的兵船呢。"幸而镇江已来欢迎,把他们的谈锋打断,不至再有无谓的辩难了。

八、清　算

我为了要到城里去,并且想舒舒服服地吃一回早茶,不和同伴上金山去了。这也算是奇迹,镇江人的吃醋,比无论那里都厉害。醋味也是镇江最好，虽也脱不了酸溜溜地，可是酸得平淡而柔和，所以不惯吃醋的我，也愿意尝一点新了。肴肉自然也是这儿的特产，我们在上海，在苏州，在南京，都能尝到仿造的肴肉，但是没有一处能及这个"色香味"三美毕具的。它的好处，腴而不油，透而不松，凡是猪肉的玩意儿，像枫泾的丁蹄、无锡的肉骨头、苏州的酱肉、嘉兴的咸肉、常熟的排骨等等，都不及肴肉的美。我说，这也可以象征镇江的一切，论山水，雄壮和柔媚，也是兼而有之的；论言语，在北音中间算软和，在南音中间算刚劲了。最有味的，瞥见一个摩登姑娘，从樱唇里吐出几句北方话来，听惯吴侬软语的我，耳鼓上换了一种刺激，好像肴肉蘸着酸，夹着姜丝吃，说不出的熨帖。

不知不觉，我们已出门四天了。明天要开学了，只得把没有玩的，俟诸异日，带了玩过的印象，趁火车还苏州。车厢里各人都把回忆来清算一下，思先生在中泠泉把铜子试泉的厚冽；青先生下金山，见一粒红豆似的少女，从两行绿柳中渐渐的幻灭；龙先生最幽默，不说什么；梦先生只顾吃甘蔗；璞先生很严重的下一个批评："这回的旅行，觉得大家说话太多了。"我受了这个教训，所以也不再写下去了。

(《珊瑚》1933年第2卷第9期，署名含凉)

湖山壮兮洞天奇

一、动　机

去年读《旅行杂志》成竹君《游宜兴善卷庚桑两洞记》，颇震洞天之奇，渴欲一探其胜，居常以语有山水之癖者，亦多欣然愿往。会春假得六日克，乃餍其欲。孙君蕴璞、凌君颂南，成约最先，金君孟远于行前一日始闻讯参与，徐君沄秋则几以事阻，而终得成行。虽游侣仅五人，而其变化曲折，有如此者。行前周咨博询，甚至有以道途不靖为戒者，惟宜兴史耐耕君力言无虑，且任东道，盖耐耕先一日返珂里也。

二、天公故作惊人之笔

　　四月二日三时，集于车站，天色暗淡，风力甚劲，同人咸以天气将变为虑，然游兴勃勃，自不以是而稍沮。三时十九分，车自东来，附以西去，四时一刻至无锡，就铁路饭店置行具。入光复门，憩于公园。忽值陈涓隐君暨其夫人顾九畹女士于嘉会堂，询其行踪，则亦将于明日游庚桑洞也。不期而遇，此行更不寂寞，喜可知矣。涓隐于行程筹之已熟，吾侪便少犹豫。夜饮于酒楼，归途雨下如注，不禁相顾失色，孟远以为无论如何，明日庚桑之游必不可罢，其强毅不屈之精神，固可叹服。然默念苟天雨不止，或加剧，虽往游亦殊狼狈，有何趣味耶。坐旅邸中，谐谈至午夜，互祝美睡与明日天晴而散。

三、笑逐颜开矣

　　黎明即醒，已无雨声，启窗仰视，晴光忽露，于是皆大欢喜，披衣而起，相见皆笑逐颜开，互道恭喜。盥漱既竟，即至通运桥下宜锡长途汽车站，购票登车，涓隐夫妇已先我而至，别坐一车。是日旅客特多，连放四车，于七时鱼贯离锡。车中有曾游庚桑洞者，谓为程甚便，惟善卷则较周折。为之一喜一忧，然亦惟有随机任命耳。

四、无异展一长卷

梅园以西,车路沿太湖而筑,且就湖边山势高下,蜿蜒而行,风景至美。坐对湖山,如展长卷,远者淡,近者深,重叠如屏,而帆樯点点,出没烟波中,更添画色,即村落丛树,亦疏落有致。沄秋工画,于此当大有心得。路殊不平,车亦颠簸,坐车尾者几如骑怒马。雪堰桥以西,离湖渐远,虽依然有山色可赏,然无向者之明蒨秀逸,而车颠加烈,颂南竟至晕吐。幸九时已抵宜兴,精神为之一振。

五、愧煞须眉

车甫止,已见耐耕笑颜相迎矣。即下车握手道契阔,并问游程。耐耕因有事不能相从,已命庖丁携食榼为导,谓恐庚桑洞中未必有山蔌野蔬,即有之,亦恐为捷足者先得也。同人感谢其周至,以京杭公路车即将启行,不再寒暄,购票以登,而以行具交耐耕,以减累坠。车驶至鼎山而止,有宜兴女子中学四女生同行,随问风物,颇纵言笑。抵盂峰山,凡七里而强,余已甚惫,而四女生跳荡如平时,即九畹夫人亦从容不迫,绝不以为苦,余固先行,且为踵及,能毋愧煞。

六、篝火以入

既抵盂峰山庄，于阶次涓隐、盂远各摄一影，山庄饱餐，始尝"桃花菌"，鲜嫩得未曾有，较苏州著名之糖菌，更肥白甘美。果腹后，即持油纸捻，易橡皮鞋入洞，洞口题"庚桑后洞"四字，隔以朱漆琉璃之门，洞内植碑四，锓《庚桑考》云：《百子全书》中之《亢仓子序》所载，庚桑楚始居畏垒之山，后隐毗陵盂峰，故名。汉辅光天师、唐张果老先后隐修于此，故俗称张公洞。又《天下洞天福地记》中所载七十二福地之第五十九，为张公洞。唐建洞灵观，封庚桑为洞灵真人，书为《洞灵真经》。宋改天申万寿宫。自元迄清，代有名人游赏，见诸题咏者甚夥。惟近年以萑苻出没，行者裹足，渐致湮而不彰。前年宜兴储简翁斥巨资，爬梳抉剔，并筑室于洞外，遂复名驰海内。入洞后，窈黑低湿，赖篝火得拾级上下。洞壁横纹如胸肋，下有石门潭，水清而寒，亦储氏所凿得者。登三十级之石阶，气象庄严，魄力雄伟。其上为庚桑殿，自殿下视，深不可测，为之惴惴。而洞顶石乳参差，如缨络流苏，叹天工之巧，断非人力所能及。右有石级数曲，以入果老殿。所谓殿，不过就洞壁塑像，置石台，略具模样而已，而阴森可畏，甚于庙貌。果老殿与庚桑殿比肩而立，惟庚桑南向，果老北向，而洞之前后，即以此两殿为界画也。立果老殿前望，有片石下垂如幂，而洞口阳光映壁，奇丽莫可名状，烟树云物，画家亦难以着笔也。下殿复有大石级，其数与后洞仿佛，而阔近十寻且过之，相见人力之巨，可济天功之美。殿左有小洞，伛偻而入，升而降，降而升，曲折盘旋，不知其几十回，已而有天光下烛，斜映一规，空明蒨丽，奇妙至于不可思议，偶动数步，又复暗黑不辨手指。余谓此时无异井底之蛙，得睹小天，自尔惊喜矣。路尽则立于天师台下，视距入洞处，不过数丈，而其间有若数里之程，后阅游记，始知为盘肠洞。复有一洞，中悬铁钟，叩之锽然，历久不绝，是曰龙宫。奇石突起，有若斧削，石端垂乳，纷披累坠，洵如龙之狰狞。别一同游者云，小洞甚多，若细加观赏，虽终日不能尽也。洞中蝙蝠常掠人肩而过，有题曰"万蝠来朝"者，为其归宿处。自天师台以上，石径三分，皆筑石级，且洞口豁朗，无烦篝火，而山亭中峙，可藉以稍憩，然至此已心悸力疲，念更上亦无甚可观，故即于山亭稍坐，细观壁色，欢喜称叹者久之。合前后洞综论，其状仿佛一螺，后洞之门，为其尾闾，前洞之口，乃其仰首，至于盂，仅状其前洞耳。涓隐谓人执火捻，为状颇有神怪意味，盍成一影，以存奇迹。乃各立果老殿下摄之，仿佛侦探电影剧中之一断片也。复循原径出洞，稍坐即下山，以日炽，皆不胜衣，乃另雇一独轮车载之，并拟为疲于行者代步。顾下山歧路，至于相失，及抵鼎山站，则车已先在矣。

七、菜花痴虎桃花菌

俟汽车自京中来，附以返。涓隐夫妇兴已阑珊，即归无锡，不复至善卷矣，爰于宜兴车站相别。吾侪以为时尚早，乃入城，欲得一茶寮以憩。于街次忽与耐耕相值，邀至一酒家，吃面，并以"菜花痴虎"与"桃花菌"相佐。菜花痴虎者，苏人称塘里鱼，以其产于菜花汛，而其色斑斓如虎，故名。吾乡亦有"菜花鱼"之称，然无此诡趣。菌亦以产时桃花正盛，故有此艳名。闻秋时亦有菌，曰"雁来"，更鲜美。此行几乎每餐必菌，而眼中所见，亦以桃花为最多，余语颂南曰："吾侪交桃花运矣。"出城候小汽船自湖㳇来，附以至张渚。

八、夜色微茫中之西氿

宜兴有两薮泽，东曰东氿，西曰西氿，水清而柔，山叠若障，有若西湖。西氿之边，有雪堂、钓台诸迹，虽未得登临游眺，然从舟中遥望，疏柳摇绿，夕阳衬红，山倦欲暝，云懒不峰，光景之美，亦心目为爽矣。东坡曾有"买田阳羡吾将老，从此只为溪山好"之咏，洵非溢誉。惜不久即天黑不辨山水，故三十里之西氿，在轮声辘辘、水声汩汩中过去，未容细看也。

九、张渚之夜

张渚为一市集，以产竹闻，顾竹在离张渚十八里之龙池山，近张渚之山无竹也。宿张渚饭店，衾硬如铁，灯小于豆，至不适，然以日间庚桑之游，疲神费力，故倒身便蘧蘧入梦。及为侍者唤起，已逾六时。侍者言，雨不大，可以游山。孟远亦力主勇往，且山轿已预约相俟，坐雨更觉无聊，固不如冒雨看山也。

一〇、雨中山色

朝食既毕，各坐山轿离张渚。山轿之制，略同武林，而余所坐者，有红布为窗，可以启闭，初同人咸病其古拙，而又若新嫁娘之花轿，去而他就，至是余乃独得看山之乐。微雨迷濛，四山如濯，似晕润别有佳致。山泉奔注，时狂时谨，入山以后，即成细流涓涓矣。忽闻声隆然起于山中，有若轰炮，则开山为灰材也。石沫飞溅，及于山径，独轮车运石而行，蜿蜒断续，如蝼蚁之负食。五里而至祝陵，聚居数十舍，谓有祝英台墓，故名。然梁山伯葬清道山下，祝英台投冢而死，《宁波府志》言之甚详。《清水县志》云，山伯死窆邦山之麓。皆与阳羡无涉也，而螺岩下复有祝英台读书处，昔人所谓"蝴蝶满园飞不见，碧鲜空有读书台"，意或因是附会也。今善卷寺后有亭，立一石，锓"碧鲜庵"三字，云是唐刻，亦为简翁掘得。而旧有"祝英台读书处"六字之石刻，已失所在。简翁乃筑一室如古堡，题曰"祝英台阁"，其实不如以旧题颜之。螺岩不甚高，岩南即善卷洞，新置"巢许室"。《慎子》曰："尧让许由，舜让善卷，皆天子而退为匹夫。"故以巢许配之也。

209

一一、善卷三奇

《宜兴县志》谓，周幽王二十四年，洞忽自辟。《三国志·吴书》云，阳羡山有空石，长十馀丈，名曰石室，因封国山石室。而考之史书，周幽王享国仅十一年，则洞忽自辟之说，亦不可信。而善卷之是否隐此，更渺茫难征矣。洞非有室，题"螺岩小筑"。有泉声潺潨可听。坐观疥壁，见有人题云："游山须具三力：一脚力，二眼力，三魄力。"余谓脚力不胜，可以代步；眼力不足，可用远镜，若无魄力，则万事都休矣。出室左行，入中洞，有石级二十馀，以水泥制成云朵状。洞口小山兀立，"小须弥山"，石色奇古，藓锈蛛络，苍然可爱，顶立阿弥陀佛。洞高二三丈，阔亦如之，壁纹多异状，乃拟以物象，左为狮王，右为象王，俨然文殊、普贤之迹，为状颇肖，而以葡萄、瀑、心、篸诸物，尤为形似。复以佛经典实题其形胜，令人如置身佛国中，曰"金刚楣"，曰"香云台"，曰"般若池"，曰"地藏峪"，曰"面壁处"，曰"观音海岛"，而以"欲界仙都"之题字为最雄伟。洞壁诡状不一，百看不厌，前人所谓"青绿炫目，顾接不暇"，信哉！洞下铺以水泥，其平如砥，入洞底右折，复为一洞，拾级而上，有若登楼，是为上洞。迎面有气，渝然如蒸，名曰"云口"。洞中黝黑无光，亦须秉炬以入。有池贮泉至清，土人目为仙水，沿上洞之壁，筑为蟠旋之路，壁纹斑剥，拟为石龙。有时宛然一鳞一爪，实则出于好事者之剥凿也。亦有石柱，四周空脱，上下连属，出乎天然，绝无斧凿，盖石乳之大者耳。出洞复瞻览徘徊，不忍遽去。返螺岩小筑小坐，从右行，绿石壁下百馀级，而至下洞，洞前有泉，室中所闻澌溯之声者，即出于是。泉壮而激，可以成瀑，石锓"雷音壑"三字，觉灵隐壑雷，不能相副矣。下洞之壁，亦甚奇诡，惟不如上洞之多姿。洞下崎岖不平，前进数丈，洞低压头，须佝偻而行，其下石块磙砢，不易着迹，渐见水洞，有小舟泊焉。乃登舟解维，以手杖作桨篙，推挽撑拒，深入复数丈，乃见洞底。顾洞右有石缝，离水尺许，土人谓水浅可以由此达后洞，苦无此缘，兴叹而返。立洞外泉侧石崖上，仰见中洞之口，掩映于丛树中，与下洞如屋之上下层，而洞外桃花生石隙，居然烂熳如在平地，殆风媒也。综观善卷，厥有三奇，中洞四壁如雕塑，一奇也；上洞有云气生暖，二奇也；下洞可以通舟，三奇也。盖洞中有泉尚不足奇，泉可通舟，恐为他处所无耳。

一二、游兴尽而雨势杀

天雨无减登涉之乐，然国山碑未扪，为一憾事。下山一窥后洞，水波溶溶欲活，恨不能由此入探神秘。然以简翁筚路褴褛，锲而不舍，必有豁然贯通之一日也。以附舟之便，归途易辙至五洞桥。五洞桥为一市集，矮屋一椽，劣茗可饮。是时游兴已尽，而雨势亦杀，似老天故意与吾侪为难也。

一三、火烧洪门寺之神话

于茶寮晤一老人，自言陈氏，吐属斯文，颇称解事。知余等游善卷，乃述善卷寺故事。谓宋时其先祖某公与寺僧某善，临殁，语僧曰："我两人交谊如此，当有缘法，请为余置一神位于寺，俾子孙得春秋致祭，可无若敖之馁。"僧如其言。陈氏子孙亦遵其遗命，按时拜奠，历元明两朝不替。至清初，有玉林国师驻锡善卷寺，其徒白松，颇有道行，并恶陈氏子侄之酒食纷喧，以为污彼佛门清净地，逐之。陈氏子孙不甘服，与之争，至于械斗，伤数人，乃纠众乘夜执炬围烧，阖寺僧俗，无一得免。玉林国师在武林，白松则挟两瓦腾身破空而去。事闻于上，欲穷治之，有陈氏子，服官京师者，力承为主使，至受大辟，一邑之人，乃得免于罗织。老人复言，寺有陷阱，藏妇女，如小说中之超凡僧，围烧之际，不期而至者甚众，然玉石俱焚，不免罪过。至今陈氏衰落不振，或其因欤。曾闻诸舆人云，襞戏者有《火烧洪门寺》一剧，即指此，惟托诸于成龙，所以为陈氏讳也。归以其言告松岑师，师谓传说有讹，玉林、白松俱为有道者，决无此丑行，不知何由怨毒于人，而有此奇变。简翁亦曾慨乎言之，以为人言可畏，而身后中郎之不可料也。

一四、醉酣落笔如云烟

小汽船至，附以返宜兴，坐烟篷，得畅心目，而三十里之西氿，于夕阳晚霭中见之，倍觉楚楚可怜。既达西郊，寄顿行李于三新旅馆，饮于酒家，酒劣而多，余轰饮至醉，踉跄入吴德盛陶器肆，其主人汉文，老于世故，附庸风雅，出林子超、于骚心诸人题字，余偶言沄秋可作画以贻之，汉文即出素纸相干，沄秋不获已，乃濡毫泼墨作山水一小幅，并拉余为题，余率成二十八字云："菜花痴虎桃花菌，回味何如善卷奇。肯为名山留鸿印，青藤墨妙石湖诗。"既归旅舍，汉文以陶器数事为赠，固辞不获，颇悔孟浪。沄秋谓余，仿佛祝枝山云，可发一噱。

一五、闻声相思供春壶

五日晨起，作归计，沄秋诣耐耕处告别，耐耕来送行，云，简翁闻余等至，欲邀一见，并有供春壶可赏。供春壶者，宜兴陶器之始创，值巨万。顾余等以天雨，不愿久留为谢，闻声相思，俟异日一慰渴望矣。即与耐耕别，附早车返无锡，车齿已衰，复以雨后路泥泞，起凹凸，驶行时颠簸加剧。孟远、沄秋、蕴璞坐最后，颠最甚，至于不能安坐。因之车外湖光山色，亦无兴会领略矣。于梅园下车，坐小汽车至小箕山，荣氏所营之锦园在焉。垂柳夹道，如行苏堤、白堤间，小有建置，而波光盈几，峦气挹襟，洵如白乐天所谓"好事者见，可以永日"也。

一六、三万六千顷在裙屐边

小箕山与鼋头渚、独山成鼎足之势，鼋头渚点缀特多，远望如仙山楼阁。甲子岁，余数数登临，俱从万顷堂觅渡而来。今则有汽艇往来，一小时间可二三回，便甚。十年不见，面目大异，润饰之勤，顿使改观。而饮食起居之供备，更使人有宾至如归之乐，虽西湖诸庄，亦有所不逮。以故游人络绎，天雨弗衰，鼋背李花正盛，团雪搓玉，明艳炫目。鼋头水恬不波，可以濯足，嶙峋之石，若露头角。遥望广福寺栋宇参差，如宋人院画，而碧树红檽，间以杂花，色调错互，春光真如绣矣。渚边有游泳场，寺中有寄顿所，小住为佳，清游可念，觉三万六千顷之汪洋，狎于裙屐之间，何足荡魄耶？

一七、东大池如桃花源

检点归程，尚有馀暑，乃于荣巷下车，折游东大池。池在山坳，水清澈几可见底，垂杨披拂，有若帘幙，桃李杂发，如闺姝临镜簪花。池左翠屏高耸，林木茂菁，山鸟时鸣，人语谷应，其境至幽，洵如渊明理想中之桃花源，若得久居于此，不涉尘俗，何羡羽化？向者睹洞天之奇，观湖山之壮，胸中已了无渣滓，今得此幽趣，如山珍海羞以后，进莲子羹一瓯，清凉之味，令人津津挂齿颊也。

一八、馀　绪

庚桑之游，便于善卷，顾自鼎山以至盂峰，一时不易得代步，往返十五六里，劳顿可想，故以先游善卷为宜。

耐耕云，善卷洞前悬瀑，简翁颇思加以顿挫遮拦，使其势加壮，然春雨至，山泉发，其力即不可遏，故屡筑屡坍，至今未达其的。简翁谓无论如何，必有以成之。

如皋冒鹤亭，辟疆之裔也，曾至宜兴访陈其年墓，简翁作诗以美之，鹤亭亦有诗云："我为荆南修食谱，菜花痴虎桃花菌。"因此两物更脍炙人口。然有人云，痴虎当作刺虎。果尔，则又于髯翁鲍肺之续，余未见志乘，未敢轻议正误也。

孟远独依依于铜官山，谓闻山中有密宗僧在，殆意欲入仙求道欤？

宜兴城低如墙，风俗朴厚，绝无盛装炫饰招摇过市者。初闻人言，张渚鸭浇面绝隽，庖人以春鸭肉老为辞。后闻人言，宜兴亦有之，竟未一沾唇，亦此行憾事。惟笋嫩如菰，殊为佳味，求之武林，亦所难获，况苏州乎？

陶器之制，以出自手工者为佳，有一壶值数十金者，则以骨董视之矣。

庚桑似为火层岩，善卷似为水层岩，故善卷后洞断石，成天然砚材。

游者须携橡皮鞋及手杖、电筒，而电筒尤须取五百尺光以上者，方得烛见洞壁，无模糊之病。

余于东南诸洞，素推林屋，今见两洞，当令林屋揖让，即桂林之山多洞，恐未必有此奇伟也。以语陈子清，方从雁荡归，亦言瀑固独步，洞则瞠乎其后矣。

（《珊瑚》1934年第4卷第9期，署名范烟桥）

倦羽记

丙寅秋佣书历下，丁卯春倦羽南归，怅触万端，日有所记，忽忽八年，有如残梦，删而存之，以见当日思致。盖此中岁月，颇异于今日之营营也。甲戌谷雨日识。

小青以书来，曰："春雨如织，阴晴难测，陌上花开，可缓缓归矣！"语短心长，为之感喟。而家书亦劝谢事南旋，乃于四月二十三日之黄昏，白于孟公，渠以余意甚决，亦弗苦留，惟谓千里迢迢，徒劳往返，无以酬答，为可憾也。余言后会有期，此别当非久耳。返馆以语企、莲、寒、仲，俱恍惚若有所失，并责余胡弗预言，余以意决于俄顷，若多事商量，必生阻力。馆事布置妥帖，已夜午矣。

二十四日午前起身收拾，羲堂知余将行，乃拉去小饮，余固辞弗获，入一小酒家，倾啤酒两樽，佐以明虾黄鱼，谈宴甚欢。旋至公园品茗小憩，困人风至，我倦欲眠，樱花渐落，春事将阑。自问仆仆风尘，固何为者？思之思之，百感交集。已而莲、寒、仲、天均至，诗亦来，颇以余行为非计。余笑之，不与辩。将晚，乃赴继公之招，酒际并呼两北花来侑酒，俱苗条可人意。时忽接青岛沈君伯衡电话，言明日午后有榊丸赴上海，而西京丸则须迟两日，盖余于前日托渠探听邮船消息之回音也。余乃决以夜车行，席终已九时半，乃与企、莲同返，部叙行李，即赴车站。企、莲送行，坐车厢中刻许，仲、天亦至，弥可感也。已而铃振，企等别去，车蠕蠕动，犹见企等伫立月台，作遥望。六月共事，一旦相别，依依之情，自不容已耳。车行甚捷，略无阻滞。余以箧作枕，倚之假寐，亦只朦胧，弗能酣也。抵沧口，已天明，旭日照黄海，璀璨陆离，蔚成奇姿。凡越三站，都在海滨，澄碧真如画也。抵青岛，迳赴第一旅社，晤佩楚，都以余行之突兀为异。余以环象种种相告，始各爽然。炳星入市购明虾相饷，新鲜可口。出游市街，见建筑物之爽垲恢宏，街衢之修洁，海天空明，波涛壮阔，在在快人胸臆。回想历下尘沙风激，了无幽趣，真天壤矣。伯衡以事冗，委张君乃斌来招待，余即以购票诸项事相托，约二时半往，至时则张君已先在，乃同登榊丸，铜钲既鸣，轮乃离陆，时二十五日午后四时也。

按日本南满铁道株式会社有往来上海、青岛、大连间之邮船三艘，曰大连丸，最大；曰西京丸，次之；曰榊丸，最小。榊丸可载三千四百馀吨，专载客，不载货，故设备极完。分三等，头等三十五元，二等二十五元，三等十元（自上海至青岛）。余居二等四号室一号床位。四号室设五床位，两悬空一沙发，各有绒毯软茵，一美利坚传教者挈其两子各据一床位。侍者为宁波产，故言语通利。浴室、厕所俱整洁，膳室明窗净几，海天风光，映入樽俎，船行极平稳，绝无颠簸。每日三餐，晨咖啡、面包，午夜四菜一汤，傍晚尚有一度茶点，故旅客绝无行旅之苦。闻此三船，年须耗损，盖日本政府有所补助，以博得国际间之好誉也。

船离陆甚缓迂，送行者以五色纸条一端授旅客，渐远渐展，微风飏之作奇丽，亦有挥巾以送者，戏咏之："海风驰荡纸飘萧，人渐相离魂渐销。安得绵绵常不断，比将情缕向君撩。"

出口后，即治膳，膳后至甲板散步。美利坚客则与儿童回环而行，且歌且跃，意兴飚举，盖借此遣旅愁也。时夜色渐黑，波光亦敛，乃归室拥衾卧。因船平极，能安睡，醒来已日光甚丽。盥漱后，就早餐。船尾有表示经行程途，知已去其半。午餐有侍者贡一纸于桌，预言明日晨间七时三十分，可抵上海。餐后至头等客吸烟室，有围棋、留音机等，资客消遣，余与同室严君下棋一局而去。在此一日中，只见天空海阔而已。迨晚，乃于船左极远处，似见一抹黑痕，并有电光相闪，客言过佘山矣。以南去风浪渐大，故提前治食，迨夜，果觉稍颠，然亦不甚剧。至十一时许，已抵吴淞口，例须俟天明乃得入口。吴淞江口夷舰林立，国权扫地，可胜太息。抵杨树浦，适为七时半，与预告不爽累黍。时旅馆接客已环立岸际，余以孟渊较熟，乃招得一人，授以行李登岸，就关员检视讫，坐马车至孟渊，以快函抵家。疲甚，卧刻许，至新闸路交银与企公之如夫人，旋至庆祥里访天笑、转陶，途间铁丝之纲，时相梗阻，故须迂道以赴。时天笑尚未起，转陶已出门，因于书室中电约一冲、次范，甫竟，侍者传言天笑嘱稍待，因坐片刻。已而转陶、次范相继至，天笑亦下楼，倾谈别绪甚快。天笑颇怪余等何以迟迟羁留不返，曾欲作书，恐致惊惑，正踌躇云。午饭于渠家，饭后相辞而出，与转陶至旅社，次范暂别。五时许，一冲、红蕉均至，红蕉系由卓呆转告，而卓呆则余在天笑家电告者。一冲邀至毛长成酒家小饮，酒颇醇旧，且逢快友，故饮颇多。十时返旅社，复畅谈至夜午而散。转陶留宿，因室中尚有一虚榻也。

二十八日上午九时起身，与转陶同至大马路惠通吃点心，后同坐车至贝勒路天祥里访红蕉，并晤赓夔，所居为一小楼，极高垲。留饭，饭后同至法国公园，春气盎然，接人眉宇，而尤以草茵一片，群童嬉戏其上，最足以动思家之念。出园数数易电车，至六三园，园门紧闭，初疑拒客，不知乃有侧门可入，樱花已谢，惟小轩中五色牡丹，方呈奇姿，坐紫藤棚下，饮汽水，稍憩而出。返旅社，一冲已在，碧波、赓夔、次范、剑花、诚安续至，同至大雅楼酒叙，十时散，碧波留宿。

二十九日午前，碧波别去，午后接家报嘱即归。红蕉、转陶来，同往半淞园游览，在小阁品茗，小溪中游艇容与，颇有西湖风味。溪蓄鱼无虑数十百尾，客投什物，群相争唼，不辨美恶，虽吐沫烟屑，亦所贪得，继觉不堪入咽，复吐弃水面，而他鱼犹往夺食。余笑曰："饥荒可想矣。"其时桃花已落，鹃花约略初放，满眼绿肥红瘦，春事亦阑珊矣。傍晚出园，归旅社，复与一冲、赓夔、诚安、次范往高长兴酒家小饮。返旅社，接闻天自苏来长途电话云："苏城已安。"因决定明日返苏。

三十日晨，五时起身，整理行装，登车站。车不分等，统售三等，以乘客拥挤，另于行李房相对处分售无锡、镇江、南京之票，然犹人如潮涌。余命侍者代购一票，得早上车，幸有一座，车行甚缓，抵苏已十一时，较规定时间迟两小时。见自苏州站登车者，多从车窗中钻入，其苦万状，谁实为之？可胜浩叹！到家俱欢然，盖南北隔膜，消息阻滞，各诉景况，始恍然于报纸与传说，同为不可深信也。晚闻天来谈。

五月一日，作书告企公。

三日，向庐前小庭紫牡丹放，篱间蔷薇之属，亦颇烂熳矣。

十日，蒋君吟秋有哭妹文，并讣寄至，极哀痛，其病与四妹相似，盖亦脑膜炎也。余撰联挽之："香不返生，空传天寥窈闻语；絮还吹落，怕读随园祭妹文。"

十四日，俗称神仙生日，棕榈花开，色黄如桂，蜜蜂攒集，花落滴庭除，有雨声。后园玫瑰花放，大如碗。夜闻天招饮于松鹤楼。

十七日，留次范午饭，晚得以一信，招往铁路饭店晤谈，余以天晚，于电话中探问，渠约吴苑相叙，余招闻天，不得其踪迹，乃径往吴苑俟之。刻许，以一偕其夫人文彬女士至，云将于明日往宁。同至丹凤楼，吃虾脑面，并以采芝斋脆松糖、薄荷瓜子赠之。

十九日午后，襟亚来谈，云前在先施屋顶司茶叶之赵某，今忽贵为某军宣传部主任，烂羊屠狗，自古已然，于今为烈。晚至吴苑与闻天、襟亚茶话。佩楚来信甚牢骚，有"天高皇帝远，人少畜生多"之语。

二十五日晨，红蕉来谈，同至潘儒巷，拟游狮子林，见园门紧闭，门揭布告，谓假山坍塌，须加修理，其实则托词也。乃车至申衙前汪耕荫义庄，初亦谢绝，后婉商之，乃得入。坐孤亭听鸟声，似为不如归去。红蕉云："此声甚圆转曼妙，何以古人目为勾人愁思之物？"余云："客中闻之，安得不动思乡之念。"红蕉微笑。既出，即分袂。午后襟亚来，以不肖生之《玉玦金环录》三十四万言，只有十四章，回目已具，而分量不匀，嘱为整理，分四十回，重定回目。翰愚来，同至吴苑茗话，并敲棋一局。

二十六日午后，至玉杖河头，访林幹材先生，先生于前年来宰我邑，颇著能名，治盗极严，道路以靖，人甚谦和，因于昨日见父亲，问及余，故往谒之。论时局极中肯綮，无所偏袒。晚至吴苑。

二十八日午前，林幹翁来谈甚洽，并索《烟丝集》及《无名之侠客》各一册去，余即以素纸乞其书。午后专足将书成素纸来，并《东郊赠别图》、《垂虹留别图》两卷命题，《东郊图》为无锡章锡奎松厂所作，《垂虹图》则湘乡李汝航所画也。晚茗话吴苑。

222

二十九日午前，为幹翁作诗："离乱知才调，危城与众肩。最难群盗敛，更见使君贤。劫后寻残梦，当前恍暮烟。春潮空自急。犹是在山泉。"题《东郊赠别图》。"秋色垂虹好，无如日已斜。为歌将进酒，太息又闻笳。倦羽非高蹈，惊弓岂独嗟。侧身天地窄，谁与话桑麻。"题《垂虹留别图》。

三十日，阅李涵秋所著《瑶瑟夫人》，其本事似取材于西文，然风俗习惯，仍是中土为多，似是而非者更不少。如旅馆称大亨栈，碧玉圈上嵌成鸳鸯各一字，西崽译为细崽，车站有栈房接客，有写票司事，剧园中有桌子等等，不一而足。毕竟林琴翁不可及，因能不露马脚，而运化文字，不为文字所拘也。晚至外舅家一行，旋茶叙吴苑，晤孟远，渠有出山之想。归接红蕉信，劝往海上，续出《星报》。

三十一日，天气骤热，阅《瑶瑟夫人》，竟言伦敦有乘轿者，文章曲折处，有类侦探小说，而刻画儿女之爱处，又纯是中国旧小说派头。晚至乐群沐浴，吴苑茗话。

六月一日，树间有鸟鞠鞦格桀，变化万端，每岁春秋佳日，必来弄舌，戏撮口相逗，更多声啭。复有黄鹂，羽作杏黄色，边缘黑色，耀眼生缬，仿佛一新妆倩女也。戏成一绝："眼前春意已纷纭，又见巫山一朵云。宛似春人花底过，杏黄子衫系玄裙。"

午后细雨如尘，至幹翁宅，交还两卷子，极以"倦羽非高蹈"一语能尽其肺腑，并言为稻粱谋，不能不作出世想，然在此时会，又觉蹙蹙靡骋。所见极是。晚翰弟来，同往吴苑啜茗。

二日晚，茗谈吴苑，闻天述一事甚趣，记之。

罗某，山塘花佣也，积资经商，得小康，转展至奉天，识张雨亭，时张为协统，后得意，罗亦历任诸要职，腰缠累累，翩然归里。颇好骨董，其外姑佞佛，一日，有客馈磁观音，外姑以娇婿嗜此，转赠之。罗识为新货，惟却之为不恭，乃随手弃置，不复措意。越五六年，今春忽接其故人郑某书，谓新以巨金易得一磁观音，闻君亦有之，请假以相较。罗答以已失所在。越日，有旧部张某书来云："在七年前，曾以古磁观音一尊为寿，愿得一糊口之地，贵人善忘，迄今未蒙援手。今穷无所归，敢请以磁观音见璧，俾得复易千金，以度无聊之岁月耳。"罗大骇，急诣郑许，则并未作书问罗，知受绐。求计于律师蒋，蒋曰："此易易耳，烦君于市肆货一新磁观音赍去足矣。惟须告以何处搜寻而得，俾自圆其说。"罗如言，果无反响。世上鬼蜮伎俩，在在是小说资料也。

十日，写扇头两帧，翻旧时所作诗，浅弱不堪读矣。晚至吴苑，转陶约张春帆先生至，春帆先生毗陵人，别署漱六山房主人，著《九尾龟》小说已成二十五集，脍炙人口。顷居娄门东北街，极谦和，体胖，口微涩，胸中掌故甚富，彼此有相见恨晚之慨。日落，同饮松鹤楼，述其憨仆趣事，可发一噱，记之。

眠云于某日约春帆至吴苑，至期，春帆忽感冒，不能出门，柬复投邮，又恐迟达不及见，致劳跂望，乃命仆持书至吴苑瀹茗相俟。仆不识眠云，以问茶博士，博士亦以不甚熟悉为答。其仆忽动灵思，以春帆所作书置窗上，其意欲使眠云来，过此，见信必谛视，可以相晤。讵知电火久明，钟鸣七下，迄未有谛视此信者，不得已回家覆命。明日得眠云书，谓昨晚相候至九时许云。春帆乃大笑，笑其仆知一不知二也，因谛视此信者，未必即眠云，而眠云未必谛视此信也。

复述一仆趣事云，某岁，春帆赴沪，挈一仆以行李授之，恐其相失，乃语以抵沪后，驻大新旅馆。仆因在沪执役《神州日报》已数年，故于旅馆所在地甚熟，不虞其有他。车抵站，春帆复恐其不能照顾此累累者，问须略俟同去否？仆言主人先行可也，此区区者，足以了之。春帆乃径赴大新。是夕征逐酒食，未逞及其仆，夜深归大新，问侍者，侍者言行李已至，惟仆出未返。春帆知仆甚谨愿，决不敢有邪行，或访友耳。明日起身，仆固已久侍，问昨夕何往？仆言出站台为客栈接水所娴，不能脱，乃住六马路一小客栈中，恐主人行李有失，故先送来。春帆言，何不告此间帐房，略给酒资可耳。仆言已往小客栈，安顿行李，其例虽不住，亦弗能弗给以一日之资矣。

十二日午后，雨点疏疏落落，应觉寺招赴沧浪亭，参与音乐会。时淡日云遮，凉风襟接，明道堂前，夏木森森，荫成新绿，座前瓶花炉香，别有逸致。乐则中西杂参，各具深造。就中以某君之笙，与张季让君之胡琴，戴君之梵亚铃，最臻火候，和谐静远，绝无弦索之迹象矣。张君为黎里人，余曾代缄瓶往授课，有一月教学之谊，其人颇跳荡不羁，似与美艺不相合，然自离乡国，别成性格，习音乐，习绘画，心气和平，各有心得，相见亦彬彬有礼，从知美感有关心性也。五时三十分与吟秋至吴苑，天笑适来，闻天遂邀同酒叙。

十三日午后，赓虞来，同至柳村取照片，并至吴苑瀹茗，赓虞作东饮于松鹤楼。归写便面两帧。

十四日，天雨，骤成霉象，身体顿觉不舒。丹阳沈习公来信，并附诗，颇流利，录之："梦回子夜尚吴歌，苦向欧阳忆老坡。岱岳晚峰青到海，石湖春水碧于罗。酒边哀怨都无谓，眼底文章各有科。已读龙威灵秘字（原注：指《天放楼诗集》、《文言》），只应仙骨让君多。"为系千弟题画芙蓉："芙蓉花发已深秋，斌媚能教仙子羞。小逗春机寒未足，玉人扶醉上高歌。"

十六日，和习公一诗："琵琶纵抱不成歌，惆怅春潮落浅坡。柔日读书刚日废，南山有雀北山罗。要从尘外寻蹊径，已觉吟边着臼科。陌上归来花已谢，阑珊诗兴不如多。"

十九日，前年所辑《中国小说史》，至宋而止，拟于今夏足成之。惟体裁略加变更，删去书目，增编作者小传。午后雨苏自京寄来狐领，系赓弟所托买者，价似较去年为贵。逸梅自沪来，旋同至观前而别。余则至吴苑，晤小青、明道，约为瞻老祝五十大寿。邑人陈君自京华来，云所乘日轮华山丸，至黑水洋时，有女学生投海，当时停轮打捞，然波涛汹涌，不知漂流何去矣。并闻下海之际，复挟一马口铁箱，未谙中何所贮。其遗书均置枕下，尚有一书，即就枕套上写之，语气似未完也。今日《时报》即详载其历史，节录之：

华山丸中颇多华北学校之南籍学生，以形势紧张，故纷纷言旋。投海者为北京女子师范大学文科学生叶家泓女士，年二十一岁，湖北武昌人，家在武昌龙神庙。遗书五，致其兄炳章者，有"至于说到别人赖我为贼而死，未免太自小了，我也决无此种举动，昨夜他们用魔害我，天忽下大雨，似乎天也有悲悼之意"语。致姊家慧者，有云："这次回南，本愿至家省后，自作长别，但同伴中有一部分特事来与我同行，一路实行他诡计策，当行至大海中，用些魔术表演，固意耻笑，在舟中的有十多男同伴，携着魔器，沿途表演……固意把那些人物鬼术带着鬼计，使将来身子，没一定的处所，将来遗笑大方，不死，此种生活，我是决不愿活的，不过我死的要有清白。"又致曹先生者有云："现在我不知同船的怎样的设法害我，使我不得不负先生的厚爱，至今日而与先生告别矣。"又云，女士在船上，精神时呈不安之状，每日晚饭之后，必自携卧具至舱面纳凉独宿，若遇男子在旁，则破口大骂，人以其神经发病，亦不之较。

观其遗书，似受同伴之欺侮，刺激神经，愤而厌世，际此人欲横流之会，男女之道苦矣。

晚近跳舞夜宴之会，风行宇内，北方本来不甚公开，自李思浩等在天津设福禄林饭店，而上海三东一品之盛，及于津沽。严修、王占元、徐世光等十二人，致书李，劝其改弦更张，书中述跳舞有碍风化，有云："于大庭广场中，男女偎抱，旋转蹲踢，两体只隔一丝，而汗液浸淫，热度之射激，其视野合之翻云覆雨，相去几何？"可谓形容尽致。

二十五日午后，天雨，红蕉来，同至王三阳小饮畅谈。

《凌霄汉阁笔记》云："京人近竞为无情对，如'贡桑诺尔布'对'垂柳拂人衣'，'阿穆尔灵圭'对'可求其宝玉'，'顾龟薛大可'对'潘驴邓小闲'。"余谓"康有为"可对"真无趣"。

偶念"遗腹子"，可射"生之者寡"。

二十六日，学界持竹筒，募捐慰劳北伐将士，合之顺直水灾，齐卢兵灾为第三次矣。纳一元，得一纪念券，上印瓦当文，曰"捐滴归公"，涓字作捐，奇绝！午后至吴苑，晤小青、红蕉、吟秋诸人。

上海公团对日本出兵山东，正告来华之山梨大将，文中以"她"字指日本政府，"她"为新文字中女性之他也。

阅明顾公燮《消夏闲记摘钞》云："长洲学舍向在孔谷桥，舒汀为江南直指，请移于万寿寺内，惟圣像系石刻成，辇抬未便，改为文丞相祠，故今有旧学新学之名。"孔谷桥今称孔过桥，文丞相祠今设小学校。距余家仅数十武耳。

七月四日为天贶节，下面，里中风俗也。为綮弟题画一绝："四山云气接遥天，流水孤村意渺然。中有洞天号林屋，石床人去几千年。"

五日，天雨，终日未止，潮湿之气，困人如病，大苦！大苦！

今人辄为子取名和尚，亦有所本。宋王辟之《渑水燕谈录》云："欧阳文忠公不喜释氏，士有谈佛书者，必正色视之。而公之幼子，小字和尚，或问公：'既不喜佛，排浮屠，而以和尚名子，何也？'公曰：'所以贱之也，如今人家以牛驴名小儿耳。'问者大笑，且伏公之辨也。"

有挽其庶外祖母者，来请撰联，苦无典实，因用衬托法："德俭好持家，苦节能为大妇助；病缠疏侍药，负恩空列外孙行。"

晚放晴，已困居三日，亟出门一舒胸臆，归看宋人小说。

近颇流行名字合一，于古有征。孔平仲《珩璜新论》云："汉孔安国，字安国。晋安帝名德，字德。宋恭帝名德文，字德文。"《北史》更多。

近社会方议抑平米价，《珩璜新论》载汉代米价甚详，其间升降飘忽殊甚，与近时渐进者不同。汉初米石至万钱，昭帝时谷石五钱，王莽时米石二千，明帝永平十二年粟斛三十，献帝时谷一斛五十万、豆麦一斛二十万。

十二日午后，汉威来，同至吴苑瀹茗，晤雨苏，饭于松鹤楼，雨苏作东道主，席间述海上棋盘街一赌窟甚趣。

赌窟在棋盘街之某里，非熟人为导，不得其门而入，内起居设备甚舒服，专摇滩，下注之最巨者有二千元以上，客不多，多亦只四五十人耳。有颜某者，业金，为老主顾，三十馀年间，除病不能行外，虽风雨无阻，负五十元即去，胜五十元亦去，绝不留恋，去年逝矣。下注动辄以百元计者可得座，可恣食西菜不纳资，依以生活者甚夥，日非百元不办。

二十六日，阅《鸡肋编》载："时慧日、东灵二寺，已为亡人撞无常钟……乃特为长生钟,为生者诞日而击,随所生时而叩。"今吾乡风俗,凡妇人死于产者,制纸衣裳,书疏,具生卒年月日时,系于钟下,击之使动,谓可从血污池中拯起也。

二十八日,《小说史》全书告竣,共二十万言,尚待补充与修正。致书天笑、寄尘、红蕉诸人索序。午前赓虞弟来,午后整理李涵秋之《爱克斯光录》,晚挈儿辈往青年会吃冰。

《鸡肋编》云:"唐初,贼朱粲以人为粮,置捣磨寨,谓'啖醉人如食糟豚'。……而自靖康丙午岁,金狄乱华,六七年间,山东、京西、淮南等路,荆榛千里,斗米至数十千,且不可得。盗贼、官兵以至居民,更互相食。人肉之价,贱于犬豕,肥壮者一枚不过十五千,全躯暴以为腊。登州范温率,忠义之人,绍兴癸丑岁泛海到钱唐,有持至行在犹食者。老瘦男子瘦词谓之'饶把火',妇人少艾者名为'不羡羊',小儿呼为'和骨烂',又通目为'两脚羊'。"可谓前史所未有之惨。

三十日,红蕉寄序文来。城内沧浪亭、可园、工业师范诸校,皆驻兵,以前所未有。日来热度最高时达九十八度以上,入夜亦不凉,西北方有明星,午后即现,有微芒,说者云是太白。

吴梅村《柳敬亭传》云,敬亭说书,学于莫后光。今苏州说书人之团体曰"光裕社",殆以光前裕后,暗藏其先师之名也。

(《珊瑚》1934年第4卷第10—12期,署名烟桥)

青阳港上看菊花

青阳港是昆山的一个小河流，自从成了国际赛船会的场所，顿时增高了地位。一二八之役，给日本飞机掷下了几个炸弹，青阳港三个字特别的惹人注目了。但是现在又换了一袭新制的秋衣，更觉得明媚蒨丽，讨人欢喜。原来京沪沪杭甬在那里开菊花展览大会了。

我们在四日的早晨，从苏州出发，先到正仪下车吃蟹。这里方有真正洋澄大蟹，"金毛黄爪铁锈螯"，时候尚早，便到东亭去看元代文学家顾仲瑛手植的荷花，走了两里光景的路，见一座方亭，便是叶誉虎等发起所建的君子亭了。前面一泓秋水，里面荷叶也都焦黄了，那时一个乡农来招呼我们说，这里的荷花，种在池底，上面盖着石板，石板上凿着孔，到了夏初，荷花从孔里生长出来，开起花来，总是并头的，并且颜色也不是单纯的红和白，有相间的。我想这个种子，大约是从印度来的，因为佛经上所说的莲，是五色的，可惜此时无花可赏了。

我们回到正仪，吃了蟹，到青阳港，菊花陈列在铁路花园饭店，入口处签字后，领到一个赛磁徽章，是上海同文印刷公司所制，还有一张三色版印孙福熙所画的菊花明信片，和两路的导游录，上面题着"清秋的快乐怎样追寻"。依着路线巡览陈列的菊花山，真是五光十色，目不暇接。所题的名词，也是陆离光怪。最别致的，如花月痕，用小说题名，葡萄仙子，用歌舞剧题名，和本来的名词，以环盘带线等形状来分别的，大异其趣。参加者以种植为单位，以上海、杭州、苏州、无锡为最多。在菊花山的两侧，用白布写各地的名胜，和从上海出发的车费，很足以引起人们的游兴。在出口处，有投票瓯，欣赏以后，可以投票选举，因为两路局长等，有奖品送给优胜者。

这天国际赛船会恰巧在赛船，所以外侨纷至，那铁路桥南的港边，男的女的躺着坐着，都是堆满了笑意。我们为了时间的拘束，只看见他们一次比赛。我想中国的农村，每年在春天也有划快船之举，假是比赛规则去统制着，不是绝好的一种农民运动么？就是苏沪的各大学，也可以提倡这种运动啊。本来饭店里有几只游艇，供给游客驾驶的（每小时所费六角），因为供不应求，必须预定。我们就雇了乡下的"浅板船"，在港里绕一个圈儿，虽是不摩登些，却也同样的感到容与中流的乐趣。

我们再到昆山去玩马鞍山和半茧园，吃了著名的鸭面，然后还苏州。那时只有七点三刻光景。马鞍山虽很小，那山下的公园很够味。尤其是几十株挺高的柏树，都修成圆锥状，很费功夫呢。半茧园有寒翠石，比留园的冠云峰略小，但是它是宋代的古物。凭着短垣可以看渔人的扳罾，在残照里，自成图画。这里经过整理委员的布置，凡是一石一木，都有历史的意味，就是坐在堂上喝一点茶，听林间的鸟声，也幽静得忘却一切呢。

（《图画周刊》1934年复活274，署名烟桥）

游踪第一书

读者足下：

泰岱孔林，为中国饶有历史意味之名胜，向往已久，未获一游。顷以津浦路局有旅行团之组织，乃欣然附骥，事先函赵雨苏兄往问行程，得复殊满意，于二十二日附沪京特快车入都。

苏州站置假山喷泉，有若温州盆景，然太湖石不及常州站之旧。

车厢虽有风扇，然径不及尺，一厢仅四具，殊不胜热浪之四袭，启窗则煤灰如雨。五小时中，苦闷烦浊，那有家居解衣磅礴之乐，因吟一诗："两面山驱热浪来，入秋无雨卷风灰。到今方觉家居好，不是看山我欲回。"

无锡以西，荒田什一，早稻虽渐熟，亦憔悴如病夫，垂头丧气，秋成自可虑也。

行前徐沄秋兄，馈我《泰岱指南》及《泰山诗画游记册》，前者详列胜迹，后者有诗有画，颇解岑寂，复得一诗："萧沉我已倦苏州，小作平原七日游。未上岱宗先读画，渡江山色洗双眸。"

镇江以西，沿轨植荷，尚有白荷花未谢，宠之以诗："暖风如酒醉长车，平淡游程意不夸。卅里荷田秋未到，柳阴还着两三花。"

抵下关，雨苏暨吴闻天兄已相候站次，以汽车入城，迳诣中和里雨苏家，快谭契阔，怡然忘暑。稍坐至津浦路局办事处，购票定位。至朝报馆访王公弢兄、张慧剑兄均未值，留字相约，于晚间新华楼酒话。坐公共汽车至奇芳阁啜茗，盖碗茶托，犹是二十年前光景。日将落，乃诣酒楼，晤沈端方兄，渠言将游南岳，惜余已定北行，否则可以同往，盖南岳之游，较泰岱为难也。

饮后至大世界，为一游戏场，今年之新建置也。新剧人顾无为主之，营业颇盛，露天茶座，几无虚席，小坐招凉，风细不敌人潮。归宿雨苏家，满楼风月，颇快胸襟，于枕上得一诗："故人迟我为停车，相见无言但笑哗。离却人间烦恼地，风窗月竹爱侬家。"

都下饮水甚便，每元可得三十担，且为自来水。客言某报曾揭专电，谓苏州苦无水，每担须一元。有诸？余笑曰："尚不至此，然长此不雨，或合此一日耳。"

公共汽车自增价后（每站铜元七枚，三站起码），确能使人力车稍沾其惠，惟仅不满二十枚雇值之短距离耳。

市政府令歌女佩桃花章，歌女之稍负盛名者，咸不登台，《中央日报》称之曰"桃花潮"。

西瓜曾贵至十元一担,最低亦须三元,且多为"大红袍",只堪入画,不堪入口也。

银行之建筑,与新衙门若角短长,其他之建置甚缓,道路亦平坦者少,盖畸形发展也。

以前有三不之消,一为灯不明,二为道不平,三为水不清,今已渐次改善。电灯较苏州城东一带为亮,用户门次,咸装一搪磁牌书"电光几号",余初疑为保险标记也。

报纸以《中央日报》占第一位,日出三大张,自《民生报》停版后,《朝报》乃跃占第二位,夜报有三种,殊无精彩,盖社会描写太少,政治新闻则枯燥无味也。

烟桥,二十三日晨南京。

(《苏州明报》1934年8月25日,署名烟桥)

游踪第二书

读者足下：

　　昨天（二十三日）受到极热的压迫，使我在上午不能出门。在早晨到玄武湖走一趟，湖水干得不能行船，到了美洲（不是新大陆），已经热得汗流浃背，便坐在竹林中石磴上休息一下，雇了人力车还来，觉得在家时决无如此的酷热，或者是心理作用罢。

　　正午，沈君匋、沈复初两兄，坐了汽车来邀我同雨苏兄赴吴君"皇后"之宴。皇后饭店是四川菜馆，我说何不称花蕊饭店，不是更有历史的趣味么？吃了几杯啤酒，更耐不住了，便到妙机去吃冷食，和上海的冠生园差不多，踏进门去，就觉得凉生四座，别有天地，但是还出来又像跌入火坑里去了。

　　四时到朝报馆，候公弢、慧剑未至。到公馀联欢社去下围棋，这地方原来是齐燮元的住宅，后来成了实业部长的公馆，陈公博住厌了，就让给联欢社。入门就见一座草台，好像我们乡间在演春台戏，可是但闻其声，未见其人，原来无线电在播音。里面分武术、围棋、平剧、昆曲诸部，平剧请溥西园（红豆馆主）在那里指导。吴君围棋比我好，也可以说我的围棋实在不行，我不自量力，所以两战两北。

公弢、慧剑来了，就到中山陵去，经过许多伟大的衙门，最奇怪的是国民政府门面，是歪斜的，不知道是不是和苏州已填塞的金门一样，为了风水关系？

二十二年前徘徊凭吊过的明故宫，只剩午门还危立在残照里，其馀都是瓦砾，一部分在建筑，一部分种花卉菜蔬。出朝阳门，改为中山门，出了城闉，便是陵园的范围，草地荫树，很有纪律的繁绿着。以前一路是乱石崎岖，现在成了柏油大道，汽车经过那里，很像在青岛的第一公园里。

中山陵太崇高了，不高兴走上去了，望见了"中国国民党葬总理孙先生于此"的碑以后，就折身下来，觉得伟大的"博爱"坊，图案太简单太平凡，倒是对面预备立遗像的座子很优美的。

从中山陵过去，便是曲折幽邃通谭墓的山路。经过灵谷寺，没有进去，上谭墓，很有一点园林艺术，纪念堂是北平著名打样师"样子雷"设计的，他的脑海里充满着宫殿的印象，所以这里也完全成了宫殿的模样，尤其是堂前铜质的鹤和鹿，更令人联想到故宫。吴君说是丞相祠堂，慧剑说本来戴季陶的联语，用武侯两句话——"鞠躬尽瘁，死而后已"——老早把谭先生比诸卧龙山人了。

天色昏晚了,更见得山路的深绿,凉风从两面送来,减去许多烦热,可惜不久又赶我们到"皇后"应公弢的招饮。公弢不愧是新闻界健者,他的《朝报》已销到一万以外,承他的不弃,和我讨论了好久。我有两种供献,一是充实京市新闻,一是人事介绍,他很以为然。

这夜楼上没有风了,但是还得好睡。

烟桥,二十四日南京。

(《苏州明报》1934年8月26日,署名烟桥)

游踪第三书

读者足下：

二十四日晨，君匋以车载往雨花路马祥兴小食。相传此店创自明季，俗呼明朝饭店，惟据南京人云，不过一二百年历史，且中间曾一度休业。所治食馔，以牛体各部为最可口，如牛颔、牛肚、牛肉、牛筋，皆极臻火候，而以牛颔、牛筋为绝味。价尚用钱码，座头甚潦草，有两斗室，椅桌较新，已称雅座。闻孙哲生氏常纡尊至此，可与于髯之至石家饭店，并称佳话。

南京城北，渐沾海化，而城南尚有古色古香，惟街道均逐渐推扩，干路宏通，数年来进行甚速，支路则犹是狭而且脏之本来面目也。

十时至中央党部，参观各科，并至中央政治会登楼瞻仰。其地有荷池，花开未谢，翠盖红裳，足以象征其整暇。闻四中全会时，中央党部颇以事前筹备事后整理为苦。此次五中全会，或假金陵大学，亦未可知。

午饭于雨苏家，二时至车站候张君指达自苏州来，同至"妙机"冷食，于君匋家小坐，就津浦铁路办事处问讯，则知此次同游者，只十一人，支君仲郢为导，支君常熟人，极和霭活泼，一能员也。五时半至下关渡江，蓝铜车已相俟于浦口矣。

车厢中虽有电扇，而窗小风微，仍感闷热。七时一刻开车，以电铃促送行者下车。车既蠕蠕动，风始习习来，惜晚色蒙昧，已不甚辨认景色矣。

是日二等车客，适如所容，上铺皆虚，故余与指达所居之五号室，仅两人对床耳。

八时夜餐，先时支君以菜单来问适胃否，见无异味，即不加挑剔。就飧车时，经过三等车，亦有电扇，即座位亦较京沪路车为优。忆民十五春北上，适内战方亟，不得卧铺，坐飧车达旦，今得从容大嚼，有如梦寐，不堪回首矣。

飧后，支君通知同游，决于二十五日之夜宿泰山玉皇阁，翌晨观日出后下山。因原定分两组，一组如前议，一组则不宿山顶，今以人少，统一游程，便于照顾，乃合而一之。此议颇善，故莫不同意也。

夜半后，风渐觉其挟有秋气，单被被体不能胜，乃穿毛巾浴衣。适车停福履集，下车小步，明月如蛙，淡云如絮，方信人言北方较南方为凉，而南京最热也。

自泰安发。

（《苏州明报》1934年8月29日，署名烟桥）

游踪第四书

读者足下：

　　二十五日晨六时，到徐州，买唐山梨，较寻常之梨为大，甚甜，即心亦不酸，他站均无之，因得一诗："梦回午夜骤生寒，一袭寝衣便觉单。小驻南徐识俊物，唐山梨子不心酸。"

　　站上小贩不乐用银毫，以大洋票为最宜，问《大公报》价，云"十二大子"，余误为十二铜元，孰知大子即当二十之铜元也。南方报纸只有上海——《申报》《新闻报》，与南京之《中央日报》，其余概不可得，车上无报贩，均须于停车时在站上购之。

　　沿路常见碉楼，所以防匪，方弗木渎、平望之敌楼。

　　在兖州购得大桃，汁多而甘，惟不见肥城桃耳。下午二时四十五时抵泰安，至泰安宾馆小憩，其地极宽敞，泰山可以卧对，室内设备亦甚精美舒适，苏州尚无此等旅馆也。

支君先期来电，预雇山轿，故叱嗟力办。轿制甚特别，系一无脚之栲栳围椅，穿以两杠，杠上系皮带，而抬者以皮带背肩上，宽阔处横行，绝平稳，并可看左右景物，狭窄处直行则甚颠簸，上有布盖，作人字形，即抬者亦受蔽也。

此等山轿，名曰"爬山虎"，价极廉，每人每日一元，加酒资数角，而所走之路，远非苏杭一带之轿夫所能及。据轿夫云，彼等皆终年为此苦力，不种田，冬日游山者少，乃改赶大车，赶大车所入甚微，不足赡家，则向人称贷，俟明春子母兼偿，故绝少能积资兴家也。

此次游泰山，原定分两种游程，其一在山下住宿，其一登玉皇顶，观明日日出。同游者咸主后说，乃于二时半上山，过岱宗坊，其上刻标语，沿途有多处刻石，作革命宣传，惟较高处无之。

至白鹤泉，上有玉皇阁，左侧石洞，有孙真人肉身，两臂干枯如柴，而筋肉可辨，作趺坐，头小如猴，装金，故已失真相。真人为直隶河间阜城人，康熙二十四年蜕化，年九十四。自此而上，地形渐高，路上以大石卵平铺，石级则俱为极整齐之青石。过一天门、红门，泉声如雷，右有题石，如"云山胜地"、"胜游"等，盖其地柏树夹道，苍翠欲滴，而流水潺湲，更觉有声有色。至万仙楼，背题"谢恩处"，为乾隆上山，命群臣至此而止，乃感恩申谢，无谓极矣。过斗母宫，《老残游记》述其中艳迹甚详，余等以上山要紧，故未勾留。过水帘洞，左壁题"万笏朝天"，反不如我家天平壮观。更上，右立总理奉安纪念碑，其地名歇马岩。

自此而上，沿途石刻甚多，亦目不暇接，有所谓"柏洞"者，左右翠柏，交枝接柯，参互错乱，有若幄盖。望之寂然而深，无穷无尽，约历里许，稍稀。上回马岭，谓至此马不能登矣。因山路益陡，直抵中天门，始稍平坦。自山下至此，为二十里，已去其半。轿夫吃茶饼，立门次，俯视泰安如匣，汶水如带。时雾气正浓，四山失其顶，而水气侵身，若在下望，余等亦如腾云驾雾而上矣。过此山势陡落，称"快活三里"，意谓有三里之程，得快活也。至听瀑亭，登云步桥，凭桥栏看对面山壁悬瀑，其势甚壮，泰山之泉，以此为最。左行盘道二十四级，折而上，复四十八级，乃见瀑顶，由此可以测得其瀑约高四丈也。更十里许，有茅屋数间，卖碑帖、燕子石（大汶河出品）、水晶矿石、照片等，屋次三古松，权枒如盖，即脍炙人口之五大夫松也。过此山路益险，轿夫亦气喘汗湿，乃随停随坐，俾得稍苏其困，而藉以观赏山色，计亦良得。泰山多柏树，惟对松山两峰对峙，松树荟集，且无不奇姿如画，松□有若掩卷，忽路侧挺立一树，岸然不与众伍，故有"独立大夫松"之号。

泰山全部最峻险处，为上南门之十八盘，而十八盘中复有"慢十八"、"吊十八"、"轻十八"之分，共四百七十八级，顾名思义，可知其困苦艰难。山愈高，雾愈浓，气愈冷，天渐暮而人益疲矣。至南天门，回顾来路如梯，而群山为云雾所遮，余等亦在白云中矣。过碧霞宫，已昏黑，幸月色尚可辨路耳。登至玉皇顶，为泰山绝顶，有屋数间，庭中石馒头数个，乃绝顶之绝顶。于殿上作晚餐，设行军床十三具，原定分若干具于右厢，因叶楚伧先生亦携眷来此，已先我而居。楚伧先生与何练才先生闻声出见，并致歉忱。以明晨须早起，观日出，乃不复畅谈，各事卧息。

二十六日四时起身，至露台候日出，天风泠泠，冷气四袭，穿浴衣，披绒单，尚觉不胜。是地有气象研究所，一职员云，此时仅摄氏五十九度，据中央无线电台报告，日间南京尚有九十一度，相差至少三十度。四时半方露白光一抹，而四面云雾浑沌如海，泰安城中灯火如萤，月光破空而出，虽不得浴日之奇，亦复莽苍可喜。日出如平地所见，据云，常住山上，一年亦难得数回可观奇景也。下有无字碑及孔子小天下处，对面为日观峰，西为月观峰。六时作早餐，六时三十分下山，叶氏一行则先半小时去，因须往曲阜为祀孔主祭也。余等复拣昨日所未尽观赏处，重行逗留，如玉皇顶下之唐碑，碧霞宫之铜碑，复于云步桥倩许竟明君为余等摄影。折观经石峪，为一大石坡，如虎阜之千人石，上刻《金刚经》，可得千馀字。坡上即水帘洞，水直下如帘，故名。至关帝庙看汉柏，虬枝蟠屈，不可名状，而一干横出，破墙遮道，有如将挐云而去者，题"汉柏第一"，非虚誉。吾苏柏因社四柏，可以颉颃，而奇态或且过之。抵泰安宾馆作午餐，候车来，赴兖州，将作孔庙、孔林之游矣。

上山自二时至八时半，历六小时半；下山自六时半至十时半，历四小时。故昼短之日，不能尽一日游毕。且余等以日期迫促，西山、后山诸胜，亦未领略，殊以为憾。惟据曾游西山者云，惟百丈崖之瀑布,及黑龙潭之泉,较为壮美,其他自以前山为胜耳。

　　车来尚需时,乃入泰安城游岱庙,规模极宏大,墙壁如城垣,殿已改为人民大会场,壁画作封禅状,人马车服,古丽得未曾有,当非千年不办,惜已多剥落,今护以铁栏,当可保存矣。岱庙惟此为可观,馀则如玄妙观之百货杂陈,成一商场而已。

　　泰安城作正方形,其人朴而不华,街道咸为黄泥,人力车以白布作大篷,车夫亦得荫蔽,远望如西湖之瓜皮艇子,亦异制也。

　　津浦路营业所主任孙景棠君,招待甚周至,并于园地摄影以为纪念焉。

二十六日寄自泰安。

（《苏州明报》1934年8月30日—9月2日,署名烟桥）

茶烟歇 [选录]

船　娘

　　苏州船娘，艳著宇内，与秦淮桃叶媲美，故《吴门画舫录》班香宋艳，与《秦淮画舫录》同为花史巨制，开《教坊记》、《北里志》之生面。近时顿见衰落，虽画舫依然，而人面不知何处去矣。尝见某笔记云，清人入关，颇不喜女闾，于是莺莺燕燕，悉避诸舟中，因舟中佳丽独弗禁，遂成习惯而产生船娘之名词。当时悉在七里山塘间，一舸容与，群花招展，指点景物，品量容颜，往往竟日不足，继之以烛，因此有热水船之称，意谓柔橹拨水，殆将腾腾有热气焉。洪杨后，尚有数舫载艳，惟已变旧时体制，主觞致者多为枇杷巷中人，仅以船菜博人朵颐。然春秋佳日，亦颇多主顾，夏初黄天荡赏荷，更排日招邀。自废娼后，无复"画船箫鼓夕阳归"之况矣。

瞻园垂丝海棠

南京大功坊瞻园，故中山王徐达邸也。园有太湖石极夥，颇具玲珑剔透之致。有垂丝海棠，花时珠珞垂光，明媚庄严，如古代美人作新嫁娘装。今春含苞欲放之际，适逢雷雨，诘旦起视，已零落可怜，诚如唐诗所谓"夜来风雨声，花落知多少"也。陈佩忍丈主持江苏革命博物馆，常卧起于园中，睹花状，赋诗以伤之云："淡粉轻烟正好春，无端狼藉变香尘。天心亦复行秋令，我辈惟应垫角巾。冰鉴一泓翻止水（原注云，园故有止鉴堂，即今之静妙斋也），雷车三月送花神。红妆自古遭奇劫，银烛徒怜照病身。"徐自华女士和之云："一丛秾艳一丛春，闻道摧残委劫尘。无复阿娇贮金屋，翻怜香女湿衣巾。花花叶叶原皆幻，雨雨风风慢怆神。欲写绿章连夜乞，乞他休现女儿身。"

屯村报恩寺

屯村一作庵村，杨诚斋诗："呼童早买庵村酒。"盖昔时以善酿酒名。有报恩寺，为吴赤乌中所建，毁于洪杨之劫，仅有数椽之存。惟基址广漠，犹有痕迹，亦可以想见当日规模之大。相传山门四大金刚，两目俱为宝石所琢，为贼所抉，故今窈然成穴，不能怒目矣，而色相尤未尽灭，其巨与吴中报恩寺相方弗。庭有树，为电火所焚，有如焦炭，而顶有新枝，依然苍翠，若不相关系者。内有题名石一方，其文字为左行，与焦山《瘗鹤铭》同，字体亦遒劲，宋时物也。

八卦轿

天平近水，然游山者不能直诣山麓泊舟，其间曲折逾里，必以轿。轿以竹椅贯两杆，极简质，以为程短，虽妇女亦胜肩荷，以是有八卦轿之号，谓前后两人，与游客为数三，阴阳垂互，适符卦象。春秋佳日，游者络绎，山人资酒食于斯，故见泊舟近岸，即蜂集招揽，有方于屋中刺绣，即抛针黹以从，倨恭之态不一，操纵之术綦工，无有不堕其玄中者，而尤以半途息肩索点心钱，为其惯技，个中人号为"捉狗"，意谓一入圈套，无由摆脱也。近年人力车可通，若辈乃稍感落寞矣。若从木渎游灵岩折游天平，即无此扰，殆天平山下人特狡狯耳。景范路成，游者益便，若更延至苏城，可以驱车入山，则八卦轿将渐归淘汰矣。或言苏人建墓必于是，进香必于是，春秋两熟，同于农获，虽无游客，亦足浇裹，盖彼固未尝以此为恒业也。他方人每闻苏州女儿，有若水柔，观乎抛绣肩舆，健步如飞，不将咋舌叹苏州女儿之刚柔莫测耶。

莫干山观日出

曩在历下，颇欲一登泰岱，以盗多行路难，未往，至今耿耿焉。前年游莫干山，未行前闻老友朱慰元言，山上观日出，奇丽为他处可无。故上山之诘朝，未明，即披衣而起，倚槛静待，顾晓寒殊甚，急切未挟纩，乃以棉衾裹体，如健儿入运动场。盖山上减山下温，恒在十度以上，八月天气，山下晓起亦须加衣，宜其须冬服矣。初，弥天沉黑，东方云脚微露浅白，始辨天地，然若为山谷，若为楼台，则犹混沌于墨水瓶中也。鸡既鸣矣，光明渐呈，林木云峦判然，而天空之颜色如画家之调碟，陆离光怪，无所不具。已而突现异彩，有若金蛇万道，僵卧天际，云片半作青紫色，阴阳向背，示其立体。而竹梢水气蔚起如烟，亦凝与云乱。林鸟啁啾，有振翼作飞翔之势者，尔时山下当知天晓矣。曾不数瞬，金蛇悉遁，云气平淡如山下所见，一轮红日冉冉而上矣。夫朝曦与落日大相径庭，惟由一搯指痕而一弯，而半规，而整圆，渐变其形，速如吞噬，则初无二致耳。下山语慰元，渠大为余贺，谓一宿得之，颇非易易，有一月仅得一二见者，盖阴晴燥湿皆与日光有关，非天高气爽，不能如此壮观也。然余以是益思慕泰岱不能置。

惠荫秋禊记

癸酉中秋前三日，国学会友集于吴下惠荫花园，秋禊也。陈石遗、金鹤望两诗人各携文孙至，而张大千、谢玉岑、曹纕蘅辈，俱自海上来。石遗袖诗际纕蘅云："得子匡山一再书，阙然不报怅何如。病身宛卧芦中鹤，人海潜逃网底鱼。五老羡君常仰止，二林怪我太咨且。长翁契阔江湖久，可念白门烟柳疏。"缘纕蘅甫自牯岭归也。饮于渔舫，前池后河，然俱不可钓，渔之名非实焉。酒数巡，石遗老人抗喉歌辛稼轩《永遇乐》词，虽不协律，而苍凉悲壮，所谓放歌者近是。继之而歌者，有郭竹书之《道情》，屈伯刚之《惨睹》，杨蓉裳之《琴挑》，汪谦父之《佛曲》，杂然以起，与风雨萧疏、木叶瑟落相应。席终，鹤望师请大千作图，而自任撰文以记之，与者题咏其上，成文苑掌故，盛事也。惜累日阴雨，木樨犹未放，秋色殊落寞，惟阶砌海棠作可怜红耳。濒散，竹书以素笺索题名，石遗老人已七十有八龄，援笔作小记，老眼无花，洵寿征矣。少年贝锦有轸念关外语，竹书怆然久之，盖竹书为苏翰章将军之秘书，去年转战黑水，近方息影吴门，故言及往事，不能无感也。

伯先公园

镇江有伯先公园，依山为屋，杂植花木，铜像巍峨，气象殊庄严。东南都市之公园，武林外此其巨擘矣。今春往游，杏花犹繁英满树，时已三月清明，故余有一绝句记之："伯先祠外踏青来，碧血青铜有古哀。毕竟春寒殊料峭，桃花时节杏花开。"按伯先死革命，而饶有文才，其《赠吴樾》诗云："淮南自古多英杰，山水而今尚有灵。相见尘襟一萧洒，晚风吹雨太行青。""双擎白眼看天下，偶遇知音一放歌。杯酒发挥豪气露，笑声如带哭声多。""一腔热血千行泪，慷慨淋漓为我言。大好头颅拚一掷，太空追攫国民魂。""临歧握手莫咨嗟，小别千年一刹那。再见却知何处是，茫茫血海怒翻花。"吴樾无殊荆轲，则此诗正如高渐离易水击筑也。伯先虽未与七十二烈士同殉黄花岗，而闻耗怆恸，以是卒于病院，不能如张子房功成身退，亦云苦矣。前年陈佩忍先生辑《革命博物馆月刊》，列其事略，附以七律一首，谓其诗不多见，则上之所录，或可视同吉光片羽矣。

燕子矶俯瞰

癸丑，余读书民国大学，客金陵，得闲必出游山水，不得识途老马，则按舆图索之。一日闻岩山十二洞之胜，冒大风以往，出玄武门，天昏黑有雨意，入山寥廓空寂，四顾无人，顿生苍凉之感，然气不稍馁，仍跋涉遍历三台、达摩诸洞。其地故沿江，为江流所激冲，乃凹奥呈奇观，然多荒芜，畏蛇虫，不敢深探，惟二台洞有枯僧出应客，稍得瞻仰其山容壁色。旋登燕子矶，突出江上，有如张翼欲飞，直立其额。俯瞰长流，滔滔可念，而风涛起于足下，较钱塘江上为壮。其下帆樯林立，盖候风信之转变，始扬帆分道耳。维时天色垂暮，不容留连，驱车而返，以语同学，皆惊余毅力。且言至燕子矶者,每动出世之想,以至舍身投江者,此言至足体念。方灵皋游雁荡,以为岩深壁削足以动严恭静止之心,则遭逢屯邅、意志浅弱者,安得不惊怖惨怛,不惜身殉欤。顾余则别有所怅触,科举炽昌时,东南士子赴秋试者,咸命舟西驶,至矶下遇风,辄祈天呵护,今铁轨贯通,已无此苦,所谓人定胜天者非耶!

白门柳

白门多柳,往往在浅渚边,如古美人临镜,秀发纷披,倍添妩媚也。二十年前,余僦居城北双龙巷,晓起入学,过大石桥,望北极阁,亦有几树衰柳,则如鸡皮鹤发矣。王渔洋有和钱石崖《秋柳小景》云:"宫柳含烟六代愁,丝丝畏见冶城秋。无情画里逢摇落,一夜西风满石头。"袁箨庵见之,戏曰:"忍俊不禁矣。"盖渔洋亦深于情者。《秋柳》四律,或言有本事,非冤枉古人也。写白门秋柳,最楚楚可怜者,厥维《桃花扇·馀韵》折:"冷清清的落日,剩一树柳弯腰。"此外如《听稗》折:"孙楚楼边,莫愁湖上,又添几树垂杨。"《访翠》折:"千门绿柳,一路紫丝缰。"又,"你看黑漆双双门儿上,插一枝带露柳娇黄"。《眠香》折:"齐梁词赋,陈隋花柳,日日芳情相逗。"《闹榭》折:"天然风韵,映着柳陌斜曛。"《选优》折:"锁重门垂杨暮鸦。"《赚将》折:"望荒城柳栽。"皆萧瑟饶有秋意,而柳之为柳,几于描画尽致,孔稼部何眷眷于柳也。去年上扬州，见所谓绿杨城郭，虽亦有古趣，然不如在白门之枨触万端，亦不知其所以然也。盖不必张绪攀条，而见柳自有许多历史意味兜上心来也。《板桥杂记》云："十七八女郎歌杨柳岸晓风残月，若在曲中，则处处有之，时时有之。"因作《忆江南》词云："江南好景本无多，只在晓风残月下。"然不可以语今日，今日十七八女郎唱陂黄艳曲，亦不过为招人榜子。盖即以冶游论，亦为唯物史观所影响，无复昔时雅韵矣。

拙政园

拙政园在苏州娄门大街，已零落有荒芜之渐，然其间布画，颇具丘壑。苏州园林，大率以曲折宏丽相尚，而拙政园独空旷，有吐纳消息，若稍事粉饰，可擅胜北城。园为大宏寺遗址，明嘉靖中御史王献臣所营，文徵明待诏为之图记。后其子以樗蒲一掷，偿里中徐氏，徐氏亦不能终有，为陈之遴相国所得，复加修饰，珠帘甲帐，烜赫一时。然相国居京师，十年未归，虽图绘咏歌，雅有林泉之乐，其实则园中一树一石，亦未之见。及穷老投荒，穿庐绝域，黄沙白草，茕茕可怜，而其园已籍没入官，为驻防将军所得矣。吴梅村《拙政园山茶歌》感慨惋惜，盖亦借题发挥也。《茶馀客话》云："园中有宝珠山茶三四株，交枝连理，钜丽鲜妍，吴诗所谓'艳如天孙织云锦，颣如姹女烧丹砂，吐如珊瑚缀火齐，映如蠨蛸凌朝霞'是也。"闻诸父执，三十年前尚有一树着花，某岁奇寒，乃至冻萎无存，后代以小树，亦不能久，从此宝珠山茶与拙政园无缘矣。吴三桂盛时，其婿王永宁复从驻防将军许攫得之，益事雕镂，备极华侈，曾几何时，永宁殂谢，三桂崩溃，园林重归籍没。康熙十七年改为苏松道署，缺裁散为民居，其梓楠珹瑂，皆输京师，供将作，陈其年诗所谓"此地多年没县官，我因官去暂盘桓；堆来马矢齐妆阁，学得驴鸣倚画阑"，则当时更形败落，今已稍胜矣。从来园林，不易世有，然无有如此园之暂者。园外有文徵明手植紫藤，花时累累如缨络，庄严宝相，足称吴中春事一胜，惠荫花园虽有之，殊不及其团簇。盛夏有早茶可饮，好鸟时鸣，古木下多凉风，亦足遣暑。惟吴市重心集中城南，而拥资财者仅知独乐，否则济以众力，略加整刷，固城北一绝妙公园也。

南洋劝业会

清末南洋劝业会开幕于南京，省各有馆，馆之建筑各呈其特色，如江西馆为一螺旋形，而湖北馆于陈列物产外，复置赤壁及黄冈竹楼之雏形，竹楼可以品茶，纳小银元二，得一壶，饮尽不复泡，临行赠茶叶一小盒。游是地者，辄喜其别有境界，与金碧楼台异其风趣。近见八指头陀诗，方知此擘画，乃出自诗人樊樊山之设计也，时樊山为江宁布政使，诗云："与可胸中几根竹，樊山千竿万竿绿。仍呼此君造此楼，黄冈却在锺山麓。我欲借乘黄鹤游，还留鹤背负黄州。飘然直渡南溟外，砍竹谁能更作楼。"劝业会之创，方弗回光返照，又如临去秋波，清社之屋，曾不一稔，然后此之会，遂无其盛，用是颇值回想。民二就学民国大学（今中央大学附属小学址）时，曾驱车访其遗址，则号称模范之劝业路，已如苏州之青阳地，美人迟暮，同其可怜，而旧时建置，均无遗迹可寻，惟一纪念塔犹危立斜阳中耳。闻今已改置中央党部，当更无片瓦半椽可供凭吊矣。

（《茶烟歇》，范烟桥著，中孚书局1934年初版）

庚桑善卷纪胜

读鹤望师《庚桑善卷两洞记》，已震其奇伟瑰丽，渴欲一睹面目，已而读《旅行杂志》所揭汪叔梅与成行两君所记，益跃跃神往。春假得六日，始毕夙愿。同行者孙蕴璞、徐沄秋、金孟远、凌颂南四君，皆健行者，而余最次，然登涉不以为苦，可知洞天之胜，足以移其心志与情感也。

先一日宿无锡，黄昏细雨廉纤，颇为闷损。幸翌晨清光大来，顿增游兴。附锡宜路汽车往，梅园以西，依山上下，沿湖曲折，故从车窗中外瞩，烟波云树，山峦帆樯，无所不具，无物不美，方弗展一长卷，沄秋工画，尤啧啧称赏不绝口。为程百五十里强，为时两小时强，以途不平坦，车行颠簸，腰背酸楚矣。下车值史耐耕君，先期请为乡导者，史君以事不能偕行，乃命庖丁挈榼贮酒食以从。易京杭路汽车至鼎山，俗呼青龙山，徒步行七里，皆就田畔行屈，经独轮车重压，益凹凸如丘壑，倍觉费力。不期而遇者，有旧识陈涓隐君与其夫人吴霞如女士，而宜兴女中四女生，亦烂漫天真，若萍之水合，谈笑游戏，乃得减其疲困。

抵孟峰山腰，有小筑，即就以治食。既果腹，乃易橡皮鞋，秉油纸捻，入庚桑洞。洞口植碑曰，志沿革，谓真人庚桑居之，著九篇书而仙去，其后张道陵张果来隐修，故又号张公洞。洞高数十丈，窈然深藏，下而复上，为庚桑殿，凡三层，拾级三十而登，壁有塑像，以火力弱，未之见。从殿右伛偻而进，别为一洞，洞顶为果老殿，与庚桑殿比肩而立，惟庚桑南向，果老北向，庚桑为后洞之底，果老为前洞之底耳。从果老殿下行大石级，亦三十，而阔过之，抵广场，可容五百人，较后洞为光洁，可席地而坐。斯时有天光自洞口射入，而石乳下垂如缨络流苏，固一天然佛龛也。从左入一小洞，盘旋登涉，凡百馀级，偶见天光一角，映云树如团扇，作倪迂画，而光由斜照，色倍蒨丽。复行数步，忽又暝暗。既出洞，俯视洞口，相距仅数丈，而其间曲折几及里许之程，颇有吾吴狮子林假山之胜。此外小洞甚多，以滴泉灌阶，滑不留足，不敢多历。既坐山亭，仰望洞口虽迩，亦不敢攀登矣。

合后洞前洞而言，甚肖一螺，而其间弯环蟠屈，尤与螺腹相肖。若言仰盂，仅能状前洞耳，故不若移螺岩之名于此，然盂峰之名已古，见《百子全书·亢仓子序》云。

循原路出后洞，体已大惫，乃雇独轮车置外衣，下山忽迷路，抵鼎山车站，独轮车已先我而至。此行往返在二十里外，霞如女士与四女生，皆不若吾侪之困顿，而余汗雨喘息，几不能持，能无愧欤。

候汽车至，附以返宜兴。入城，于途次复值史君，邀作小食，得尝鲈脍菌羹，鲈无他异，菌则鲜嫩非他山所有。史君谓土人称鲈为痴虎，于菜花汛特佳；菌有桃花之名，以别于秋日之雁来菌。故诗人冒鹤亭曾有诗寄储简翁云，"我为荆南修食谱，菜花痴虎桃花菌"之句。

以明日拟游善卷洞，乃于六时许辞史君出城，附汽船至张渚。于夜色迷濛中过西氿，惟闻水声滔滔，不能一辨氿边风物。既抵张渚，宿张渚饭店，甚简陋。后闻人言，其地尚有桃溪旅馆，似较宏大云。

晨起，天复下雨，惟不狂耳，隔宿预定之山轿已来候，乃略进朝食而往螺岩。岩之阳，善卷洞在焉。先坐洞外敞轩，闻泉声甚壮，凭栏下视，则有悬瀑，即汇群山之泉以注下洞，伏流而起为水洞者也。出轩右行，降云阶，抵中洞，有小山迎门而立，苔藓嵌碧，蛛丝缭绕，古拙可喜，上立弥勒像，眉目可辨。山后见洞，广四五丈，高亦如之，深则倍之，左右石壁，奇形怪状，难以笔墨曲状使肖，好事者乃拟于物类，如象，如狮，如葡萄，如簧，如瀑，皆题以字。实则有若夏云，任人摹拟，不必拘泥，观于此而觉画家不能夺造化之工，诗人无以状天地之奇矣。

洞口敞大，纳光较足，故周匝雕塑点缀，较庚桑为多。若金刚楣，若香云谷，若地藏裕，若般若池，若面壁处，佛国掌故，悉萃于此。从"欲界仙都"之题壁处入一小洞，即为上洞，有若登楼，一无光线，较庚桑后洞为黯。入洞即有热气噏然，若絮之来裹，瞹瞹为昏，稍进稍净，而暖如蒸笼，殆加甚焉。有池水特清澈，谓是仙水，故土人又称是洞为仙人洞。有路渐行渐高，左壁石纹如云，间有作鳞爪状者，号石龙。石龙既尽，乃见石柱，可两三人抱，似出天然。有石床数事，可以假寐。闻简翁曾宿洞中数夕，每于清晨见有白雾从洞口吐出，即前人所谓出岫之云也，今亦有僧置木龛居之，较结茅山巅为舒适矣。

出洞返轩，作午餐后左折，缘石壁而下，瀑声益震，其麓有石题"雷音壑"三字，瀑不甚大，简翁曾筑隄障以足其势，惜工程不坚，泉发冲隄障而溃，旋是瀑更为障石所压，减其壮观，瀑尽流为细泉。经洞底而深入，吾侪伛偻而行，穷洞之底，乱石礧砢，步履维艰，凡十数丈。有舟在，持手杖作篙，左右支撑，勉强而行，约三四丈，已为洞底，然洞右有微缝，谓水浅时可以深入，有里许程乃达岩阴后洞，今则惟有废然返耳。

越螺岩而归，于岩脚见后洞，洞口有水溶然，亦以洞壁下垂如幕，不能一窥其究竟，然两洞可通，固可信也。洞外有祝英台阁，相传为祝英台读书处。右为碧鲜庵，今名善卷寺，因掘地得石，始知其旧名，察石所凿字，尽在唐以前也。寺已荒落，了无他胜，乃至五洞桥，附汽船返宜兴。

于舟次晤内侄沈隽，云有龙池山，竹径数里，其境绝佳，而国山有吴孙皓封禅碑，俱未得一见，颇以为憾。归途得睹西氿景色，遮柳漾绿，柔波如镜，微云懒耸，岚障叠翠，李莼客所谓"山水村郭，一片大地，俱不足供其发泄"也。

夜饮城中一酒家，酒甜劣如饧，然以刀鱼之腴，桃花菌之嫩，洞游之奇，兴会淋漓，狂饮至醉。入吴德盛陶器店，喜主人汉文之不俗，拉沄秋作山水，余题以二十八字云："菜花痴虎桃花菌，回味何如善卷奇。肯为名山留鸿印，青藤墨妙石湖诗。"明日醒后，颇悔孟浪。归过无锡，复鼓馀勇游箕山、鼋渚，十年小别，光景大殊，而东大池之游，似添锦上之花，盖山深林密，虽非桃源，殊异人境，如读昌黎文后，一展《柳州小记》，其味殊津津耳。

上为去年所记，今已有所变异，然洞天之奇，风物之胜，固无殊也。

（《苏州明报》1935年4月2—3日，署名烟桥）

吴根越角纪春游

一、以晴雨定行止

春假是我生活中最不肯轻轻放过的时期，所以老早就和几个朋友商量游览的地点，和探问行程。我主张走杭江路，为了时间太费，五六天恐怕来不及，便改为绍兴，因为"兰亭"、"东湖"、"禹陵"这几个名胜之处，大家都是耳熟能详的，并且知道交通便利，起居也很舒适的。计算往返的时间，也绰乎有馀。因此表示同行者有四人，一是赵汉威君，一是凌颂南君，一是沈赓虞君，一是李逸民君。

谁知在决定起行的上两天，春雨连绵，大家都有些难色了。四月九日的晚上，我们坐在吴苑的话雨楼，还是犹豫未决。最后约定，以明晨五时半左右的晴雨而断。

作怪的天，偏偏在五时以前还下雨，到了五时二十分光景，方才"萧萧雨歇"。六时起身，看看天色似乎有一点开霁希望，便坐车出城，到东吴旅馆。除掉逸民隔夜住在旅馆中以外，其馀的陆续都到，但是每个人都有些不甚放心的神气，以为不幸在中途下雨，可就糟糕了。

二、苏嘉道中

七时汽车来了，我们一哄而登，大约受天雨之赐，都得到一个座位，不致伛偻而立。过了宝带桥，湿云渐渐的展开，各人的脸上都浮起了一点笑意。许多熟识的小名胜、小古迹，如"第四桥"、"敌楼"、"莺脰湖"，都从车窗外移过，像翻着风景片贴册一般，在心上温习一番，我就以二十八字了之："天公暂歇黎明雨，促我吴根越角游。纵有烟波可回昔，长车电掣未容留。"

到了盛泽相近，瞧见苏嘉路的路基，有一片已呈现在眼前。三根竹竿所立的标准，觉得和现实相去尚远，今年秋间通车的话，全是梦想。有一个旅客说政府没有钱，所以工作不上紧，有时工钱发不出，工人便到附近的村庄上去骚扰，米、麦、鸡、鸭，随意给几个钱，拿了就走。他们靠着"部"的护符，就和丘八的拥有一枝枪杆，一样的放纵了。

车抵嘉兴，要换坐沪杭火车了。我们为了时间的衔接，不能有半小时的逗留了，便坐人力车到站，其实两站——汽车站和火车站——相离并不远，我们为求买票上车舒齐一点，不能雅步从容了。

三、嘉杭道中

上了火车，倏忽之间，就掠过了鸳鸯湖，绿树红墙的烟雨楼，只好目逆而送之。车厢里遇见徐世功，他的尊人平阶君，和我在之江大学读书的时候，是常常结伴游山的。现在他有点衰老了，游兴是没有了，但是我还是这老模样，自己很安慰。见了世功，倒不免有些惘然，所以我到了南星桥，作了一首诗："觅取童心二十年，候潮江上看山妍。王孙作客玉台老，逝者如斯一惘然。"所谓王孙，乃是作客京华的赵雨苏君，也是二十年前的游伴。记得那年的八月十八日，三人从闸口附车到此，候潮江边，饭庄上喝了许多老酒，摇摇摆摆的还上山去，自命是独有真赏。今日胜地重临，江流如旧，而人事皆非了。

当车儿穿过杭州城，到城站，歇下了许多烧香的中年人，游春的青年人，匆匆地跑下车去，我又成了一首诗："艳绝鸳鸯奁镜开，棹歌欲唱几时回。过门不入君休笑，湖上曾经十度来。"其实我到湖上，何止十度，同行中只有逸民还是童年到过，什么都没有印象了，所以他坚持在越游归来以后，必须在杭州逗留一两天。我说，倘然时间有馀闲，当然可以的。

在车上吃一点东西，比京沪车中便宜，可是面包不甚新鲜。

265

小贩说："沪杭车的生意，远不及京沪车，在这几天春假兼香汛，自然还成个样儿，要是平常日子，那里有这许多人。讲到香汛，今年已不如去年，这是受了去夏旱荒的影响。"

的确，我向各列车作一个巡礼，二等车厢，也有空座，头等车厢，更是寥若晨星。假使换了从苏州到上海，或是从上海到苏州，决不是如此的。于此也可以想到苏州人的消费程度，是超出一切的。

我们从车厢里望到月台上，有几个晶亮的转架，上面嵌着许多的风景片，无疑地把西湖来逗人。但是望到月台里面，宪兵在检查行李，一种纷乱的模样，似乎很严重，不是闲暇，觉得很不相称了。

在火车中，很想看几种地方报，一来可以解闷，二来也想观摩观摩，得到些改进的参考。但是嘉兴只见了一张《嘉兴民报》，和《新吴江》差不多，似乎新闻的质和量，还差一点咧。杭州只见了一份《浙江新闻》，常出两张半，有一版副刊，名"杭州通"，都是登载些本地风光，在风景区的刊物，这种编制倒是很切合环境的。和上海的《大晚报》有"上海通"是一样具有特殊的地方色彩的。

给我发见了一个奇迹，在副刊上有顾明道君的《奈何天》，这部长篇，是排日登在《新闻报》本埠增刊的，不知是何因缘，给《浙江新闻》转载了，并且相差有一百多天，这倒是一种很便宜的办法，好像西湖上的宋四嫂鱼，把它两吃，一是醋溜，一是穿汤，好在看上海《新闻报》本埠增刊的，未必兼看《浙江新闻》的。

我一向知道杭州有一种《东南日报》的，向报贩要，回答说卖完了，可知它的销路很不差。有一位同车者告诉我，日出三张半，我点点头，咕哝着，"东南"两字当之无愧了。

四、江　边

下了车，向江边走，有几家饭庄里，走出伙计来，喊："老板吃饭！"这模样儿顿然引起我于京剧、昆剧的憧憬，丑角的店小二的风格，是没有多少差异的。可惜我们的肚子已塞饱了，只能辜负他们的殷勤招待，不瞅睬而去。

走上"江边第一码头"，和青岛"栈桥"一般的深长突出于江心，水泥的建筑，比上海的黄浦滩码头更伟大、坚实。这一点已是使我们满意。一小时有两回的汽油轮船，很安稳地把渡船捉对儿拖过钱塘江，去上江和下江的往来便利，是一切事业发展的推动机。我们看了《孽海花》，想象到江山船，以后恐怕要渐归淘汰了，所以我写了一首诗："凫赭（二山名）模糊水接天，长流利涉客欣然。弄潮何似鼓轮稳，闲煞江山九姓船。"

据一位留心水利的老者说，钱塘江的流向，时常在改变。这几年，江北在涨积，所以江南的码头，要筑得坚固些。又说，六和塔那边在筑铁路桥，工程很大，将来落成以后，客运将更见便利。我说，要曹娥江桥落成，沪杭甬铁路的名词才完全成立呢。但是名实相副，经过了三十年还不止。

从江北的江边到汽车站，或是火车站，约有半里之遥，倘然坐人力车，须买七分钱的票，因此全无车夫争揽生意的纷扰。这个办法很好，我以为各埠的人力车，都应该这们的裁制着。不过路程远近不同，价目高低不同，卖票很不容易而已。

我们到车站，问明了行程，知道所趁的是到新昌的长途汽车，简称"杭新路"，下午二时三十分开。因为很有馀暇，便在茶店里小憩，在合作社里买到了一本《越游便览》，凡是萧山、绍兴、新昌、嵊县，各名胜古迹搜罗得很详备了，可惜诸暨、馀姚、上虞，还没有编成。看了里面几张插图，已觉得风光秀逸，此行不虚了。但是愁着山阴道上，真个应接不暇，我们预定的日子，恐怕来不及呢。

汽车按时而开，并且车辆多，旅客都有座位，机件也好，走起来不甚颠簸。颂南想起了京杭路的怒马似的颠簸，不住地赞美它。并且车厢也高，就是立着也不至伛偻，这一点比苏嘉路好得多，所以一时四十分的行程，在不知不觉中过去，已到了绍兴的北海站。

五、会稽之夜

到了绍兴，坐人力车，上鉴湖旅社。带了同事张旭民的信去访绍兴中学附属小学的黄忆萱女士，商定了两天的游程。承黄女士指点出几个名胜，后面的卧龙山上，有风雨亭，是纪念秋瑾女侠的；右边山下有越王台，窦巩诗："鹧鸪飞上越王台"，就是这里。

可惜雨丝风片，暮霭晚烟，不容留连了。

"霸业千秋一梦醒，越王台上草青青。卅年英气还如昨，风雨来登风雨亭。"

既得要领，便还旅舍，和同伴上街坊去小步。到了一次徐公祠、关帝庙，走上柏油的绍兴大路。给夜色拥登——新酒楼，把三种绍兴酒，次第的尝试一回，觉得善酿太甜，并且知道是"酒做酒"，便不敢多饮；花雕最得中庸之道，醇厚如博雅君子，确有太和之味；竹叶青太清淡些，真所谓本色。吃了这三种酒，方知我们在苏州所吃的泰号花雕，正如捧了烧饼的拓片辨认钟鼎文字呢。

他们下酒的名物，有两种，一是"鸡腰"，一个个像白果似的，咬上去，软绵绵，酥朽朽，别有风味，但是总不敢多吃，这是不习惯的心理，因为鸡腰在苏州，是时常给庖丁弃去的；一种是"喜蛋"，在苏州也只供闲食，决不登盘匜。李莼客说，就是朱竹垞诗"秀州城外鸭馄饨"，我们也吃不出它的好处。倒是越鸡——即白斩鸡——很肥嫩，颇可大嚼。

五人尽四斤，已经有些醺然了，可以证明酒力的厉害，可是并不渴，更是它的好处。

还到旅舍，托账房去雇船（绍兴人称套船），论定一天逛兰亭禹陵，船价三元，酒钱饭钱包干净，约定明天七时就得启行的。我正想早些睡，却给逸民发见了一个神女，唤过来闲谈。据伊说，有同样的三个，常用住在这旅舍里的，不施脂粉，不留心的，竟要给伊们混过的。大家有一搭没一搭说笑了一阵，伊见没有奢望，

269

便翩若惊鸿地去了。汉威在公账上大书着"消遣一元四角"，可是这们的一消遣，时候已近午夜了。

"浅斟越酒尽三绝，善酿花雕竹叶青。已觉陶然添醉意，何堪灯下话飘零。"

我入睡以后，颂南和逸民还到神女的住处去作一回巡礼唎。他们说，三个少女拥衾而坐，在啜粥，只是白吃，连一块萝卜干都没有的。看来伊们的生活，另有人在支配的。风雨之夜，没有人作高唐之梦，伊们的感想是怎样呢？

床前的红灯和绿灯，怪有都市的魅力，我们从谑浪中，走入黑甜乡去了。

六、乌篷下

天尽下雨，我们还是要去逛，潦草地吃了些点心，便去下乌篷船去。我们看到停泊在市河两边的船，五颜六色，画得十分浓丽，一样的乌篷之间，还装了几扇玻璃窗，便感到"相形见绌"了。我们只能低下头去，从"鹢首"偷窥到山色的一斑，不能作刘桢平视。幸亏出了常启门，天也不好意思再下雨了，我们就可以推开乌篷了。这时候两边的山光峦影，可以左取右挹，柔软而清澈的水，把船缓缓的漾过去。船家的技术很不差，比我们苏州的快船摇得平稳，想着"春水船如天上坐"的诗，更添了我们的快意。

狭而长的船身,四个人坐在那里很舒服,喝一点茶,吸一点烟,向外面看看,自诩是萧闲得可以了,而水程有如此的环境,也只有浙东罢。颂南说富春江还要美,有时船儿就从山下擦过,江流因着山屏的荫蔽更见得碧绿如油。但是我们将到娄公埠的片刻间,所得到的山水交织成的春之明媚,已足使我们要暗暗地喝一声采了。

七、兰　亭

从娄公埠到兰亭,约有五里,有三种代步,一人力车;一宛似苏州送礼担盘所用之"调箱",曰"皮笼",亦即"兜篮";一驴。除掉逸民骑驴以外,都坐人力车。这一条路,正是所谓应接不暇的山阴道上,妙在两面是"崇山峻岭",一股山泉,汇成清渠,滔滔汨汨地流着。山民利用它,把竹竿编成"簰",运输货物,顺流而下,比扬帆都快。据说上溯泉源,有十五里之遥,但逆流而上是不可能的。到了这里,已感到"曲水流觞"之致,谁知到了曲水流觞处,反呈静态渟潴不动了。

从鹅池碑亭折过去,便是右军祠,我立在杂树掩映浅草绵芊之间,请逸民摄入镜箱。又和同伴在亭上摄成一影,虽然风景并不美蒨,却是一千馀年前的古迹。

壁上嵌着许多石刻,也无暇去摩挲辨识了,只抄了长沙徐树铭一诗:"四十二贤觞咏地,一千馀岁我来游。岩峦不改松篁色,亭壑先含水石秋。致美馀闲完故迹，坐无尘想集名流。惟怜雪爪留题客，兴尽山阴访戴舟。"'坐无尘想'四字，描写得最使我同情，因为此地远隔人烟，只有两部鼓吹——蛙——和枝头朋友——鸟——在聒噪，以外便寂然无声了。

和绍兴人闲话，没有不说到兰亭的，但是能够领略到兰亭真趣的，能有几人？

村女煎一些茶出来饷客，水是清洌的，茶叶是新嫩的，虽不得酒，也足快意。问伊可有拓片？伊说没有，大概到这里来的，连欣赏右军书法的也很少罢，否则伊们太不会赚游客的钱了！

在归途中，那头蹇驴，斯文得可以，四条腿竟赶不上我们的两条腿。但是我们倘然时间从容些，骑了蹇驴，在山峙水流的绝妙风景线上，缓缓而行，倒是很有诗意的。可惜我们要紧到禹陵去，不能细细领略这诗意的画境了。

在乌篷下，用徐树铭诗的韵，做了一首律诗："难得春闲莫错过，不辞风雨作轻游。孤亭雅有人间趣，曲水偏从山外流。喜得登临尽半日，居然觞咏亦千秋。归来再上禹陵拜，诗在乌篷一叶舟。"

八、禹　陵

禹陵在绍兴城五云门外，可以坐人力车去的。但是我们从娄公埠坐乌篷船去，也很便捷的。将到那里，先从船头上望过去，一丛绿树里,隐约有宫阙嵯峨,后面还衬有屏障似的会稽山,真像一幅宋元派的工笔画。可惜镜头小,拍不好,近了些,反而失掉这天然人工交相为用的美境了。

所谓陵,只是丛莽中一部分的坟起,要是没有"大禹陵"的碑亭,万万不会认识的,所以也无可留连,左折向禹庙瞻仰,大殿阶陛,凡三十八级,阶画有石刻的"二龙戏珠",雕镂精工,不知道是何时代的古物,没有说明,甚是怅怅。殿上空无所有,那二丈高的禹王像,冕旒衮裳,执圭端立,倒是很能引起人家的崇敬之心的。上面金漆的匾,是章太炎先生于前年所撰的《重修禹庙记》,把他和孔子相比,以为"系在人心,不援阙典以为重",但是孔子已由国民政府明令奉祀,禹王还没有人说起呢。

殿侧有石坟起,是会稽山的结穴,盖着一座亭,亭里边立着一块圆锥形的怪石,顶端有孔,好似秤压,叫做"窆石",上面刻着许多文字,大概说,窆石者,窆下梢也,或谓下棺之后,以此石窆之。所以大家说禹的葬处,就在这窆石的下面,夷者是附近。在亭的上面,还有两个碑,一刻"禹穴",一刻"石纽"。

在庙门之外,还有一个岣嵝碑,是明嘉靖中,季木守长沙,从岳麓书院携归,知府张明道翻刻上面的。篆文最奇古,一个字也不识的。

禹庙始于周建越国时,离开现在已有二三千年,不仅是东南最古旧的建置,在全国也寥寥可数了。不过是否"禹巡狩江南,上苗山,会计诸侯,崩而葬焉",却不能深究了。因为疑古派的史学家，对于禹的本身问题，还有问题呢。我们崇拜圣哲，本来只重在精神，无论如何，总是见到了一个民族光荣史的遗迹了。

九、轻而易举的山轿

苏州的八卦轿，已经算很简单了，他们或伊们可以独自背着走的。但是绍兴禹陵的山轿，更简单了，只有两根粗竹竿，中央系着两根绳，绳上缚着两级木板，一级是坐的，一级是给两脚撑着的。一个人可以背着两三具呢。在狭窄峻险的山径中，是很适用的。

在禹庙的小学里，有人管理着，倘然要到香炉峰——是会稽山的最高处——或是石屋，可以坐了去，有定价的。我们见时间尚早，便雇着到石屋去。

起初，我很反对这个，以为一定很不舒服的，因为没有背靠，必须用两手握住轿根，调剂重力。后来坐在上面，倒不觉得怎样，并且下设的板也是用绳紧的，正像荡秋千，两腿可以伸缩自如。不过腿短了一点，只好悬空着，那末要"蘸着些儿麻上来"。

但是也不一致，颂南说不适意，汉威说："倒吭啥！"

一〇、石　屋

坐上山轿，经过一个古庙（即南镇，见后），从竹径中慢慢地上山。山石犉荦，看着很险，幸亏并不高。这里土馒头特别的多，并且都有一块石碑立着，远望去，一点一点灰白色，嵌在赭色的山泥，和青绿的杂树中间，很不和谐的。

听轿夫说，这里有所谓"十间屋"者，似乎是名胜，或是古迹罢。但是停了轿，特地叩门而入，却只空空地五间敞轩，下面还有五间，已落入地平线以下，只留出一个窗子，通些光气，和北方盛行的"地穴子"差不多。一些没有意味，可说上了当。

就是到了石屋，也只见一间暗黑湫隘低卑的屋子，在仅通微光中辨，四壁和顶，都是山石，如是而已。倒是石屋外面，一块大石，压在一块小石上面，望去真有点岌岌可危，值得赞美它一声"好！"

这里的门上，题着"老石佛寺"，但是佛龛里的佛，看不出是石凿成的。一个俗不可耐的和尚，在唪经，拒绝我们走进石屋里去。但是我却走去的，据《越游便览》所载，石佛寺有磨崖题刻甚多。我们一处而没有到，大约另有其寺罢。

一一、南　镇

从禹陵上香炉峰，或是石屋，必须经过一个古庙，名"南镇"。入门就见"天南第一镇"五字的题额，原来是会稽的山神庙，始建于隋开皇十四年，和禹庙同样地得到历代帝皇的重视，所以天南第一，当之无愧了。建制远不及禹庙的宏大，里面也没有什么可以欣赏的东西，只是徐渭的"深秀"两字，勒石壁间，笔姿挺拔，也足称"深秀"的批评。可是另外钩摹了，做成一个题额，恰差得远了。就是"一维十道"，也说是他的手笔，我有些怀疑了。

从徐渭的奇才奇死，想到山阴人物在文学上的奇迹。从"绍兴师爷"的特殊名词，想到这里的山明水秀，觉得前人所谓"地灵人杰"，是很有一点哲学意味的。

游倦归来，天色已灰暗，"欸乃一声山水绿"，因了夜光把山和水幻折掩映，觉得碧沉沉地，一个"绿"字正用得着。到绍兴城里，有一点没长足的月光，照着我们满意的笑脸，一直送上岸，送上杏林酒家。

一二、三，五，七

杏林酒家是颂南在苏州已提起过，因为他知道这酒家有女侍，可以添些酒兴。上了楼，就见一个穿蓝衣加"白饭单"的女侍来招呼入座，川流不息地又来了两个，年纪最大的叫"三"，依次下去，叫"五"，叫"七"，三是老练得可以，撮瓜子嗑不等人家让的，说话也多得有些讨厌了，五比较静一点，七当然是翘楚了，但是有目共赏，别的酒座时常要伊去，伊也像在"山阴道上"，有些"应接不暇"了。

我问"三"一个月有多少钱好赚，三说这里的规矩是不给工钱的，客人赏下来的酒钱分四分，一分给男堂倌，其余我们三人拿，好的日子两三块钱，不好几毛钱也有，平均大约有一二十块钱。那么我们临走给伊们一块钱，每人只得到二毛五呢！汉威说，北京"吃女招待"要给三批酒钱，一批是照例的"加一小账"，一批是普通的公开的"小小账"，还有一批是"私相授受"的。

一三、东　湖

　　为了变更原定游程，黎明即起，仍旧坐昨天的那只乌篷船，在晨光晞微中，带摇带撑地出了五云门。约莫行了一小时的水程，便见长堤如带，上面杂树掩映，和西湖的苏堤、白堤一般的入画。堤的里面，是碧绿的水，风吹着起了縠纹的涟漪。后面立着一个大屏障，俗呼"绕门山"，《嘉泰志》称为"箬蒉山"，说是秦始皇东游，在此供刍草的。这山石，经过前人的开凿，所以有的地方，好像刀斧削成的，非常光滑，有的成了裂痕，好像手的龟坼，颜色是紫而且黑，好像是铁铸的，奇丑怪劣，不可名状。我们的船，从堤上的万柳桥穿过去，拐一个弯，进霞川桥，撑入石壁，便是"陶公洞"，好像立着一个折屏。这时候阴森森地，上面有水滴落下来，因了四面是石，落在水面，丁丁东东，好像在敲琴。仰起头来看时，那天只有方丈那么大小。我说："此时我们无异'坐井观天'了。倘然在盛夏到这里，和登莫干山一般的凉快，这是可以断言的。"

　　船儿向西，撑进山凹里去，见片石下垂，有如门户，上面那善写北碑的陶濬宣题着"桃花洞",跋语云:"有仙桃其上,其花无定时,其树无定状。"因此左右还刻着联语云:"洞五百尺不见底,桃三千年一开花。"分明是神话,不可信的。但是这们一点染,便使游人更添了些兴趣。陶先生在东湖很费一点心力的,可以不朽了,至少"陶公洞"三字,长在人们的口角和笔端了。

船儿从东面进去,西面出来,偶然在洞下发一声喊,便幻成极宏大的应响。船家把长篙点下水去,确是凿不到底。这边也刻着联语云:"呼吸湖光饮水渌,腾跃赤鲤与神蛟。"这时水底正发出一种噜叱喤嗒的声音,好像当真有赤鲤神蛟要腾跃起来,细细体察,方知堤外有一艘汽船在驶过,水波激荡,受了洞壁的呼吸,好像装了一个扩音机。我们记起了《石钟山记》,不禁大家会心得意,以为我们也有苏东坡的耳福了。

颂南偷空儿到一回陶社去,我们等他还船,就离东湖而至皋埠。

一四、吼 山

我在苏州和金鹤望师说起,要到绍兴去。他就说,吼山不可不去。因此将到吼山,已满存奢望,以为一定有奇迹可睹。到了山麓,望见远处有两朵怪石,好像是小儿辈叠着玩的,大家都高兴起来了。

船泊在岸边,走上去,先见一个石窟,题"烟萝洞",有一泓清水，四壁石色灰白，大约开凿未久，和绕门山的颜色不同。里面更凹深处，还题着"万寂洞"，有一间小屋，在悬崖之下，崖上有小瀑布吹下来，像跳珠溅玉般，使人不敢逼近它。王晓籁的"傅岩小筑"，就在烟萝洞内，此时还未完成，但是已可小坐了。

出洞左行数百步，上一不甚高峻之山，和虎丘差不多的倾斜，不费脚力。在半山有一个方尺的小泉，名"云石水"，据云，去年大旱，也可以汲水二十担不竭。转上去有几间陋室，题着"小鏊云泉"四字，到了庭心里，仰起头来看那个"云石墩"，真要咋舌。在墩的上面，有一条缝，缝里嵌着一垛墙，和铺着一块板，分明有人在结茅。但是无路可通的，不知道怎样登陟的？

香伙和船家混合着，告诉我一个故事：

"在数年前，有一个老者吴胜祥，起初是做地保的，不知道受了什么刺激，便剃度为僧，看定了这云石墩，从后面攀藤附葛而上，在这石缝里坐禅。这缝从下面看去很低狭，但是五七人尽容得下。三顿茶饭，用长绳吊上去的，不论风雨冷热，从没有下来过，三年以后，不知去向。有人见他在绍兴某寺里去世的，当时到这里，已有六十多岁了。"

我们听了这一席话，不禁嗟叹那些苦修的僧人，精神真伟大。要是他能够把利己的心，扩大为利群，一定有很好的成就的。

我们从后面的侧门上去，见和云石墩遥遥相对的，还有一朵奇石，就是刚才从船里望见的。到了跟前，更觉得不可思议。一片长方石，顶上放着一块整方石。倘然就平面说，成了一支丁字尺；

就立体说，竟是一个大棋盘，所以大家称他"棋枰石"，再确切没有了。

一五、脚划船

下了吼山，大家觉得时间很早，不必还绍兴，可以直接到柯岩。好在旅舍方面，在临行时已经结算清楚，因此便和船家商量，他也以为直放樊江为便。

到了樊江，付了船钱，上岸，向汽车站长问讯，知道要到前面五云上车，可以够得上游柯岩。但是樊江到五云，没有车衔接，非专雇小汽车不可。因此便在三十分钟中，由五云放车来载我们前去，搭上杭新路的汽车，二时二十分便到了柯桥。

我们带了不少行李，觉得很累坠，幸亏柯桥站长也是很肯给旅客以便利的，允许我们把行李寄存，我们得以很轻快地坐了脚划船，进蜀山桥，停泊在引镜桥内。这种脚划船，以前我也坐过，要转展反侧时，必须放稳重些，否则船家就得来一个警告。假使北方朋友没有坐过船的，一定使他窘得不可开交。但是船家的萧闲，真使人佩服，两脚有节拍地划船，左手握着一支桨，当作舵用，腾出右手来，捏黄烟管，还可以向来往的船家打招呼，搭赸头。这种五官并用、四体合作的绝技，恐怕全世界也难觅的。

一六[①]

一七、独上杭江路

　　从柯桥到江边，还只四时三十分。我想明天一整天，可以不必在熟游之地的杭州去消磨了。因此便想起《旅行杂志》上登过几篇杭江路的风景的描写文字，很使我跃跃神往。虽然不是秋天，山上的乌桕树不红，其他冷艳的秋色，一定看不到。但是那壮奇的"五泄"，总得去看看。

　　同伴都不同意，他们只愿意去杭州玩。我的勇气按捺不住了，尽着他们恫吓我："那边道路不靖，有危险。况且到诸暨已在深黄昏，还来时又是深夜，何苦呢？"我还是一个子毅然和他们分手，走上杭江路的站台去。

　　先向赵站长问一个讯，赵站长说："当天还来太忽促，恐怕来不及，最好在五泄寺里过一夜。"这个指示，我虽不甚同情，可是道路不靖的话，已完全不足信，并且到五泄的路很平坦，一口气坐了人力车可以直达寺前。这个消息给我，我更高兴了。

　　在合作社买了一本《浙东景物纪》，里面有两三篇关于五泄的游记，在无聊的待车时间，看了一个遍。馀着时间，写我的游记，预备寄给张慧剑，刊在《朝报》上。

[①] 缺《苏州明报》1935年5月25日。

一八、萍水相逢

  我是无可讳言的,在黯淡灯光的车厢里,举目无亲,怎么不"恓惶"人也么哥!但是藤枕的靠椅,很容易使人打瞌睡,我正怕这个,便想和陌生的旅客攀谈,一来得到一点门径,二来可以解寂寞。附近的座上,估量去都不够资格,只有对面一个青年,或者可以说得上些。

  谁知事情出乎意外,那青年姓许,是杭州电话局里做事的,这回正要到诸暨去,并且明天也要还杭州的。正好做我的向导啊!因此把十二分的热情,倾向他。说到后来,又发见了一重因缘,他在扬州中学读书的时候,教他理科的薛天游先生,是我的老乡,又是小学堂里的同学。

  他于杭江路的情形很熟悉,告诉我几件事:

  一、各站的建筑,甚是简单朴素,有仅用垩铅皮盖屋面的站房,而没有高耸入云像京沪沪杭甬那么阔气。

  二、站长有时也要代理卖票,路警兼轧票,是规定的职务了。

  三、车厢里的清洁,和饮食物品的便宜,都是他路所不及的。

一九、夜里诸暨

  我和许君在夜色沉沉中坐了人力车,进诸暨城,街灯这们暗,路名罚咒也看不出的。见车儿停下了，才知已到了我们预定要寄宿的浣春旅社了。

这旅社，在苏州的二十年前，也曾被认为"宾至如归"的上好传舍的。账房先生招待得很殷勤，他知道我是来游五泄的，更添了他的兴味，他替我计划，可以在当夜上车还杭州。不过出发的时间，愈早愈妙。

正想睡觉，忽然有一个穿玄缎旗袍的截发女子，走进房间来。我倒有点惊讶起来，后来见伊整理被褥，收拾茶具，才知道伊是"女茶房"。

我为了要早起，也无暇和伊敷衍，命伊出去，就闭门高卧。但是隔着一层薄板的邻舍，却闹得很厉害，连老虫来吃我的干点心，瑟瑟束束地，也误为出自邻舍，而没有注意。

后来知道诸暨的旅馆，没有一家不雇用女茶房的，我正不必少见而多怪啊。

二〇、五　泄

六时五十分出城，坐的是预雇的惠民公司人力车。沿途有几处要停下来验票的，因为他们规定了价目，由旅客向公司买票，不是直接和车夫论价的。但是晚上从五泄还来，折游苎萝村，访问陈蔚文先生，这几个转程，是临时加出来的，我给他的车钱，是不是也缴到公司里，我可不知道啦。总之，这种方法，于外来的旅客，是很便利的，是值得鼓吹的一种有纪律的管理。

所过的村落，有好几处，没有什么可以记述的特色。只是草塔，有许多小菜场式的空屋，他们还是上古时代的"日中为市"的局面，逢双日，四乡的商人把东西运到这里来，做一天交易。单日只有固定的商店仍在卖买，流动的都剩了空屋子。这里的铜元，只当六文，但是一个银元的比值，却和绍兴差不多。

见了杨家泄的塔，路程恰是一半。再过去五里是避水岭，有亭题"第一峰"，从下面可以望见山腰里有一个洞，很窈深的，但是走上去，却浅得毫无意味，白费了许多气力。不过在洞口可以听到山下宏壮的泉声，方弗告诉我胜概开始了。

过了"西墙弄"，到了同善桥，山泉更壮盛了，滔滔汩汩，不断地流着，不知道从什么地方来？到什么地方去？在"石攀亭"那里，有阔至一二丈的，但是有时不知道转到那里去了，竟一点也听不到，看不见了。到"青口"又换了一个局面。

在去年十二月以前，还是要在青口换坐驴马，或是皮笼到五泄，现在却可以一直通行过去。有几架木桥，就盖在流泉之上，两面的山，愈逼愈紧，因此称它为"夹岩"。还有"叠石岩"，一块块地真像是人工叠成的。山上杂树乱生，一味的苍翠，是画家的"大青绿"，这们走了七里，到"五泄禅院"。

从院右折百数十步，便听见轰轰隆隆的大声，也不像波浪的冲，也不像潮水的撞，另外有一种难以形容的粗中有细的妙音，等到见面，掌不住要喊出好来。

从顶——其实不是顶——到潴水的"东龙潭"，约莫有六七丈，最阔的瀑面有三四丈，相距十丈的地方已感到有如雾如雨的水珠儿溅到眼镜上来。再走近处，则两眼模糊，全为水气所蒙了。只好退下来，对它呆看。

我没有见过浙西三瀑布，读过袁子才的记，断定五泄远不及浙西之奇。可是在我的游踪所至、游目所及之中，此为最妙了，妙在所谓"五泄"，并不是连成一直线的。我随着车夫上山，立在山嘴上望见了"第二泄"和"第三泄"，却再也瞧不见"第一泄"和"第四泄"，当然为了时间所限，不给我游一个畅，只能从想象中推测这五泄的方位、形状、声势，各有奇观，决非他处所能有，并且我自己度德量力，或者也不能尽穷其胜呢。还下山来，已身汗如浴，坐在"双龙漱室"里，听了旁的游人所述山路的难行，我也就此平气，和一点不缺望了。

寺里的和尚倒有些日本风的，吃肉娶妻，都不禁的。饱啖了嫩得和茭白一样的山笋，破天荒吃了三碗富有维他命的糙米饭，喝了一大壶的本山茶，坐了人力车还去，一百二十里的路程，只费了七小时，不能不佩服他的"神行"，并且还得感谢他，给我一个机会，去逛"苎萝村"。

二一、苎萝村里浣纱处

苎萝村不如"西施庙"来得妇孺皆知，出了诸暨的南门，渐渐向土陇行去。所谓浣纱溪，只是黄澄澄地一衣带水，所谓苎萝村，已成了古迹，不见什么人家。所谓西施庙，金碧争辉地惹目，并且充满了神秘气味。那陈蔚文先生所题的"进则舍身为国，退仍隐迹侍亲"标语化的壁书，和南厅北阁所见的"乩语"、"碑志"、"题咏"，把绝代美人形成了"救国真人"，私谥为"东浙完人"，在这国难未已的当儿，自然是很当令的。但是说伊没有在沼吴以后，随着我家范大夫，泛舟五湖，这一个翻案，倒使我有些感触了。因为大夫在吴江被祀于"三高祠"，而曾经某时代的诗人，讽刺过，说大夫配不上"高"。现在可替大夫表明了心迹，西子也不蒙不洁了。

西施的塑像，是很流丽端庄的，虽然不知道西施真面目究竟怎样，但是我们现在二千年下，不妨就信以为真呢。

据说，水边有王羲之写的"浣纱"两字的碑，天色垂暮不能去访寻了，只在土陇的那一端，一观唐显悦所摹写的碑，带了一点古艳的印象还去。

二二、访问陈蔚文先生

陈蔚文先生从乩坛上发见了西施的自白以后，便以翻案自任，西施的复兴全是他的鼓吹之力。我想此公一定是个趣人，便向庙祝问明了住址——登仕桥——去访他。

他的住宅粉墙上，大书"二柳先生书画收件处"，知道他是书画兼工的艺术家，投刺进见，问讯以后，方知还是前朝的孝廉公（丁酉科），他的哥哥景文先生，是壬寅科的孝廉，和我的父亲同年，这们一叙家世，我们就格外亲热了。老先生年已古稀，精神很好，一直谈到天黑，才依依而别。

他所说的话，我已写了一点刊在《新园林》里了，我的批评，以为这是史学疑古派的末流，借神怪来作辩证的根据，是不足取的。但是借此润饰湖山，点缀景物，也未尝不是趣事和佳话。因此我也凑他的趣，写了一首诗送他："平淡我嫌西子湖，浣纱溪上意行孤。重翻旧案添佳话，高逸能安范大夫。"

临行他送了两张拓片给我，一张是老先生和许瑶光的《苎萝十绝》，一张就是那北阁告成纪念碑（还有《记》未制版）。现在把《十绝》中有关翻案文字的，摘几句在下面，加一点说明："原来郑女外家住，非是东西有二施。"西施姓郑，是从萧山迁到诸暨的，伊的外祖母在江的西面，姓施。"面自圆圆色自红。"这是陈老先生在朦胧中所见的"西施脸"。他的第八首是："于今横逆苦东夷，三岛凭陵往事稽。安得真人国翊运，重新圣迹浣纱溪"。可知他是有所为而为的。

二三、烟雨楼头看烟雨

还到浣春旅社，知道许君已先我而去。我只得在夜半独自登车，天明日出到江边，渡江，上火车，过城站，却见汉威、颂南、赓虞都上车来,只有逸民还在杭州,游兴未阑。我们各述游迹,很不寂寞,因此连渴望的《东南日报》,也只匆匆的翻了一遍,认识它的大概而已。

到了嘉兴,大家又依了我的提议,去逛烟雨楼。颂南自告奋勇,去物色船娘,他在东园酒楼下面,和一个苗条的小姑娘讲定了船价,大家陆续走上船去,正想和伊南容与中流时,作一回腻谭,谁知一忽儿,伊竟一扭身上岸去了。"脱却金钩不再来",我们不禁好笑,上了伊的一个大当。

但是老天倒怪凑趣的,等我们到了烟雨楼,它竟下起雨来了。鸳鸯湖上一片模糊,远山近树,都给烟雨笼罩住,好像披了一层薄纱,这是短时间游湖中难得的机会。

所以我还到东园,吃鲜活泼跳的炝虾时,很自负地说:"游事要天时地利人和,此行总算三者兼备,我们大家干一杯,祝福我们的健康,明年的今日,再作一回'小组游览'!"

(《苏州明报》1935年4月27日—6月5日,署名烟桥)

会稽三美

春天到会稽，饮善酿（酒名），嚼鸡腰，游东湖，叹为会稽三美。尤其是东湖，铁铸似的石壁，酒色的湖波，温和的春阳，交织成幽静的诗境和画境，使人心灵熨帖得三万六千毛孔，孔孔适意。西湖太平淡了，南湖太杳渺了，都不及东湖，宜于清游。因此还来了，隔离了一百多天，看见了摄影，还有美的憧憬，可以勾起。

桃源是理想，人间那里有！东湖有一个桃源洞，虽有点神话附丽着，可是在窈然深藏的石洞中，扁舟独往，一滴滴的山泉滴到我肩上，在片时的凉感，顿然有点惘然，不知其所以然的爽然，我已忘掉了一切！

我想请卞急的朋友，烦忙的朋友，到那里去一回。否则对着这五幅美影,凝视五分钟,或者有一点奇异的收获罢。

(《苏州画报》1935年第3期,署名含凉)

济南之泉

《老残游记》说，济南有七十二泉，但是我只见了四泉。

"趵突泉"因为有市场在那里，所以到济南的，差不多没有不去一看的。这趵突泉确是特异，在平静的池子里，起着三个大漩涡，好似美人的笑靥，并且漩涡里的水，老是活跃着，像下面有极强大的热力在燃烧着，因此沸起来了。有人说是天然的，有人以为是人工的，这个哑谜，如何可以解答。但是看到"玉乳泉"，不免起一点怀疑了。

"玉乳泉"在旧时的省长公署里（恕我不时，因为我不知道现在济南的官制，和衙门所在地怎样的变迁了），有三四尺高，上锐下钝成了一个圆锥形。不是从上面流下来，却是从下面涌起来的。因为它的颜色玉一般的莹白，它的姿态乳一般的柔暖，所以有此香艳的名词。可惜我记忆力太弱，虽然记得这玉乳泉是由一个"何许人"改造过的,已不能说它的"毕竟如何"来了。

倘然说趣话,趵突泉是阴的象征,玉乳泉是阳的象征,而它们的名词却相反的。这两个泉可以算是济南一切泉的领袖,也可算是中国一切泉的最特异者。

次一等的,是旧时督军公署里的"珍珠泉",好像清初有一位文人,曾有一篇极美丽的文字描写过的。但是见了珍珠泉,管教你失望。一个方池里,不断地吐出水泡儿来,我们在普通的泉池里,也可以见到的,希什么罕!它所以拥此美名的原因,是在水泡儿连续不绝,有点像一串珍珠而已,并且满地都是,好像鲛人聚泣。不过这是无疑的,由于天然的地质关系,决不是人工。

还有一个"金线泉",我们走进山东大学去,问了好几个人,才有点眉目。一个年纪较老的校役,领我们到后面旷地上去,曲曲的水槽里,静静地流着澄清的泉。他指着一处说:"这里本来有一根金线模样的水波,常在水槽里荡漾着,后来那边墙儿倒下来,满槽都是泥土,等到收拾干净,那根金线就不见了。"我们带了怅惘出来,经过一个地方,他又指着说:"这里也有一条线,可是没有金光呢。"我们定睛看了,果然见有水波叠起,因了折光的缘故,成了一条线的模样,在晴丝般袅着。我笑说,可以称它为"铁线泉"啊。

此外,我没有再见过更好的泉了。

论理,济南有很大的千佛山,应该有好的泉。谁知千佛山只是一个大侉子,一点没有丘壑。在城里的泉水,不全是从山上流来的，大约在若干亿万年前，这里是有火山的，下面是死去的火层岩，所以水从松碎的泥土里涌出，成了水泡儿。在曲水亭那里，真合着老残所说，家家流水，户户垂杨。我有过一首诗："泉流汩汩柳鬖鬖，三月春光涌翠岚。除却风尘迷酒眼，此身疑是在江南。"

（《机联会刊》1936年第140期，署名烟桥）

上龙华去

"车如流水马如龙,轮舶帆船白浪冲。香汛赶齐三月半,龙华塔顶结烟浓。"

——《上海县竹枝词》

上龙华去,要分两起讲。

一起是烧香,在二三月间,各地善男信女,络绎而来,每人的身上挂着黄布袋,写着"朝山进香"四字,盖上一个模糊不清的印,有的坐车,有的步行,据他们说,能够步行,更见虔诚。这时候,龙华的和尚,嘻开了笑口,合不拢来了,因为一年的吃喝穿着有着了,他们倒合着古话"一年之计在乎春"呢。

烧香固然是迷信和靡费,在意识上,在经济上,都不可为训的。但是一般人却借此松松筋骨,畅畅心目,所谓"借佛游春",

那么和旅行，目的虽然不同，趣味未尝有异。况且烧香人能够消费，可见民力还未到贫乏的地步。所以这不可为训的举动，也未便去取缔它。近几年名山古刹，又见兴旺，就是这个原因。为了这一批人，以农家居多数，一到芒种，"乡村四月闲人少"，大家要忙于农事，无暇烧香了，所以香汛是无形中有日期限制的。

一起是看桃花，时期和香汛差不多，倘然拗春，或者要延迟到三月底四月初，大概总是和香汛衔接着。烧香的没有看桃花的眼福了，可是看桃花的还有人要烧香，于是龙华寺里和尚，笑口常开，要到桃花落尽了，才见"门前冷落车马稀"呢。

其实，龙华的桃花，有名无实，只是疏疏落落，散种在田野里，并没有堆霞集锦之观。倒是村娃们手里，有几枝点缀这风光。桃花最不经久，买了来插在胆瓶里，隔不到一天，就得零落了。所以卖桃花的，只是骗骗有钱阶级，给他们插在汽车里，招摇过市，总算是雅人深致了。

龙华为了形势关系，在上海算是警备区域的，在内战不息的年头，龙华寺里常驻着兵，因此想看桃花的裹足不前了。这几年，大开方便之门，一到桃花怒放的日子，寺前卖茶卖酒的临时摊子，像赶集般鳞次栉比，十分热闹，也有受着海化，卖汽水啤酒的，但是经济朋友居多，大家知道要给他们敲小竹杠的，大都一壶清茶坐片刻而已。

今年，上海的名流，纪念王一亭先生七十大庆，要在龙华种桃树，使它成为名副其实的风景区，这倒很有意思的。因为上海的附近太枯燥了，不要说山林之胜，连花木之胜也很少。桃树是开花而又结实的，不单可以欣赏它的美色，还有收获，有了收获，就可以保持不衰，这样一个中外观瞻所系的地方，自应有些好整以暇的建设。

现在到了桃花汛，每天上龙华去，已不下数千人，倘然将来桃林培植成功，四方好游者也要不远数百里而来了，那么上海就有了桃花节了。可惜桃花一向为诗人所卑视的，否则上海节正好移到桃花汛里呢。

我以为桃花很足以象征上海，在绚烂的一时会里，确使人赏心悦目，可是不能持之以恒。而艳丽轻盈的颜色，更是市容的代表，因为上海市给人称为中国之花都。而上海的桃色事件，也特别的多啊。

（《机联会刊》1937年第165期，署名范烟桥）

张家桥

　　消息这们的恶劣，使我们渐渐感到这地方失去了苟安的可能性了。于是诸区长便把第二道防线张家桥指示给我们，并且说，那边形势更好，后面是一排屏风似的高山，前面有着比羊肠还要曲折深长的路径，疏疏落落地安排着几所村屋，竹林树丛掩映着，住些人在里面，谁都不会注意到的。至于轰炸烧夷，更没有资格，你们不信，可以先去看看。

　　的确，经过我们实地观察一下，觉得他的话确有道理，好在那边有两所空屋，足以容纳一二百人，正好集团避难。

　　这一天的晚上，我们以为已到了必须退入第二道防线的时候了，在匆促忙碌里，一家一家由着"浅板船"载到张家桥去，箱笼物件固然可以不带，但是被褥衣服却少不得，初秋的气候，是捉摸不定的，起了一阵风，就得加浓了冷气了。这们一只"浅板船"，就载不到多少人和物了。我们是轮到最后的一批，离开市集，已经暮色苍茫了。虽然也曾想到在港汊纷歧、人烟寥落的江村里行去，或许会碰到意外，可是那时候已把身外之物看得很轻，似乎把一家老小安置到一个好去处，已满足了，再也不作他想了。

将到张家桥，忽从枝柯交错的罅漏里，瞥见一缕阴森死白的光，不是月，不是星，更不是灯，乃是照明弹，却不见飞机，也没有什么声息，这便使我们惊讶而作种种的疑猜了。摇船的老王，却很镇静，他说，这一个月来，夜夜有这怪东西，这里瞧上去，好像就在当头，其实远啊，或者还在苏州的城外呢。我们不能得到反证，比较的他的话是基于经验的，我们就引以自己安慰吧。

一百多人，麇集在三间敞轩里，幸而大家都知道必须克制一切到不妨害公众安全为度，所以说话都是放低了声浪。但是孩子的哭声，和老年人的鼾声，交响着，虽然有人在憎厌，却也无法去取缔，只有几支洋蜡的光，受到本村的壮丁的警告，立刻吹息，是毫不费力的。

一个莫名其所以然的夜过去了，有许多人以为这种集团避难是太不舒服了，还是分散而各自为政的好。就有几家趁着早，向农家去借屋子。我们为了人多，只好搬到比较可以独立门户的一所酒作里去，虽然酒已没有了，但是酒缸还成列地塞满了几间屋子，只有两间还空着，可以铺几个席位，也顾不得门窗的零落不完，和墙壁的尘封蛛网，胡乱过了几夜，再作计较。

谁知事情和好文章一样地，绝不肯平铺直叙，在那天的午后，忽然传说兵来了。有人还作侥幸之想,以为不过是路过打尖而已。无如摆在眼前的事实,竟出乎意料之外,离开酒作不过十几步的一垛小石桥上,已坐着了一个军官,在指挥着士兵们放哨。唤地保来找屋子做办公处。我们的酒作,也经他们的光临,大约为了太脏了,没有中意。但是三个两个的士兵,走来伸头探颈地望望,有的来借碗和筷,讨开水,川流不息,一直把太阳赶下山后去,还没有静止。

我们的孩子,起初是噤不作响,呆着看,后来见他们举动很客气,说话也听得懂,渐渐胆壮起来了,鼓起了勇气,去和他们闲谈了。最后有四个士兵,索性坐在板凳上,一壁喝开水,一壁演述上海之战了。尽管手榴弹就在他们的胸前,匣子炮相距不过两三尺,好似一头老虎,给豢养者驯服着,一点没有可怕。

我当然要从他们的话里探取此来的目的,可是探得几句不完全的消息,足以使我立刻起了"这便如何是好"的念头。因为据他们说,这一带沿太湖的山泽区,预备固守的,已有许多军队从前线撤退下来,分散到这里来布防了,接着还有得来呢。

但是到黄昏时候,忽然听见集合的号子,以前放哨出去的,都陆续的退回来了。经过了一小时光景,他们都离去了张家桥了。这当然是一种极大的安慰,心上一块重石放下了,可以证明士兵们绝对不会预知军事计划的。这个转变的因果,我们是永远不会明白的,直到现在还是如此。可是从农人们的传说,接着还有得来呢。因此我们开家属会议,讨论明天的行止,多数人以为这第二道防线，不幸而成为第一道火线，如之奈何！四面包围，一时要走也不可能了，倒不如还市集去，有路可走些。

这一夜更不能安睡了，天明就出去找农家借船，又在匆促忙碌里，离开了张家桥。

从到达到离开，只有三十六小时，张家桥的面目，还没有认识清楚，张家桥的风味，还没有体会仔细。匆匆而来，匆匆而去。我们想想，当时的理智，全给情感支配了，这种庸人自扰的播迁，只有自己打自己的手心。

可是孩子们至今还爱着张家桥，以为他们见到了挂着手榴弹、掮着匣子炮的英雄了，并且他们听到了上海之战的演述了。这一回是生活史上精彩的一页。

（《玫瑰》1939年第1卷第2期，署名烟桥）

野　饮

到了春天，乡间菜花开得遍野皆是，和风吹来，别有一种使人愉快的感觉。我们约了几个人，各带些干食，到野里去吃酒，那时已有热水瓶，酒放在热水瓶里，可以不冷。想着《浮生六记》芸娘替沈三白计划，约定馄饨担，挑到那里去煮菜，这个法子很聪明，我们也如法炮制。不过还嫌煮菜太麻烦，只把他的馄饨下酒。喝得差不多，就扑倒在草地上睡一个大觉。有时有孩子们来放风筝的，我们去夺了来玩。有的带了胡琴笛子，拉着吹着，我们信口无腔地乱唱。真是胡天胡地，不知是在什么世界里？直到太阳快下山了，才收拾酒具，跌跌撞撞的走回家去。在三十年前，物价不像现在的贵，每人凑二三百文，已可以觅得一醉了。并且江乡鱼虾贱，预先在家里煮好了，包在荷叶里带去，惠而不废，轻而易举。目下上海酒家，一斤酒要四角多钱，一碟菜至少四角，吃一回总得五六块钱,虽非"富家一席酒,贫汉半年粮",却已足够家里好几天的饭食了。几并且在尘嚣甚上的酒家闹得人头痛,那里有野饮的清趣呢?

(《玫瑰》1940年第2卷第2期,署名烟桥)

记江曲书庄

在若干年前，我和柳亚子先生等到吴江的东乡——雪巷和大胜两处乡村去游玩。大胜是亚子先生的祖居，至今"大胜柳"这一个"世家味"的名词，还时常挂在"话旧"人的嘴角。但是时势变迁，这个"望族"的子弟，逐渐迁移到都市或是较大市集去，遗留在大胜的，只是几户躬耕陇亩的子孙，并且他姓也有迁入，已经不是"清一式"的"大胜柳"了。雪巷是姓沈的祖居，跟大胜是一样的地位，也有"雪巷沈"这名词，并且也是一样的由盛而衰了。当时我写过一篇小说《故家乔木》，就是感念到这两处的情形，而触发一种"怀旧"之思的。

雪巷这地方，全是种稻的，在田畦如方罫之中，兀立着一所宏大的建筑物，一切建制都和城市里的富贵之家相仿佛，也有楼台花木之胜。因为那时的创业者，已成了大地主，并且和官府往来，也成了绅士阶级了。推索到他们的远祖，却是"半耕半读"的。因为耕种得悠久了，每年收获丰裕，便希望子弟们变更地位，由农而士，起初不过是请了先生，教些"三百千诗"之类的童蒙书，后来更进一步，读"八股文"、"试帖诗"了，到了那时，就要去应试了。因此从自耕农转而为雇工耕种了，但是到了秋天，稻香十里，这宏大的宅子里，还是摆满了农具和农产物，鼓腹而磬，击壤而歌，依旧是田家乐。

到了沈翠岭先生，虽然保持着半耕半读的遗风，却是读多于耕了。可是正为了没有完全弃去耕，所以到了春天，有事于东畴，翠岭先生常常去指挥雇用的"长工"去工作，并且监督他们的耕耘，考核他们的勤惰，十足成了一位"东家"。到了夏天，耘草戽水，虽然不必自己去做，还是要宵旰忧勤地关心于农事的。一切生活，比一般农家自然舒适得多，但是和真正绅士们的"不稼不穑，胡取禾三百廛兮"，却大不相同的。到了秋收以后，盈仓满囤，都是谷粒，怎么不高兴，便有远近的读书朋友，前来论文谈艺，好在栏里养着肥豚，池里养着鲜鱼，鸡生了蛋，竹生了笋，园蔬架瓜，更是俯拾即是，醰子里的酒，也是源源而来，滔滔不绝，尽着高朋满座，包管杯不常空，决无"市远无兼味"的寒酸气。在那时就有了一桩有关文学的盛事，就是翠岭先生搜集了许多孤本佳著，请了几位文人墨士来编印《昭代丛书》。当日还没有活字印刷，所以都是"灾梨祸枣"，招了刻字匠，在"江曲书庄"一字一行地雕刻着，所费的时间、金钱，也没有人统计过，而可以推想的，一定为数很巨了。

这部《昭代丛书》，在《辞源》有着著录："清张潮辑，沈懋德续，所刻皆小品，限于清人，故名昭代，共十一集，凡五百六十种。"张潮就是辑《虞初新志》的，他是首见把明清之交的一部分古文，看作小说，而推翻"文以载道"的思想革命者。《昭代丛书》是一贯的"所刻皆小品"了。懋德是翠岭先生的大名，他继续张潮的工作，再搜罗了许多，就合刻起来，所以编辑虽然前后出自两人，而圆满这功德，却是翠岭先生。他所以要刻这部丛书，一来是"扬风推雅"，表示他的文学地位；二来也是田舍翁多收十斛麦，便想扬名声、显父母。这比他的后裔，讨姨太太，享声色之乐，高明得多了。

我曾经见过他家遗留下来的书牍，有千数百通，可以证明当时交游之广。而半耕半读的各有千秋，所以能维持声望世业于不坠的原因。约莫经过了百馀年，情形就变动了，变动的主因，却是在读而不耕，并且读也读得不彻底，有的以一青其衿为已足，有的索性坐享荫下之福，无所事事了。在不治生产的家法之下，一方面薄农事而不为，渐渐养成惰性，一方面又沾染了公子哥儿的习气，消费的本领逐步增强。饱暖思淫欲，这是自然的趋势。结果在读的方面，并没有读得通，而在耕的方向，简直菽麦不辨了。又因为生活充裕，未免为贫穷者所羡妒，于是有盗窃的事发生，甚至不能在乡村里安居了。因此在近五十年内，那些"耕读世家"，十之八九迁移到城市里去了。而这有时堆稻有时堆书的"江

305

曲书庄",就成了古迹似的,引起人们的"怀旧"之思了。

我们虽然没有尝过这半耕半读的滋味,然而可以体念到这种生活,是足以养成勤俭的美德,就是在健康上也有裨益的。明末,江浙之间许多志士揭起抵抗异族的旗子,演成一页悲壮的"南明史",他们正是在半耕半读中茁生出来的,所以值得我们至今还恋想着。

不过盛极必衰和剥而后复,已成了颠扑不破的因果律,最近,"江曲书庄"的后裔,惩前毖后,大变趋向,索性专读而不耕,就有了好几位佳子弟得了学士的学位,在教育界服务,当然可以复兴家业了。所可惜的,那留在乡村里的"江曲书庄",怕只有日趋于毁坏而难望恢复旧观了。

(《自修》1940年第137期,署名烟桥)

上海行

我是乡下人,以前难得到上海,记得处女行是在民国二年的正月,到铁道协会投考南京的民国大学。明年的八月,我在一个小市集上当小学教师,那位校长赵省身先生,时常听到他的从北京大学回来的公子汉威兄说起北京的四大名旦,尤其称扬梅兰芳博士的演戏艺术。这时候梅博士到了上海天蟾舞台,省身先生从《时报》上见到戏目,便喜不自胜约我去观光一番。我对于戏剧虽然一窍不通,但是这位数一数二的名角,失之交臂,未免可惜。因此表示同意,就在决定后一天动身。

午前趁轮船到苏州,赶到火车站,当天只有四等车还没有过,计算到上海,还来得及看当夜的戏,便不惜纡尊降贵,费了四毛钱,挤入麇集着短衣群的车厢里去。当然已无虚座,只好借着衣包物袋,暂时坐坐。到了上海,定了旅馆,吃饱了肚皮,就到天蟾舞台，戏票好像一元两毛钱。那夜有王凤卿的《文昭关》，唱得并不怎样卖力。梅博士唱的是《宇宙锋》，我听不出唱词，省身先生是懂得一些剧情的，经他的约略讲述以后，才知道这是一出有唱有做的好戏。唱的部分，既宛转，又圆润，记得白乐天的《琵琶行》，有"间关莺语花底滑，幽咽泉流冰下难"的两句，把它来形容比拟，最切合没有了。做的部分，有时笑，有时哭，有时苦，有时怒，种种情感、心理，表现得恰到好处。有许多人没有注意戏目上有"代演《装疯》"字样，在未上金殿以前，纷纷离座，我们当时也没有注意，但是为了"人间难得几回闻"，一定要听到他唱完最后的一个字，方肯还去。所以瞧见第一排上已有空位，两人便走过去补了缺。这时候梅博士唱得更够味，做得更可爱，在假装的疯态里，流露出哀怨的情绪来，借着疯病而尽其嬉笑怒骂之致。好像画龙点睛，在这最后的一场，方是最精彩的神来之笔。我们在他"临去秋波那一转"时，欣然而返旅馆。

为了那天是礼拜六，要不荒教务，非得礼拜天还去不可。我们已经尝鼎一脔，不妨像王子猷剡溪访戴，乘兴而来，兴尽而返。这一回计算食宿舟车所费和戏资，化不到十块钱，最经济没有了。我还写了一篇十足外行的剧评，寄给包天笑先生，登在《时报》的"馀兴"栏，得到有正书局书券一元五毛钱，比省身先生多一点"回力"。后来有人编"梅兰芳"专集，把这剧评转载过去，更是得意，现在想想真是幼稚得可笑。

屈指一算，乘四等车做"梅迷"的故事，距今已隔三十年，我是头重齿豁，已非张绪当年。想不到梅博士和我同庚，去年中秋在榕园的千龄宴上会见他，虽然嘴唇上多了一撮小胡须，可是还有着白皙的皮肤和漆黑的头发，好像他并没有度过风云变幻的三十年，我想假使他再鼓馀勇，重演《宇宙锋》，还不至完全失掉三十年前的风韵呢。

(《万象》1944年第4卷第3期，署名烟桥)

垂虹桥

我们看了《吴郡志》:"吴江县在江滨(吴淞江),垂虹跨其上,天下绝景也。"会怎样的神往?但是我们生长在那里的人,见惯了垂虹桥的周遭,虽然长桥如带,碧波如镜,有一些诗情画意,但是说它"天下绝景",实在是受宠若惊了。

桥的东尽头,有一座塔,在民初和西湖上的雷峰,同一命运,所以我家石湖先生与客泛舟到木渎,登姑苏台云:"其前湖光接松陵,独见孤塔之尖。"现在就是走到桥边,连遗址都在蔓草荒榛中,指不出是那一处了。

《砚北杂志》说,石湖告老在家,姜白石去看他,石湖有一个侍婢小红会度曲的,当下请白石制曲,成《暗香》、《疏影》两阕,小红试唱,音节清婉,石湖就把小红送给白石。这天恰逢大雪,过垂虹桥,白石诗兴大发,口占一绝云:"自琢新词韵最娇,小红低唱我吹箫。曲终过尽松陵路，回首烟波十四桥。"有着这样一个美丽的故事，怎么不增加垂虹桥的雅望呢？松陵是吴江的别名，说来可笑，以前分疆划界，每一个县，必须有一座山的，吴江县全是平原，那么割吴县横山的一角给它。其实两地相离有二三十里，孤悬一山，怎样画到舆图上去呢？前几年吴江的好事者，把城里一个土墩叫"七阳山"的，装饰了许多松树，以符"松陵"之名，并在山下（其实是墩下）造一二间屋子，题名"强斋"，是纪念钱自严太史的介弟前江苏省议会议长钱强斋先生的。还有前县长徐幼川捐建的"息楼"，点缀些花木，成了雏形的公园。先君拟有联语云："默尔息乎，看山巅翠柏苍松，劫后园林重点缀；登斯楼也，望郭外垂虹钓雪，眼前景物几沧桑。"谁知他老人家就在这年的秋天，做了沧桑劫换里的牺牲者了。因为赋体素健，不是忧生虑危，受尽刺激，决不会未到古稀之年的。

越说越远了，必须回转笔锋，说到题目上去了。照《吴江县志》说，在宋初还是用木架成的，名利往桥，后来换石建亭其上，名垂虹桥。有洞七十二，那么比五十三洞的宝带桥还长，自然见得浩淼无际，有壮阔之致了。到了秋天，"秋水共长天一色"，驾着小舟，"击空明以溯流光"，的确是个好去处。白石别石湖归吴兴，雪后过垂虹，赋诗云："笠泽茫茫雁影微，玉峰重叠护云衣。长桥寂寞春寒夜，只有诗人一舸归。"后五年冬，复与俞商卿、张平甫、铦朴翁自封禺同载诣梁溪，道经吴淞，山寒天迥，云浪四合，中夕相呼步垂虹，星斗下垂，错杂渔火，朔风凛凛，卮酒不能支。朴翁以衾自缠，犹相与行吟。赋《庆宫春》，有句云："垂虹西望，飘然引去，此兴平生难遇。"苏舜钦有诗云："长桥跨空古未有。"因此至今吴江人称垂虹为"长桥"。可惜此种景色，现在没有了。因为两岸都由浮滩而成低地，一边建屋成市，一边种稻成畦，而桥洞只有三十多了。传说城里县衙前的"州桥"，是原来的垂虹桥西端，未免说得太远了。米襄阳有"玉破鲈鱼霜破柑，垂虹秋色满东南"的诗，其实鲈鱼是松江的土色，柑更不产吴江，以前为了吴淞江既过吴江，又过松江，所以诗人词客，常把吴江与松江混为一谈。而吴淞江在宋代又称松江，像陆龟蒙、陆放翁、姜白石和我家石湖时常往来于吴淞江，时常放到作品里去，却是时常搅不清楚的。

那白石的"回首烟波十四桥"，我看见一张拓片是"第四桥"，就是他的《点绛唇》也是"第四桥边，拟共天随住"。同时李广翁的《摸鱼儿》："又西风四桥疏柳，惊蝉相对秋语。"罗子远的《柳梢青》："初三夜月，第四桥春。"可见第四桥是对的。考县志，说："第四桥即甘泉桥。"甘泉桥在运河边，吴江与八测之间，倘然小桥不算，从垂虹桥数到甘泉桥，恰是第四。自号垂虹亭长的陈佩忍先生有一首诗："第四桥边水最清，一瓢贮就好长行。何当写幅倪迂画，寄我江湖万里情。"据说第四桥下的水最清冽，所以有"甘泉"之称。

垂虹桥北有三高祠，是王聻庵钓雪滩旧址。《中吴纪闻》云：

"越上将军范蠡，江东步兵张翰，赠右补阙陆龟蒙，各有画像在吴江鲈乡亭旁，东坡先生尝有吴江三贤画像诗。后易其名曰三高，且更为塑像。腥庵主人王文孺献其地雪滩，因迁之。今在长桥之北，与垂虹亭相望，石湖居士为之记。"后来三高祠移在西门外，那边还有鲈乡亭，也是因张翰秋风起思莼羹鲈脍，挂组归隐，而纪念他的高风亮节的。卢申之有《贺新凉》词，说："彭传师于吴江三高堂之前作钓雪亭，盖擅渔人之窟宅，以供诗境也。"那鸱夷子是助着越王勾践伐吴的军师，在吴人的立场看去，正是仇敌，不能因了他扁舟五湖，就忘了亡国之耻，把他尊为高士，张翰、陆龟蒙也要羞与为伍的。我还记得小学读书时，出过一个题目，是"三高祠不宜祀范蠡论"，我虽然也许是他的子孙，却也不肯偏袒，主张正义，应该请他回避的。

前清把垂虹桥作为刑场，真是大杀风景。民初丁芝孙来做县长，重修垂虹桥，只是把坍颓的修补，欹斜的整理而已，没有把污塞的桥洞疏通，所以五百年前的旧观，只有从那些故纸上去想象了。不过我想，在月夜，万籁俱寂，走到桥上去，极目云水之际，凉飙吹来，大地皆秋，看那桥下微波荡漾，岸边细草摇曳，两三灯火照在水面，和天上星斗争光斗采，一个个桥洞和水里的桥影相连而成许多圆圈圈儿，成了一幅整齐划一的几何图案，这境界是相当超逸的。这几天秋风起了，水乡泽国，正是稻香蟹肥时候，蛰居在这枯燥烦嚣的亭子间里，回味到以前的生活，那思乡之念是遏不住了。"想得家中夜深坐，还应说着远游人。"

我念垂虹,不知垂虹可曾念我?

(《紫罗兰》1944 年第 16 期,署名范烟桥)

狮子林

沈三白《浮生六记》评狮子林云："其在城中最著名之狮子林，虽曰云林手笔，且石质玲珑，中多古木，然以大势观之，竟同乱堆煤渣，积以苔藓，穿以蚁穴，全无山林气势。以余管窥所及，不知其妙。"我不禁为狮子林叫屈。所谓假山者，本来与真山意味不同，能曲折有致，起伏有势，已称绝技。盖如小品文字，究非燕许大手笔也。狮子林石多嵌空玲珑，而盘旋迂回，须走一小时许方能毕尽其妙，苏州人称"穿假山"，即此一"穿"字，已可想见其丘壑之深邃玄奥矣。其间尤多石笋，有高逾旬丈者，他处所未见，若在其他园林，有一二橛，已视同瑰宝，此中无虑数十挺，洵如雨后春笋焉。初为狮林寺附庸，后划为王氏园，辛亥光复，李平书以数万金易之，不十年归贝润身，以其多金，重加润饰，其断缺处，欲觅太湖石补之不得，以金山石充之，石质粗粝，石色庸俗，与旧石至不相合，仿佛在宋元画卷上涂以西方油画彩色，其损美观可知。复多置楼阁，益减空灵之气，诚杀风景也。使三白生今日，睹此恶札，不知更当作何语？按：太湖之石，受涛浪所冲激，乃呈凹凸，宋朱勔之花石纲，即从太湖中七十二峰物色之，而以石公山为多，故今之石公山，四周山脚，已不复成坡。其最大最佳者，一曰冠云峰，今在留园；一曰瑞云峰，今在振华女学。狮子林皆拾其唾馀叠成，化零为整，尤见匠心。相传倪云林所指点擘画者，颇可信，盖非画家，不能有此经纬也。苏州有所谓"假山匠"者，叠石为山，是其所长。虽寥寥数十百拳，亦能布置楚楚，他匠当之，必手足无措。余家旧为顾阿瑛之雅园一角，庭中亦有太湖石，奉政公招假山匠来整理之，见其怀中出脚本，有各种路径图样，可以随心所欲，从知亦有衣钵也。

（《大众》1943年12月号，署名范烟桥）

天平山与范坟

苏州的天平山是上海人所熟知的，苏州山水之胜，也只有天平山还能翘着大拇指说："顶好。"苏州人却称它为"范坟山"。相传我家老祖宗文正公要葬他的祖先，有堪舆家替他看定苏州城里沧浪亭附近，说是地形很好，可以每代簪缨不绝。他老人家一向抱着"先天下之忧而忧，后天下之乐而乐"的念头，怎肯自私自利，所以他把那地方设置学宫，因此苏州学风极盛，在科举时代，三鼎甲出了许多。他另外去觅地，看中了天平山。堪舆家说："这是绝地。"他说："倘然你的话灵验，让我来用了，只绝了我姓范，不再害别人了。"他就把祖先葬在那个地方。这一天忽然大雷雨，对面的山上，岩石都迸开了，成为许多峭壁。堪舆家重来看相，说绝地已成了活地，因此称他为"万笏朝天"。至今那山麓有着"丽水府君"的墓碑，大家称为"范坟"，商务印书馆的《中国地名大辞典》也说山下有范仲淹墓，其实他老人家的长眠之地在河南，这里是他祖先的坟墓。边上有"高义园"，是纪念他的"高义"，因他首先创立"义庄"，赡养后代，为后来大家所师法。《辞典》说这就是义庄，也是错误的。以前"范坟"有着为香艳的集合，每逢清明节，苏州的妓女，都要到那里去聚会的，鬓影衣香，花团锦簇，好像《板桥杂记》所记的"盒子会"，却有一个有趣的名词，称为琵琶会。我生也晚，不及躬逢其盛，推想当时那些妓女都要在那里弹琵琶唱曲子时，这又和"簇亭画壁"先后辉映了。世乱年荒，而且时异景迁，当然今昔不同了。但是"范坟"这个名词，还是挂在苏州人的嘴边，地以人传，我们做子孙的，也与有荣焉呢。

(《风光》1946年第2期，署名含凉)

从太湖号想到锡湖轮船

两路管理局的游览专车,从上海到无锡的名为"太湖号",为了无锡的游览区如梅园、蠡园、小箕山、鼋头渚、万顷堂都在太湖之滨。因此我想到战前的锡湖轮船了。锡湖轮船是无锡湖州之间的专线航船,一切设备都在内河轮船之上,形式很像军舰。完全在太湖里经过,三万六千顷的波涛汹涌,七十二峰的山峦起伏,真是一览无遗。有时湖光如明镜,有时山色如黛眉,仿佛展开了一个长卷,觉得老祖宗作的《岳阳楼记》,描写长江和洞庭湖的景色,这里有过无不及,"气象万千"四字足以尽之。倘然把这一线航程恢复,可以和京杭路构成一个大圆圈,只消从湖州到杭州之间,设备一种交通工具就够了。话又得说回来了,比较游览更为重要的运轮线,还没有整理好,说到这种小问题,未免好整以暇急其所缓了。

(《海光》1946年第18期，署名含凉)

西湖忆语：平湖秋月的旧梦

西湖真是"淡妆浓抹总相宜"，几乎没有一处不是画一般的美，诗一般的美。假使不是"嗜好与俗殊酸咸"的人，总会同情于我的看法，就是说"平湖秋月"，是湖上最美的一点。一片平台伸出湖面，两三株疏柳，垂着秀发似的细缕，随风似乎自然似乎不自然地摇曳着。并不高华的一座很轩敞的水榭，坐在那里，好像对着一个手卷。这里有大小李将军的泼墨，有宋代画院的工笔，也有倪云林的枯木竹石，真是宇宙之奇的无尽藏。我记得三十四年前，那边还有一个唐六如、仇十洲笔下的女孩儿点缀着，圆圆的脸，配着极相称的眉、眼、口、鼻，当时没有什么曲线论，可是苗条的体段，在不肥不瘦的停匀结构里，够得上说是美人胎子了。她是卖茶和藕粉的，茶是我们所渴想的，藕粉却并不能引动我们的食欲，但是到了平湖秋月，似乎非吃一点不可。老实说，我们希望多见她一面，多听她说几句别有风味的杭州话，心灵上便多得到些兴奋。所以我们到了后来，从赤山埠下瓜皮艇子，总是一径要她划到平湖秋月了。可惜着那边没有酒食，否则我们直坐到看着了平湖秋月，也不会闷气的。当时我们很矜持，虽然已是近乎弱冠了，远不及现在的青年们的豁达，丝毫没有勇气去和她聊天，她也是和我们一样的矜持，只有一些讨人欢喜的自然的笑意。所以我们只能像看一个手卷里的人物，圣洁的欣赏而已。这是三十四年前的旧梦了，计算起来，她现在也该鸡皮鹤发，或许已经在一抔黄土里了。那么回忆比梦更空虚了，更残酷了。

（《海光》1946 年第 25 期，署名含凉）

游踪所至

引 言

足迹不逾万里，见闻自狭，何足涉笔，然着意于他人所忽处，或可资卧游，况今日久蛰思动，而车舟未棣通，更有冥想旧游，何日可再之感。放翁入蜀，我病未能；陶庵梦忆，庶几近之。

泰山观云海

山人语余，是名"云铺海"，虽他山未尝无之，然不及此间之蔚为大观。及绕膝群峦，渐露其黛髻，则已在辰巳间。山上有观象台，主者云，日出殊不易见，来此已历一年，只一睹其奇丽耳。则余偶然登海，何能适逢其会。是时叶楚伧以祀孔至曲阜，亦折游泰山，山顶有一室面东，特为叶先生下榻。

登泰山，且观日出，顾黎明即起，伫立以待，仅见四围白茫茫一片，如烟如雾，又如蒸笼初揭，热气上腾，便其纵观，乃同余缺望共叹无缘。

砀山梨

北地多梨，其价廉如江南之萝卜。莱阳所产，大而甜，惜多赝品，不易辨，劣者如木梨。砀山梨特小，到心不酸，语云："梨儿腹内酸。"固不可一概而论。故余有诗云："莫道此行无隽物，砀山梨子不心酸。"

（《新上海周报》1946年第3期，署名烟桥）

旅行中的车价

这一回到苏州去，饮食住宿，都没有化钱，倒是耗费于车资，却为数甚巨。苏州的街道，一下了雨，竟有行不得也哥哥之叹，而且人力车夫的讨价奇大，有时照苏州人杀半价还吃亏。有一位从来没有到过苏州的，从火车站到观前街，竟化一千五百元。马车到天赐庄，在顷刻之间，前后从五千元飞涨到七千元。至于人力车的狭浅，雨丝扑面，有无可藏避之苦，颠簸倾侧，如在山东道上。因此觉得三百十五元的三等火车，真是便宜之至。比之内河轮船三小时的行程要一千元，更为合算。就是对号入座的游览车，到无锡要一万二千元，照人力车价比例，还不能算贵。所以四月一日起车票又要涨，涨的倍数定不会少吧。

（《海风》1946年第20期，署名含凉）

宛在水中央

中国的名胜，似乎有一种定型的，一个水波溶漾的湖沼中间浮起一块孤岛似的土地，上面确建筑起屋舍来，种植起花木来，这样就成为半天然半人工的水上公园了。西湖最多这种典型的风景，其他如大明湖、南湖，都是如此，连那些小地方，也有具体而微的点缀，如莺脰湖中的平波台，同里湖中的罗星洲。大凡风景，必须水山兼具，方有动静调剂、阴阳配合之妙。没有山，那就以浮墩相代替，所谓聊胜于无啊。只有无锡的黄婆墩，却并未加以润饰，或许为了已有惠山聚精会神，正不必再分什么闲心思到这拳土上面去了，并且黄婆墩的环境，不十分好，两边都是市廛，甚嚣尘上，不合风景应具的条件。上海就苦于附近没有湖沼，因此这宛在水中央的趣味，找不到。否则扁舟荡漾，容与中流，比呆板地在公园里踱着，要活泼得多呢。

(《新上海周报》1946年第22期，署名含凉)

劳山不劳

青岛的劳山,《清一统志》说是为了"登之者劳"而得名。还有一种传说,秦始皇要求神仙,便到东海之滨来,嫌着平地望不见海上的三神山,便劳动了民众,叠起这座山来,因之称为劳山。我想这是当时厌恶秦始皇的专制,对他攻击的一种宣传作用,比建筑万里长城更为无稽。近来劳山上面筑了汽车路,可以从山下盘旋而上,到杨柳台为止,那么再走到上清寺,便不甚费力了,所以劳山已经名不副实了。有许多山,都要攀住了石崖,从藤缠枝蔓中走上去呢。不过《元和志》引古语云:"太山自言高,不及劳山劳。"倒是实话。因为泰山显然比劳山高,为了历代的帝皇要来搬演封禅的故事,石级筑得很整齐,上下便利,当时的劳山,没有修治过,自然要费力得多了。我上劳山的那年,青岛虽然已经从海国人那里收回来,可是日本人的势力却取而代之了。因此劳山有了日本式的料理，啤酒、汽水都备着。那上清寺还留着《聊斋志异》里所说起的那株冬青树，不知道是否赝鼎。在山上看日出，应当更清切了，但是据道士说，正因着就在海边，反而不及泰山日观峰所见的好看。这和在海轮里看日出，平淡无奇是同一理由。

（《吉普》1946年第22期，署名含凉）

曲折回环：九溪十八涧

余弟忆荃，应三友实业社之聘，往翁家山，设计建架空铁道，因战事而罢。山下为九溪十八涧，山泉曲折回环，而石块确荦，走者苦之，然好学者反以为奇而得趣。俞曲园有诗云："重重叠叠山，曲曲环环路。丁丁东东泉，高高下下树。"句奇是以称之。据《春在堂随笔》云，当时舆人皆不愿往，以其历涉为难也。然今日游西湖者，无不知其胜，而舆人不以为苦，盖利其多金也。余游山不喜乘舆，病其不能恣意欣赏。顾足力有时不胜，非代步不可，因之游观之乐，亦惟少壮得之耳。读书之江学校时，每值休沐，必避去礼拜，潜行入湖，九溪十八涧之游，时而蹑足于乱石之上，时而腾跃于流泉之隙，不知泉石戏我，我戏泉石。两侧植茶树殆遍，清明前嫩芽初茁，随手摘取，入口咀嚼，味留舌本，良久不脱，胜于品茗。此情此况，不可复得矣。海上俗客，游湖限以时日，如走马看花，往往不知九溪十八涧为何状者。若此天地之奇，景物绮丽之胜迹，固宜为之张扬，不知三友实业社，尚复有此雅兴否？

(《七日谈》1946年第15期，署名含凉）

可是小舟号摇笔

"可是小舟号摇笔,画波水面皆文章。"

这是我在十八岁那年作的诗,为了有着本事,所以并不因为诗笔的庸俗而忘掉,更不想去推敲它改得好一点。

当时我虽然在之江读书,却只是"在乎山水之间"。我到之江,我为了它的章程上印着的校舍,在钱塘江边的山上,觉得"故乡无此好湖山",而且西湖又是我心向往之的。其间还有一个缘故,在十五岁那年,先大夫听教杭州,我在小学里读书,趁着暑假,到螺蛳山的吴郡会馆去,准备畅游,无端烂脚,竟不能出门,所以想趁此一餍所欲。

我们同去的共有三人,却是志同道合,以登山涉水为休沐日的常课,总是从赤山埠下湖,那边有一个瓜皮艇子,我们是老主顾了,划的是兄妹二人,都只十五六岁,很天真的,每次给他们八角钱,随着我们吃二角钱的饭,尽着在里外湖荡一个畅。彼此熟得像自家人一般,我们不去,他们会牵记着。

他们告诉我们,有一个游客,给这瓜皮艇子,题着一个名词叫"摇笔",并且解释给我们听:"西湖像一张纸,这艇子在西湖里荡漾着,好像一支笔在纸上写文章。"可是我们还附庸风雅,胡诌了些诗呢,那么"摇笔"更切合了。这个艇子,比什么都简单朴素,连布篷都没有的,我们并不嫌它荒伧,只觉得真率,以为那些铜栏杆、藤椅,都是无谓的,而妙在他们兄妹俩,懂得我们的脾气,任着我们到那里,尽是一般游客所不喜欢的去处。有一回在归途中下雨了,我们和他们五个人,都成了落汤鸡,都是彼此都没有一些怨怼,还到了赤山埠,他们已有茅舍好归宿,我们还得走五六里的路还校,可是想到雨中湖上的山色,真像米元章的泼墨,这"摇笔"给我以不可再得的神来之笔呢。

(《七日谈》1946年第23期,署名含凉)

秦淮河的已往与将来

南京的秦淮河是大家耳熟能详的，由于诗人的渲染，虽然没有到过的，谁也会想象它是怎样的美丽而够人留恋的。但是到了那里，便有见面不如闻名之感了。秦淮河的水源，远在溧水县，从通济门入城，城里的水，都汇集到河里，应当是很清澈的。但是为了河身的狭窄，历来不去疏浚，因此便淳潴着几乎成了死水。尤其是附丽着艳史的桃叶渡、乌衣巷一段，更是碧绿如油，有了恶臭。据说还是秦始皇时所凿，所以称为秦淮。六朝时南京为帝王之都，虽然一朝天子一朝臣，像演戏般变换得很快，前后不到两百年，可是声色狗马之好，上有所求，下有所应，就装点成金粉世界了。隋唐以后，都是在北方，南京的地位都降低了。到了明朝的首尾，又回复了，弘光朝，更在短短的年代里重演那"商女不知亡国恨,隔江犹唱后庭花"的丑剧，余澹心的《板桥杂记》，徐虹亭的《续本事诗》，孔东塘的《桃花扇》，正是当日秦淮河的写真。清朝有着从两江总督到南洋大臣的重镇，又是和上海有朝发夕至的便捷，南京还是很锋芒的。国民政府奠都南京，秦淮河的缛丽喧闹如故，龌龊秽恶也如故。朱自清的《桨声灯影里的秦淮河》，曾经从琐碎的描写中显出秦淮河的脂粉后面的憔悴来。现在胜利还都，是应当处处耳目一新了。所以南京市工务局已着手疏浚秦淮河，期于六月底完成。不久的将来，可以看到澄清的水流了，而市政当局还想把秦淮河建设为风景区，那么歌楼舞馆，势在摈斥之列，使饱受肮脏的夫子庙，也可以吐一口气了。

（《七日谈》1946年第25期，署名含凉）

吴门胜迹"观音峰"

苏州留园有一巨石,俗称"观音峰",实在是"冠云峰"之讹。《鸥陂渔话》云:"东园相传是前明徐太仆别墅,距上津桥西北半里地,久废为踹坊,皆布商所佣踏布者居之。墅中旧有奇石曰观音峰,高逾三丈,极嵌空瘦挺之妙。刘蓉峰观察丈恕寒碧山庄与之邻,丈故有爱石癖,尝欲移置庄中未果,至今屹立踹坊檐外,所与伍者残甓毁甃败瓦而已。闻其地本有二石,其一瑞云峰,差小而玲珑过之,亦名缀云,徐太仆移自洞庭王文恪别墅者。见姜绍书《韵石斋笔谈》。乾隆某年,尚衣使者葺峙城中行宫,复邀宸赏,而观音峰以过钜见遗,殆可以《感士不遇赋》移赠者矣。"留园有涵碧山庄,《渔话》或许是误记。瑞云峰今在振华女学,旧时为织造府,所谓尚衣使者,即织造。又注云:"李客山《归咏堂杂缀》,纪此峰本宋花石纲所遗,自缥缈峰辇运至此,适朱缅事败,遂未入艮岳。"乾隆行宫在元和县治前,并没有泉石之胜,大约迎驾以后,再移到织造府的。这两块巨石从洞庭山运到苏州,所费人力,也可惊了。据说中途还翻船堕入湖中,从水底拉起来,已经碎去了一部分,失掉了原来的美姿奇态,所以就留在苏州。所以花石纲是当时扰民的苛政,《水浒传》上的"生辰纲"大约也是影射这件事呢。

(《万花筒》1946年第9期,署名含凉)

木渎风景线

近来上海的游览组织很多，为了时间的限制，不能不拣比较集中一些的风景线，因此木渎成了游览苏州的目标。可是走马看花，只得到一个大概，其中真正有名胜古迹的价值的，往往忽略过去，没有注意。

从苏州到木渎，有三条路线，一条是水路，一条是旧时的陆路，一条是近代建筑的公路，论游览，各有其趣。现在都是乘汽车去的，所以都走公路了。可是苏州三百多年前抵抗倭寇的纪念物——敌楼（在白塔桥南），看不到了。明嘉靖三十三年（一五五四）六月五日，倭寇烧劫阊门。三十四年五月九日至枫桥，分一支到木渎、西山等处烧劫。十三日，兵备任环与总兵汤克宽提兵至木渎，倭寇入太湖焚劫洞庭两山。十月二十日又到木渎灵岩山，二十一日官兵搜伏，斩首七级，倭寇夜奔凤凰池。二十五日奔木渎，复奔前马桥，巡抚御史曹邦辅亲督王崇古等击之，尽灭倭寇。那敌楼是当时扼守要隘的堡垒，历史上一个重要的古迹，方广十三丈有奇，高三丈六尺有奇，下叠为基，四面砖砌，中为三层，上覆以瓦，旁列孔，发矢石铳炮。类此的建筑，现在还保存的，还有两处，一处在枫桥，名铁铃关；一处在北坼、平望之间的唐家河口。

从木渎镇到灵岩，必定经过严园的，清道光八年（一八二八）诗人钱端溪所筑，名端园，有友于书屋、眺农楼、延青阁诸胜。后来归严氏，虽然已多荒废，可是典型犹在，在那边可以远望灵岩，比近看更美。

灵岩山的西麓，有民族英雄宋韩世忠墓，墓前的神道碑，高二丈二尺五寸，连龟趺，达三丈馀。宋孝宗题额"中兴佐命定国元勋之碑"，每字径一尺二寸。碑文为赵雄所撰，周必大所书，计有一万三千九百字，分刻八十八行。碑的高大，文字的多，可称天下第一。可惜在抗战时跌碎了，至今没有整理。拓本也很难得，因为工程浩大，全文载《金石萃编》。以前在灵岩山上，可以望见的，现在没有人指点，谁都不会知道有此伟大的石刻了。

灵岩山一名砚石山，上有馆娃宫，是吴王的离宫，因此有许多古迹，都附会西施，如"响屧廊"、"梳妆台"、"西施洞"、"采香泾"等，最可笑的是把"西施洞"误为"仙水洞"，因此有人取洞中的泉水，涂眼睛，说可以眼目清亮；山下的溪水，称为"香水溪"，说是西施沐浴的地方，香气历久不散的，都是谰言。还有把"醉僧石"称为"痴汉等老婆"，把"石龟"称为"乌龟望太湖"，更是俗不可耐了。

山的绝顶为琴台，范成大所谓"下瞰太湖及洞庭两山，滴翠丛碧，如在白银世界中"，这是最好的领会。

灵岩寺，晋司空陆玩舍宅建成，梁天监中在馆娃宫遗址增拓之，名"秀峰寺"，以后都有修建，清康熙、乾隆（六次）南巡，在这里驻跸的。咸丰十年为太平军所毁，同治十二年略略兴复一点，民国初年一直到现在，逐年建置，所谓"天下名山僧占多"，也只有僧人募化的功力最大了。

山下有一个"再来坟"，是诗人张永夫墓，传说有再来人奇事，不可信。

以灵岩山为起点，向北五里是天平山、支硎山，向西十五里是穹窿山，向东四里是姑苏山，吴王夫差得越贡神木，筑"姑苏台"于其上，俗名和合山。当时木材甚多，连沟塞渎，三年之久，木渎也因此得名。倘然再向西，到光福镇，山水更多更好，脍炙人口的"香雪海"的梅花，和司徒庙的"清奇古怪"四古柏，就在那里。所以单游木渎，不过是一脔之尝而已。

（《新闻报》1946年12月2—3日，署名含凉）

黄天荡看荷花

苏州葑门外黄天荡多荷花，在承平时，每约伴雇舟以往，而曲院更以此为花间韵事，粉白黛绿，与水光云影相映，浅斟低酌，尽一日之欢，里俗诮为"隔水炖"，若在夕阳中归去，亦复炎燠尽消，凉意顿生。往日船菜之脍炙人口，都由于此。战乱以后，士族没落，而荒伧暴发，安有此雅兴，故荷花已冷落十年矣。小青兄于消夏湾仅见红莲一朵，以为未足，乃于前日雇瓜船邀余往游。黄天荡俗称荷花荡，荡之西边，聚居相连，荷花即种于门外或屋边，以菱草为外围以护，得不受风浪所动。是日阵雨甫过，湿云漫天，故无炎日之威，而风来无遮，不禁作快哉之呼。初入荡，遥望荷叶成丛，不易见花，偶得一二，辄相与称赏。后过杨枝塘，花渐繁，洁白如玉琢粉装，亭亭净植，如遗世独立，而风过处挟清香俱来，更令人意远。料想在黎明时来此，当更有胜概。维时阵云复起，渝然如潮涌，如絮堆，如气蒸，蔚为奇观，而色如泼墨作米颠书，西边复衬以落日馀晖，奇丽得未曾有。村人方罢农事，就塘水游沐，无论老幼男女，皆袒褐裸裎，浴沂风雩，殆有原始之乐。彼等咸云将有大雨，恐不及入城。两家眷属以无所隐蔽，皆以为虑，促舟人加速返棹。风云推展，顿如天低欲压，不敢回首，盖雨势追踵而至。然余与小青披襟当风，以为难得之遇。及至横街，舍舟登岸，仅着雨数点，天公实故意吓人耳。

（《新闻报》1947年7月31日，署名含凉）

第四桥

姜白石大雪过垂虹赋诗云："自琢新词韵最娇，小红低唱我吹箫。曲终过尽松陵路，回首烟波第四桥。"或作十四桥，或作十里桥，均非是。《吴江县志》云，第四桥即甘泉桥，从垂虹桥循运河而西，为次第四。其地有泉在水中，殊甘冽，故名。余曾与陈佩忍先生论之，先生亦主是说，并举宋人词，凡语及吴江、烟水，必云"四桥"，未有称十四桥者。至于十里桥，由褚人穫《坚瓠集》引陈眉公语，更不可凭信。惟余曾实地计数，甘泉桥当在五六之列，并非第四，意者白石到此，偶然约计，乃有此称，未可刻舟求剑也。余家旧藏一白寿山章，镌"烟波画桥词客"六字，稍能涂抹，即爱好之，乃撷取"烟桥"二字以为号。今画家陈君，与余有相如无忌之雅，不知渠有何种因缘，颇欲一相印证也。余所亚兄云陈君原名"雾城"，此或"烟桥"所由来欤？二十年曾倩人作《回首烟波第四桥图》,日寇沦吴门,失之。惟叶玉书君作画、佩忍先生题诗之便面尚存,弥可珍爱矣。

(《快活林》1947年第53期,署名烟桥)

漠西之游

清儿服务于酒泉中国石油公司,以四台炼厂开炉成功,与其事的工务员得公司之嘉许,作漠西之游。顷寄家书述其情况,阅之可当卧游。

八月三十一日晨七时,从老君庙出发,时下小雨,颇觉寒冷,同行十七人,都以皮大衣裹体。经火烧沟、回回堡、赤金堡而至玉门,已十二时半。石油公司属于玉门地区,但是距矿有八十公里。城中仅有市街一二,较为热闹,唐人诗所谓"春风不度玉门关",确有此种感想。

一时开驶,经莫古滩、桥湾。这里有着一桩故事,说清康熙帝一夕梦见沙漠中有一地,小桥流水,嘉树芳草,风景绝似江南。桥畔有一老者,告以地名"桥湾镇",如在此地建筑一宏丽如京都的城围,于国运极有益处。康熙醒来,即下诏访问,果有其地,命陕甘总督查某如言建城。查某因沙漠之区,荒凉殊甚,何用费此巨帑,而且康熙未必会来,就造一小城敷衍了事,吞没了一笔钱。后来经人告发,降旨剥皮蒙鼓,以儆贪污。现在这个"人皮鼓"还存在,其薄如纸,击之甚响。

经布隆吉、双塔堡、小湾,至安西,沿途均为沙漠,且为狼群出没之所。安西较玉门更荒凉,每年有一次大风,故古名"沙州"。但是古沙州城已被沙所没,仅露出城堞如老年人摇落的齿牙而已。是夜宿安西一学校中。

九月一日晨八时出发,至敦煌,计一百十九公里,无一草一木,诚如李华《吊古战场文》所云:"浩浩乎平沙无垠,敻不见人。河水萦带,群山纠纷。黯兮惨悴,风悲日曛。"距敦煌三十九公里,忽然车上水箱漏洞扩大,滴水不存,不能开行了。我们只好下车找水,走了许多路,望见前面似有湖泊,不胜惊异,岂知走到那边,那里有什么湖泊,原来是幻象,方弗海市蜃楼。后来在十公里外发现一盐池,上面已结晶,用力敲开,各以两手捧取,约得十五加仑,轮流担扛到停车处,方得开车。此时口渴已极,向过路车讨得两盆污水,每人饮半杯,如玉液琼浆,至此方知沙漠中得水之难。

到敦煌已下午四时半,住民众教育馆,因公司中派有"探勘队"在那里,所以住宿没有问题。市上有三家饭馆,非军人及本地绅士,不肯卖饭。幸而探勘队周工程师招待,得到一顿饱餐。城内古色古香，门上均有彩画，节孝坊特多。敦煌古称瓜州，颇能名副其实，此时瓜果正在上市，哈密瓜每个二千元，梨每个一百元，葡萄、蘋果、鲜枣都很便宜，而且质地好，滋味甜，还是江南所吃不到的。我们放量大啖，可说是苦尽甘来。

九月二日上午，游"月牙泉"，有人乘牛车，我骑骡子，比较爽快。经二小时才到，是一个半月形的小池，四周都是黄漫漫的沙漠，而独有此泉澄清可鉴，也是奇迹，所以在漠西称为胜地。旁有山，高仅二十丈，成五色，从上面滑下来，耳边嗡嗡作声，因此名"鸣沙山"。

三日晨，游"千佛洞"，即名闻世界的中国文化宝藏的"敦煌石室"，离敦煌约四十华里。石壁凿洞，最高的有九层，大约是古人穴居之地。佛像甚多，最大的，小足指有一尺半阔、二尺长。可惜有许多洞已被沙所没，或已塌毁。壁画虽始于唐，但已经宋人重画，或云外面还是唐画，我们是门外汉，无从鉴别判断。所画都是佛经故事，更莫名其妙。大概古画是写实，多粗线条，唐以后的画是意象，色调极艳美。最奇怪的，画中装束，有像现代的童装裤，上面系着两条带的，也有像美国货玻璃手提包的。留宿一夜，近处有"三危山"，黄帝流三苗于此。

四日返敦煌，六日至玉门，七日抵矿。此行虽经历甚苦，但是机会很难得的。

按安西县为古西戎地，春秋时名瓜州，秦时大月氏居之，汉

347

初为匈奴浑邪王地，武帝时为敦煌郡地，唐为瓜州，清为安西府，后降为州，民国改为县。离开新疆的吐鲁番，不过数十里了。可是唐人诗"西出阳关无故人"，那些地方还在阳关之内，可见汉唐人很有到过那里的。人皮鼓的传说，不甚可信，只有川陕总督查郎阿其人，并无惨刑的事。三苗在长江流域，当黄帝的时候，兵力还不能达到，如何有流于三危的可能。这些都是边徼之地，民智未开，对于帝皇之都视如天神，便附会其词，造作了许多离奇的故事。

(《新闻报》1947年9月23日，署名含凉)

串月与观潮

过了中秋,有两处应令的游观,一是苏州行春桥串月,一是海宁观潮。

行春桥在胥门外石湖中,上方山麓,相传农历八月十八日黄昏时,可以看到桥下有一串月光。或云从上方山塔有铁链,湖中铁链之影,与月光相连,成为一串。但是徐士鋐《吴中竹枝词》又说:"串月看来虚有名。"不过借此作一次夜游而已。因为在承平时候,民力丰裕,每逢佳节,便招邀朋侣,征逐酒食,所谓"不为无益之事,何以遣有涯之生"。而且上方山有五通神,并伪托其母,特灵异,称上方山太太。附近以迷信为生的女巫,都要来朝山进香。还有走江乡卖珠宝的,以及善男信女也来顶礼膜拜,因此颇有一番热闹,而妓院适当画船出厂之候,趁此耍客观会。试想在月明星稀之夜,已凉未寒之时,衣香鬓影之丽,酒绿灯红之盛，是何等境界，自然是值得一看的了。所以看串月，实际上还是看"人"。

军兴以后，民力凋敝，倾城画船，不过一席，以前所谓"双夹龙"的"热水船"，已不知去向了。倘然坐小汽船，又没有容与中流的趣味了。

今年海宁不能观潮，已改在八堡。民二，我在南星，也看到有如万马奔驰的壮观，潮头约高二丈，初来的，远望一线如匹练，不过数分钟，已推涌到眼前了。未来时的悬猜，刚至时的惊骇，过去时的怅惘，十足象征人事的潮，宇宙间变幻之奇，真是不可思议。

两种游观，固然不同，而一动一静之间，可以窥见两地民族性的差异。串月虽有其美丽的历史，却不能引起他方人士的兴味。

（《新闻报》1947年10月2日，署名含凉）

花市沧桑

在虎丘冷香阁，和一位熟悉花市者闲谈，觉得花市也有沧桑之变。虎丘的南西北三面相距十里之内，约有花农四千馀户，中间有专恃艺花为生者，有仅以之为副业者，大概直接赖以生活之男女老幼须达十万人。在抗战期间，东寇常截树为燃料，花农恐其殃及，往往自行截去，以杜觊觎。其中以桂树为最多，所以今年桂花的产量锐减，价格因之大涨，每斤须三四万元，上海人讥不甚高妙者为"桂花"，岂知今日的桂花，已颇名贵了。

花之最大销场为茶叶肆，茉莉、玳玳、珠兰都用以窨茶，惟珠兰最难种，且老树不易生花，新树须从福建一带运来，近年交通阻梗，几乎绝迹不至。于是改用白兰花，本来白兰花只用于女子的插戴，今乃成为饮品之辅助，夺珠兰之席，也可以说是战后的一种新发展。

玳玳、玫瑰加在茶叶里喝起来，芳留齿颊，并且在色调上也很美化。但是游客不甚爱买，为了卖花的人，不能迎合游客的心理，装在纸盒里，只是薄薄的一层，下面填了厚厚的粗纸，而索价之大，不下于西湖藕粉，所以不敢尝试了。

重阳过后，菊花要上市了。种菊花最辛苦，却又卖不起钱。以前寻常人家，为了价贱，买几盆应应时，足以表示苏州人的富于美感。但是这两三年来，连士大夫阶级，也没有这种雅人深致了，实际上，还是购买力逐渐减低。因此走到虎丘山下的花圃里，已不甚看见菊畦了。

在承平时，花农载了花到附近的乡镇去卖的，比较卖给城里人，可以贵一点。现在也不行了，一来那些乡镇和城里一般的不景气，二来雇了船，用了伙伴，这一笔成本，就不合算。

茶叶肆买花是分期付钱的，大约先付三分之一，其馀要隔一两个月，等茶叶窨好，向各埠销去了才算清。在这个物价动荡不定的年头，花农也大受影响，一两个月以后，币值已大打折扣了。

小小花市，似乎无关宏旨，不像布帛菽粟的不可或缺，但是观世变于微，也不能无惑。

（《新闻报》1947年10月19日，署名含凉）

归绥八景

汉明妃王昭君墓,为归绥八景之一,历代史乘,均有纪载。惟归绥除王昭君墓之外,尚有七景,鲜闻有人道及,爰将七景略史,介绍如下,虽不免强牵,然亦颇值一观也。

一、"沙溪春涨"。沙溪又名石河,因两岸多沙,故有是名,流经旧道尹公署辕门外,水光萦回,春深冰泮,游麟上下可数,泛鸭动清波,城市烟深,伽蓝钟隐,洵有离俗绝尘之概,允为归绥八景之首。

二、"白塔耸光"。白塔在距归化城东三十里,高约三十丈,凡数层,塔周三十六步,远望如巨练垂空,不见岭际,形势巍峨,临其顶,极目数百里,洵属巨观。惟内部已多颓败,而篆刻《华严经》尚在。据张鹏翮《漠北日记》云:"十七日行四十里,有废土城,周围可五里,侧有浮屠七级,高二十七丈,莲花为台砌,人物斗拱,较中国天宁寺塔更巍然，篆书万卷《华严经》，拾级而上，可以登顶，嵌金世宗时阅经人姓名，俱汉字。平章登二层，取《喇嘛经》二页，横书蒙古字，无有识者。"笔者旅居是地时，已无蒙文《喇嘛经》，惟距塔十数武，有一井，泉甚甘冽，有归绥第一泉之称。

三、"石桥晓月"。又庆凯桥，为某将军庆贺武功处，左右阛阓节比，车驼往来，□□鸡声唱晓，西山残月，掩映桥干。试临其地，静听清流，细数隐峰，几不知人间之烦恼事。较故都之卢沟晓月，别有一番风趣也。

四、"柳城荫绿"。绥远城，四面水环，两岸垂杨柳，每当暮春初夏之际，于浓阴淡绿中，隐见雉堞，真有江南之概，不啻扬州城郭也。

五、"杏坞翻红"。东乌索图，村傍山麓，红杏数千株，每值花开，灿若烂锦，山鸟鸣于枝头，香风拂于人面，城市之人，酒携踏春，洵称胜地。

六、"秃头瀑水"。虎头山，危峰嵯峨，远近望之，却如猛虎昂首，口吐悬流数百尺，劈空直下，声若鸣钟，堪与庐山争胜。

七、"牛角旋峰"。牛角山在毕克齐镇，踞地如牛状，尾北头南，而一角独偏，峰峦挺秀，佳气郁蒸，实得岩壑之胜。

以上七景，加前记之昭君墓，名为"青冢拥黛"，共为归绥八景，最为该地人士所称道者。

（《广播周报》1947年复刊第58期，署名含凉）

"多情应笑"

在草桥中学读书的时候，我把一方鸡血昌化请吴万同学——现在应称吴湖帆了，刻"多情应笑"四字，因为我爱好苏髯的"多情应笑我，早生华发"那句词。但是当时黄发才干，那里有什么华发。想不到三十八年后的今日，重游邓尉，梅花犹是，而我真的"黄金华发两飘萧"了。梅花有知，不是要一展笑靥么？

三十八年前的今日，我和同学四人从苏州徒步到木渎，大雨里在严园的友于书屋劣酒硬被，度了一个寒气逼人的春宵，第二天又徒步到光福看司徒庙古柏，登香雪海山亭，入圣恩寺吃素斋，至石壁望太湖之渺茫、群山之苍翠，可是徒步走还木渎，乘小航船到苏州，冻得感冒，咳呛而咯血。这种少年意气与兴会，以后从来没有再得过，而且同游四人都化为异物！那么我在三十八年后的今日，还能徜徉于旧游之地，不是得天独厚值得骄傲了么？

《待晓杂诗》之一，即记当时情况："肯抛佳日一偷闲，看遍吴西附郭山。最忆横塘扶我醉，雨痕相杂酒痕斑。"

这回不是徒步了，坐着八轮汽车，同游的有一百多个和三十八年前的我一样的青年，说说笑笑，一片天真，我竟忘掉了"早生华发"，我是"年光倒流"了。长车缩地，不过一小时已到了光福，倘然在三十八年前，这时间只好是走出阊门，还不能上横塘呢，科学真是神奇，我们真是幸福。汽车站有一个招待所，门外挂着一张巨大的地图，指示出许多名胜古迹。我们为了时间经济，怕走错了路，有误归程，便出六千元招一乡妇作导游者。走上一个山坡，见有一座高楼，仅存四壁，墙上嵌着一块石碑，题"崦庐"两字。导游者说，这是苏州丁南村所建，丁从伪任警察所长，在囹圄中享铁窗风味，这山墅便不能保有了。苏州俗语"魏太监祠堂一夜拆白"，方弗似之。导游者还指点山下的丛冢，说那边有一百多个老百姓，给日本鬼子杀死的。虽然英雄无名，也可说是"青山有幸埋忠骨"了。下了山，走了些路，在树丛中望见粉墙迤逦，知是司徒庙，岁寒后凋之枝，已挺出墙外。到了里面，那"清奇古怪"四大古柏，好像永远如此的清奇古怪，并没有改变，它们才是长生不老有着仙骨的。许多游客嗟叹惊讶，各流露不同的观感。我想，一定有着同一的情味，就是大家都感觉到自己的渺小，尤其是生存的久暂，相差何止十百倍。就是那孤立在相隔一墙的花坛里的"透骨红梅花"，也相形见绌，只有花时，得人欣赏，那里能及它们的没有时间性的荣瘁呢。

公路修筑得很好，那御道只剩着片段的痕迹了。香雪海的碑亭虽然已复旧观，那山下的梅花却所存无几，最多的一丛，不过数十株，而且今年春寒特甚，还有十之六七含苞未放，那里能名副其实！所以我只好夸大一点，告诉同游的同学说，在百馀年前，这里的梅花是多得很的，从山上望下来，一片白茫茫，如雪如海，而且香气四溢，的确洋洋大观。其实就是在宋牧仲磨崖题字的时候，早就是夸张其词呢。

有几个脚力好的，从铜井山翻过去，有几个要上石楼、石壁去。我为了那几处都到过，大约还是老模样，因为江山是不变的，而且我到底上了年纪，脚上又生了冻疮，犯不着多费气力，和青年人赌输赢，便折向玄墓山去。

记得以前，走过山家，常在不知名的杂树中露出一树嫣红来。或是先闻着了一缕清香，四面找寻不得，却就在眼前，一枝横出。有时花枝打到头上来了，方弗和我们开玩笑。这种趣味，别处没有的，现在这里也没有了，大约为了它不能救主人的饥荒，给主人恨恨地铲去，换上比较生产的桑树了。至于圣恩寺前的杂树，却是日兵砍去作燃料的。那一株和司徒庙年龄相近的古柏，倒还健在。

到了寺里，见有几辆吉普车和小汽车停在另一面的山下，知道梅花接到了老爷了。到了还元阁，果然见有衮衮诸公，后来有熟人来，方知那天苏州的社会贤达，由文化服务社邀来欢宴，有吴西风景建设会的发起。我不知道有着什么资格，居然也被拉入吃一顿素斋，还逼着题字，推为建设委员。我很明白，不过那么一回事，吃饱了什么都忘掉了。

记得我曾经大胆老面皮在一个卷子上题过一首诗，便向和尚索看，和尚捧出那个俗称"奶子钟"的"郏铿鼎"来，据说在沦陷时，埋在泥土里，日兵倒没有逼着他拿出来。可是那题咏的卷子，只剩一半，民国以前的都失掉了，有人知道在潘经耝先生那里。还有胡三桥画的觉阿上人诗意"一蒲团外万梅花"图，都涂上似油非油似泥非泥的污迹，梅花也蒙不洁了。有易实甫先生的题诗，边上还加着君左兄的诗跋，他们父子俩的诗如骨肉相逢，在这图册上，也是奇缘。

晋青州刺史郁泰玄的墓在山上，因此称为玄墓，至今碑亭完好，墓域却认不出了，左邻的真假山依旧存在，《红楼梦》说的"假作真时真亦假"，到此觉得"真如假处假还真"了。有一间很浅隘的山楼，壁上嵌着康熙题的"松风水月"石碑，比乾隆那些似通非通的诗，来得要言不烦，有味得很。于骚心曾在此处过宿，写了一副对是："钟催明月上，风送太湖来"。凭栏而望，太湖就在目前，不必风送，自然爽气扑人。此老体会得还不透，但是很能把这里的胜概包括尽，和西湖韬光的"楼观沧海日，门对浙江潮"一样的少许胜人多许，我们不必再哓舌了。

在下山的时，听见钟声了，那是明万历年所铸，有密密的细字，是五万字的《华严经》文。据《苏州府志》说，原来嘉靖年的钟，给严分宜取去的。我很想不通，一位炙手可热的权相，只要子女玉帛声色狗马，此钟何所用之？现在这钟亭里，有一个和尚时时在撞着，我笑着对同游者说，这真是做一日和尚撞一日钟了。同游者有一位是中国之友美利坚人许安之，听不懂，要人译成英语。但是能译的，都说难译，因为倘然直译，在外国人听去，那和尚是很能尽职了，和原意不能相合的。

钟声也有个分别，在西湖上，以凤林寺的钟声为最美，宏亮，渊穆，沉着，像深含着启示的意味。倘然在日落崦嵫的时候，在归途中听到一声两声，真有出尘之想，恨不得永远留在那个与世无争的环境里。但是在玄墓，听那钟声，似乎是有所为而为，可以说是未能免俗。不如汪琬诗里所写的"稍见烟中村，微闻谷口钟"来得超脱些。但是那一群青年，是无动于中的，他们折着花枝插在衣襟上，拗着野树作拐杖，跳跳蹦蹦，只觉得爬山，登高，望远，探幽，是有兴的，静静地体味那些六朝味是耐不住的，所以游伴是最难求的。也有携着如花美眷而来的，听着导游者的指点，略略投以无聊的一眼，料知他们是有闻名不如见面之感的，所以有许多人，可以说是换换空气，石家饭店在他们的印象中，或许比梅花要深刻得多呢。

此行我做了两首诗："三十八年忆旧游，湖山历历思悠悠。当时俊侣归黄土，此日诗人已白头。古柏依然春不老，寒梅犹是半含羞。江南差幸风光好，尊酒还能与客留。""长车缩地亦优游，笑语春和几胜流。娇女健行登石壁，老夫怯力息山楼。重看邾鼎经多难，一听明钟感万休。公路平平殊御道，松风水月自千秋。"

我的朋友看了，都说太萧瑟，但是每一个字都是实境。张绪攀条，不能无感，这是无可奈何的事！因此我录了一首张灵的诗作为结束，使读者高兴一点："玄墓石山久注思，不携闲伴是春时。隔窗湖水坐不起，塞路梅花行转迟。清福可教何日领，闲情曾有几人知。漫收形胜归村馆，梦里烟霞亦自追。"

(《礼拜六》1947年第70、71期，署名烟桥)

劫火话金山

镇江金山寺于六日大火,几毁其半,诚为浩劫。我在三十年前曾往游览,建筑宏伟,气象庄严,确为江南惟一丛林。这里还附丽了传奇神话《白蛇传》,更是脍炙人口,妇孺皆知了。

金山寺在金山的上面,距镇江城西七里,其初孤悬于扬子江中,与焦山相峙,因有浮玉之名。后来沙涨成滩,方与陆地相连。唐贞元二十一年(八〇五)节帅李锜奏闻,赐名金山。宋韩世忠要击金兵,梁红玉亲执桴鼓,金兵大败,在民族战史上写下光荣之一叶。清康熙、乾隆二帝都临幸过,当然是一个不寻常的地方。

金山寺始建于何时,不可考,《京口山水志》引虞集《金山万寿阁记》云,山有佛祠,始建于晋明帝时。□□□所据而云然。宋大中祥符五年(一〇一二)改名龙游寺。政和四年(一一一四)改为神霄玉清万寿宫。清康熙二十五年(一六八六)赐额江天寺。

唐宋以来诗人都称为金山寺。

到金山寺，总得有苏东坡的玉带，已缺去数方，乾隆壬午年命工补足，附以内府所藏崔子忠《留带图》，相得益彰了。我在当年所见，有带无图，带为绸质，已□败破敝，带围特大，似乎不是今人所能用的，不知道是真是假。东坡有诗云："病骨难堪玉带围，钝根仍落箭锋机。欲教乞食歌姬院，故与云山旧衲衣。"《焦氏说楛》载其事甚详。这和苏州宝带桥的故事有些相似，不过一则成为佛门佳话，一则利涉众生，于此逾彼。

藏经楼一名大藏阁，一名莲华阁，在多宝塔前，明万历中建，贮敕赐藏经。据《京口山水志》，多宝塔在妙空岩侧，明万历间僧至性建。今楼毁而塔存，更有崔巍临江，饱历沧桑之感了。

洪迈《重建金山佛殿记》，说是大雄宝殿高五十五尺，阔七十四尺，费钱六十万，经四年完成。我想现在付于一炬的大雄宝殿，已非其旧了。

唐宋人咏金山寺，都是说在江中的，如李翱云："万古波心寺。"张祜云："古今斯岛绝。"杜荀鹤云："僧爱无尘地，江心岛上居。"梅尧臣云："山形无地接，寺界与波分。"施闰章的诗还是"中流岛屿青"，大约到清末，沙涨接连陆地。

此寺能否重建，实在难以断言了。我以为以后如能重行建置，不妨改变一点，兼有公园的风味，多植树木，使殿宇隔离得远些，比较上可以防火，也宜于游观。

报载金山寺火已六次，此次最烈，那么中间不知道已经过多少僧侣的努力。起火在库房,火种何来,颇为可疑,而偌大佛寺,没有消防设备,以至星火燎原,可作为一切公共场所的鉴戒。

(《新闻报》1948年4月11—13日,署名含凉)

莫干山

莫干山，在清季为西人购去二千馀亩，辟为避暑区域，直径三十馀里，周围百馀里，组织警备机关，订立住居规章，征收房捐，方弗雏形租界。东南各学校各教会之西人，多于暑中挈眷前往，至秋凉乃下山，国人则多未知有此清凉世界者。宣统二年，浙抚颇欲收回，命交涉员王省三与西人商，仿照鸡公山办法，自行经营。以革命事起，未有成议。民十六，国民革命军北伐成功，乃重申前议，任人民自动收买西人山地房舍。据某君调查，在民十八，中国住户五一，占百分之三〇点五；外国住户一一六，占百分之六九点五。至民二十一，中国住户九三，占百分之五五点五；外国住户七四，占百分之四四点五。则四年之间，中国住户增加百分之一五，不知最近如何？

山上热度最高不过九十度，经常总在八十度左右，较山下低十度。余曾于八月初上山，步行及半，汗流浃背，乃愈高愈凉，及至住处，转须穿夹衣矣。

(《新闻报》1948年7月30日，署名含凉)

泰岱印象

民二十三年，南京《朝报》载津浦路局有旅行泰山参与祀孔之组织，余与张君指达联袂而往，首尾七日，曾作记游诗五十绝，为生平一快事。近见《新闻报》通信，顿生怅触。

初至泰安，仅休息一时许，即坐"爬山虎"登泰山，城中景物，未暇睹览，今经六次血战，可胜叹惋，殷望太平，固不仅恃山游为生之轿夫也。泰山一气直上，惟"快活林"有三里平坦，可稍苏体力。余有诗云："修整六千七百级，篮舆轻便坐能安。横行合虎爬山蟹，山色尽教左右看。"因山级密叠，轿夫前后作横行斜上之势，较减肩头重力，且时时左右移向，游者乃得看两面山色矣。

泰山最峻险处为"十八盘"，轿夫其间尚有"慢十八"、"吊十八"、"轻十八"之分，余等舍轿而步登者，气喘汗流，深感轿夫之健为不可及。而返顾来路，在云气潆翳中，如置身天衢。余有诗云："天开诀荡振松风，十八磴盘接上穹。回首迷濛失来路，此身已在白云中。"行尽为南天门，顾初上山时，已可望见，岩岩气象，方弗天上，乃费许多曲折，始至其地，俯视下界，顿隔霄壤，此境最为超卓。

云步桥有悬瀑，别有一番境界，余有诗云："小桥报有人痴立，倚遍朱栏听怒涛。一曲画成新境界，顿教忘却此山高。"《老残游记》写斗姆宫比丘尼，甚有风致，顾尔时已不可得，所见仅鸡皮鹤发之老尼，枯槁如荒木矣。

泰山石刻，以经石峪《金刚经》最奇伟，每字径二尺许，或云出自北齐王子椿手，惟因水帘洞流泉冲刷，泥砂漫漶，能完整可拓者，不过千馀字而已。冯玉祥居山后时，于石上刻党义标语甚多，殊为恶札。至"皇道无边"，更非速去之不可，否则玷污名山，何异完颜亮"立马吴山第一峰"之辱耶。

下山后，始入城赡礼岱庙，画壁为东岳出巡故事，通讯云是宋真宗启跸回銮图，不知何所本？礼服仪仗，雍容肃穆，颇有历史价值，而色彩鲜妍，似屡经修补者。虽多更变乱，仍得保存，亦云幸矣。

余游泰岱，正青纱帐起，碉堡散立，想见是地伏莽之多。往时读《水浒》与明清小说，常有"绿林"与"山东道上"之印象，及于途间，见驱牲车，振长鞭，发奇响，自笑为安公子之流。有诗云："北来始见青纱帐，疏落碉楼伏莽除。林外响鞭破空翠，惊心恍读铁骑书。"今读通讯,更觉北地烽烟,难期消靖,而驾言出游,尚非其时,回念昔时,有如春梦矣。

(《建中周报》1948年第1卷第4期,署名范烟桥)

园林艺术的大集成

"整个苏州是一个大花园",这句话已经为研究园林艺术者所公认了。去年由于园林整理委员会的努力,把留园、怡园、沧浪亭、环秀山庄(俗称汪义庄)修葺得簇簇生新,连拙政园、狮子林,就有六个各具风格、各有特色的园林,综合起来,可以称为园林艺术的大集成。

园林的主要构成部分,是假山、池塘、建筑物和花木,如何布置得恰到好处,并不简单,总是要通过美术家的设计,劳动人民的熟技巧思。现在"堆假山"的工人已不多,而且技术也已渐渐荒疏了。因此我们要很好地保存这些先人手迹,还希望培养美术工艺的后起人才,把千馀年来(从北宋朱勔算起),中国特有的建筑学发扬光大起来。

假山的构成,必须用太湖石。因为太湖石经过无数年代的波浪的冲刷，而成为嵌空玲珑的奇姿异态。这些石头，都是由劳动人民用艰巨的力量，从太湖诸山的水边开凿下来，用大船乘风破浪运载到苏州，由设计者相度它的阴阳向背，参差地堆叠起来，使它互相呼应，连结成一种特殊的饶有画意的艺术形象。比较分散而形态平凡的，就叠成曲曲折折的径路。像狮子林的假山，规模较大，山径盘旋上下，最使人惊叹，欲罢不能。环秀山庄的假山占地不多，却是峰回路转，复杂万端，完全是崇山峻岭的缩本。惠荫花园（在第一初级中学内，未开放）的水假山，更是林屋洞的雏形。怡园的假山，故意逼仄得几乎走不过去，有"初极狭，才通人"的趣味。留园的冠云峰，有两丈多高，和振华女学（现为江苏师范学院附属女子中学）里的瑞云峰，同样是独块的巨大的而又峥嵘突兀的怪石，花多少人力从太湖中凿运过来，真是难以想象。有许多山石，用小块凑成，生了苔藓，竟天衣无缝，看不出堆垛痕迹来了。我们看到有些地方，夹杂了寻常的石块，见得色泽、形状都不谐和；有些地方，由于坍倒重整，技术不够好，失掉了美观，就会感觉到"堆假山"需要的条件是很复杂的。

　　池塘，使整个园林有空灵之致。上面用曲桥来连接，种荷养鱼，更添生趣。拙政园就以此见长，因为它是几个小岛屿结合拢来的。到那里，四面瞻望，连几处亭台楼阁也灵秀起来了。《红楼梦》所描写的大观园，我想作者多少吸取了那些布置结构的。

　　园林里的建筑物，又是中国各种建筑的大集成。它总是随着地形，和前后左右的假山、池塘相配合的，多了太挤，少了太空，大了太显，小了太晦，必须位置得宜，而且形式也是多种多样，不肯苟同、因袭。就是旱船、鸳鸯厅、四面厅，一般作为园林中的点缀，也各有体制。怡园的旱船位置最适当，狮子林的旱船就可有可无了，尤其是用水泥来做更不相称。拙政园的卅六鸳鸯馆有四个耳室很别致。留园的鸳鸯厅，窗格"挂落"雕镂工细，却不及狮子林的敞明。几处四面厅大都面临荷池，罗列山石，作为全园的中心。从中心散发出各种建筑物，好像一朵花，花蕊团簇，花瓣展布。我们从留园的"涵碧山房"望到前面一带假山和亭阁参差，朱楼碧树相映，仿佛展开了一幅宋元工笔院画。其他几个园林，也作类似的布局。还有一种极具匠心的建筑物，就是回廊。回廊是园林的纽带，一方面使平地增加曲折之致，有回旋馀地。另一方面把全部建筑物连接起来，脉络贯通。有的依地起伏，有的临水架空，有的迤逦、回环、缭绕、断续，各极其妙。最可喜的是花墙，用砖瓦砌成复杂的几何形图案，表现了工技的聪明。沧浪亭有一百多个不同的花墙，其次是留园。

　　老话说："名园易得，古树难求。"园林里的花木，是颜面上的眉目，又像是称体的衣饰。四时荣瘁更代，使园林的趣味也随着季节而异。苏州的园林，大都创建于五六百年以前，假使历来爱护，应当有很多的老树，但是只有留园有两株连理交柯的大树，和树本中空虬枝俯冲的榆树，拙政园、怡园有几株白皮松，此外都是年龄不高或者寻常易见的花木。只有文徵明手植的紫藤，在拙政园范围之外，枝叶满庭，花如缨络，在苏州是不多见的。

苏州有了这几处园林，而建制又是如此富丽犀瞻，有极高的艺术价值，足以称得美尽东南。但是走马看花，不把它的布置结构，彼此比较，就淹没了先民的劳动智慧。倘然游踪较广，所见较多，把这里每一种突出之点细细体味，更能领会到这些人工美正是自然美的提炼。所以总得费一两天工夫，才能游遍名园，大有所得。

（《新民晚报》1954年2月21—22日，署名范烟桥）

水秀山明话石湖

苏州是水乡泽国,湖、河、港、汊四布如网,是农田水利、交通运输的有利条件,也是城市繁荣的成因之一。而苏州西郊,岗峦起伏如连珠,往往与水相映带,石湖更是水秀山明,美丽如画。离胥门不过十馀里,舟车都能通达。楞伽山(俗称上方山)像插着一个翠屏,孤塔耸立在朝阳夕照中,远望秀色有致。近年来遍山种植松、柏、榆、柳诸树,数十年后,将是蔚然成林,披上浓绿的盛装。山下渟潴着明镜般的石湖,水波浩瀚,帆樯络绎,是江浙孔道。"摅怀古之蓄念,发思古之幽情",追溯二千多年前吴越争霸的历史,夫差、西施的故事,至今还是民间耳熟能详,相共传说的浪漫诗史。可以从地方志的记载,依稀仿佛,指点不少古迹。有些是出于附会,但是附会得入情入理,说来娓娓动听,也能使人将信将疑,增添游兴。倘然从考古的角度,研究这里的越城、治平寺几处新石器时代遗址，更会想到地层下一定深藏着丰富的数千年前人民生产、生活的文物，是珍贵的历史研究资料。

唐以前的诗人，很少歌咏、描绘到石湖，自从宋代诗人范成大（石湖居士）在湖边兴筑了"石湖别墅"，写了不少诗篇，就把石湖的美丽环境显现出来了。可惜他所经营的园林建筑：北山堂、千岩观、农圃堂、天镜阁、寿栎堂、梦鱼轩、绮川亭、盟鸥室诸胜都成劫灰，无有痕迹，只能从这些题名，想象到诗人在藏修息游中，就水秀山明的自然环境，领略鱼米之乡的生活趣味，寄托他的闲情逸致。这个胜地，后来为群众生息的"渔家村"，他们种稻麦，捕鱼虾蟹蚌，植茭芦、菱藕，蓄家禽，打野鸟，丰富了农、副生产，成为苏州的膏腴地区。

"石湖别墅"虽然失去了遗痕，而范成大祠堂的断壁残垣间，还留着他的画像和《田园杂兴》六十首诗作的碑刻。他的诗作反映了一年四季的田家生活，充满着乡土气息，嘹亮的音节，圆熟的语调，吸取了方言、谚语，融化了民歌、竹枝，突出了他的特有风格。他不同于一般诗人"五谷不分"，作"隔靴搔痒"之谈，而且熟悉农民的疾苦，体会他们的思想感情，在宛约含蓄的诗声里，发出悲天悯人的呼吁和辛勤劳动争取丰稔的愿望。

从"石湖别墅"到治平寺以及范成大祠堂之间，有一条长堤，横亘湖上，建着"行春桥"，把石湖划分为二，减弱了石湖惊涛骇浪的声势，也构成了既有湖光山色又有长虹卧波的画面。经行长堤，望到远处，水天相接，云气烟波，苍苍莽莽，"击空明兮溯流光"，自然意远神驰。

治平寺是梁天监二年（公元五〇三年）始建，明嘉靖元年（公元一五二二年）同山高下，布置了"石湖草堂"，和石湖别墅仿佛，有环翠轩、深秀堂、湖山堂、永庆堂、云深处、深月轩、足庵、枫岩、西林、中隐寺十胜。明蔡羽所作《石湖草堂记》说是"平湖之上环以数峰之阴，崖谷之间翳以数亩之竹"。"堂之外，山光水色万象朝夕之变而已，堂之内，寒翠满室而已。"装点润饰了石湖，到清代中叶也荒废了。但是可以提供今后擘画新石湖的建设，作为参考。

民间传说农历八月十八日，在月明星稀的夜分，可以看到天上的明月照映在"行春桥"的大小不等的环洞里幻成珠串。虽然只有明末诗人徐元叹有这个眼福，在诗作中夸张渲染，我们不能理解物理上有无可能，可是苏州城里城外许多人借此为赶集令节，在石湖边欢乐地嬉戏了一个秋夜，也是很有意味的。

凡是到石湖的，也会联想到山上的"五通神"，一个莫名其妙的渺小如泥娃的"上方山太太"，几百年来一直掌握着苏州一带人民的命运。远近传布着"灵异"的谰言。以前八月十八日，漫山遍野是迷信氛围，在山上塔畔，香烟缭绕，来自四方的女巫在那里装神作怪。诗人金鹤望有一首诗，就是描写这幅图景：

"画舫笙歌沸石湖，上方山下走神巫。西河若得西门豹，还我青山好画图。"

今天，实现了诗人的愿望，水秀山明，已不再蒙不洁，而经过以后的建设，石湖将更出现新的面貌。

（《光明日报》1961年8月26日，署名范烟桥）

花之社

沪宁路下行车一过浒墅关,就看见一座一座玻璃花房,朝阳照着,反射出晶莹的光彩。连那一片一片的田塍上,也像圆桌形地排列着绿油油的栽在盆里的花树。

这个大园地在虎丘山下,是长青人民公社的茶花大队和香花大队的生产区域,花农们世代相传地在那里种着珠兰、茉莉、玳玳、玫瑰和白兰花,用来窨茶叶,成为花茶。北方人很熟悉的"香片"、"大方",都称花茶。花茶泡开了,香气扑鼻,使茶味更芳冽更能解渴。即使茶叶老一点,有了花香,就减少了苦涩。

从虎丘山下向西走去,进入一个大花园,常有一阵阵轻淡的花香从风中送来。田塍上的茉莉,含苞欲放,小儿女们蹲着剥花瓣,帮助迟开放的赶上大群,因而香气四溢了。很难计算,今年的茉莉有多少产量,可是花农们凭着经验,会含着笑意告诉我们,肯定比去年好。因为人民公社的集体生产，不像过去合作社在培植上有种种限制。倘然他们回想解放以前，一家一户的单干，更会感慨地告诉我们，有"花台"的高利贷，"花秤"的中间剥削，他们并不比种稻麦的农民的生活好。

花农们像爱护儿女一样无微不至的关心那些花树，摸熟它们的性格，注意它们需要的阳光和雨露，不能太干，不能太湿，一天要浇几次水，才是适当。什么时候要脱盆，什么时候要上盆，还得给它们除虫害。须透风，也须遮阳。恐怕抚养儿女们还没有这样麻烦。我们吃到了一瓯香茶，还得体味花农们所费的心血。

走进花农居住的地方，屋子四周，生长着高过屋檐的白兰花，树上满缀着雪白粉嫩的花朵。我们可以想，一朵白兰花，拈在手里，已经是甜香微度，令人陶醉。现在几千朵丛集在一起，香气该是怎样的浓冽。老树还保留着旺盛的生命力，它的嫩枝也因插种而渐成幼树，三五年后，传种接代，繁衍了它的一族。但它们只是在五六十年前，从接近热带的福建、广东移植过来的，经过花农们的悉心培植，现在在苏州也成为土著的大族了。

珠兰、玳玳也是从华南来的。它们很娇弱，更耐不住苏州冬令气候的寒冷，非送进温室不可。那数百座玻璃花房，就是专为它们而建筑起来的。它们在花房里，不受风霜雨雪的威胁，就能欣欣向荣了。玳玳不仅可以窨茶，单独放几朵在茶里已有清香。这和玫瑰一样，是茶的附丽物。

这里的花农，还有特别擅长的技能,行有馀力,种植别的花木，每年农历四月十四日前后，担着到市上去卖，那阊门城内上下塘百花杂陈，成为花市。他们还能熟练地运用审美观念把太湖石堆成假山。宋、元、明、清七八百年来，苏州一百多处的大小庭园的假山，都出自他们几代祖先之手，至今还有几个继承者。他们自己给这种行业题一个名词，叫"花园子"。倘然稽考一些地方文献，知道是宋代朱勔"花石纲"的遗留影响。清代乾隆时，沈归愚有《过虎丘花裥偶作》：

"绿水园中路，由来朱勔家。子孙遭众谴，窜逐禁栽花。艮岳久成劫，山塘转斗花。可能存隙地，留与种桑麻。"

他指的虎丘花农中，有朱勔的子孙。近人徐珂的《康居笔记》说：

"宣统辛亥孟春，游虎丘，遇花佣朱经葆，自言远祖为宋之大官。珂目笑之。一日，检阅乾隆《虎丘志》云，郡中人家园林，欲栽培花果，葺编竹屏草篱者，非虎丘人不为功。相传宋朱勔以花石纲误国，子孙屏斥不与民之列，因业种花，今其遗风也。"

苏州人家的爱好癖好，极为普遍，即使没有隙地，也要用盆盎种植些花花草草放在阶前檐下，以供欣赏。到了春天、秋天，花农把梅、菊、蔷薇、月季、鸡冠之属，装满了一船，到四乡去卖。所以苏州花木的领域极为广大。而种茶花窨为花茶，则是近年来的发展。苏州，并不是产茶地区，有了花农种植多量的茶花，茶厂掌握了窨茶的技法，别的地方的茶，也到苏州来加工，需求相应，长青人民公社就成为"花之社"。郑板桥描写扬州的风俗，有诗云"十里栽花算种田"，现在可以移咏苏州的"花之社"了。

花之社簇拥着虎丘，虎丘做了花之社的背景，我们在登临游览的馀闲，到花之社去看花，领受花香，将更有诗意，觉得虎丘是一个园林，而花之社又是一个园林，苏州真是园林的城市。

（《人民文学》1961年第12期，署名范烟桥）

浏河渔港一瞥

浏河旧称刘家河,是明代三宝太监——郑和下西洋的出口处。在五十五年前,我到过浏河,那时仅十三岁,听到那边不少关于"飘洋船"的故事传说。他们的祖先,很早就以出海贸易为生计,小说《镜花缘》就有很详细的描述,虽然那些奇奇怪怪的国家,现在很难考证,可是"飘洋船"的经历,正是发生在那些若有若无的地方。当时还有好几只两三丈长,竖着四五道布帆的大船,载着家属和伙伴去飘洋的,以有易无,获得一些利润,解决他们一家老小几个月的生活。此外还有几只船运盐到内地,也可以勉强过活,因为浙盐以浏河为集散地。其他居民则以种棉稻为生。

五十五年后的今天,我旧地重游。浏河起了巨大的变化,那里的人民不再飘洋和运盐,而是主要种植棉稻,他们不仅为一家一户的生活而辛勤劳动,而且对国家有所贡献。浏河已成为捕捞水产的宏伟的渔港。这是他们的祖先所从未梦想到的。

我们在十九个环洞的节制闸上，看到新浏河滚滚水流，被闸门控制住。既便于灌溉两岸的农田，又利于船舶往来，还西与昆山等地的河网相接，直通长江。不像旧浏河七十二湾，处处有阻碍。这个巨大水利工程，是一九五八年大跃进和人民公社的产物。浏河和扬林、七浦两河，成为由江入海的三大主流。渔港的二十条机帆船，二十八条木帆船，在"幸福渔业社"的集体生产中，到海滨和内河捕捞鱼类。我们看到七只运输船，满装着银色的带鱼，从海上扬帆而来，由卡车运送到几个大城市。

以前不能及时运输的大量鱼鲜，为了防止腐败，只能用盐腌，鲜味就减了，现在港口已有冷藏厂，今年生产人造冰七千多吨，这样，南京等城市人民就能吃到冰鲜鱼了。

以渔业为主的"东海大队"，还在可耕田地上种植棉稻。但是海潮时常冲入长江，泛滥到沿江的农田。民间有这么几句歌谣："浏河十年九年荒，潮水冲来一片白茫茫，麦不满百（斤）稻不满石，棉花不见白。"当地人民为了防御潮水泛滥，这几年在浏河一带修筑海塘（其实是江塘），立桩加石，使一条长百数十里的堤防，拦住了潮水。

我们立在渔港的内堤上，远望对面的崇明，如画家用水墨抹上一笔淡痕，大江东去，夕阳照射着，成为一片金光，接着换了一片银光，又是皓月当头了。

我坐在一艘运输船上，和船家闲谈。我记得以前传说，飘洋船上都有一柄木斧,海上起大风暴时,下了帆还不能安全,便向天妃祈求,这时要用木斧劈断桅杆,才能免掉颠覆。我不相信,木斧能劈断直径六七寸的粗木。可是船家说,这传说是有根据的,不过是铁斧,木斧是神话,至今在机帆船还备着一柄,尽管现在气象台及时预报天气变化的情况,可以早作准备,可是劈断桅杆,还是一种必要的紧急措施,这斧名为"太平斧"。科学时代,还留有传统的神话遗痕,顿使我勾起了童年的回忆。

(《人民日报》1962年2月13日,署名范烟桥)

太湖碎锦

太湖,用历来文人的套语来形容,是"三万六千顷"、"七十二峰"。民间则是说"八百里太湖跨三州"(苏州、湖州、常州)。不经过实测,只能这样笼统地划出一个轮廓,给人们一种山明水秀、浩瀚无际的想象。有人问诗人汤绊,诗人做了一首诗回答,是"金碧芙蓉映太湖,相传奇胜甲中吴";又说,"一从皮(日休)陆(龟蒙)题诗后,多被人间作画图",更美化了太湖。至于它有什么诗情画意,要费一点时间实地去观察、探索,才能领会。还会因时间空间的不同而变化多端,难以捉摸。

我从不同的角度,看太湖的部分画面,就感到有各种不同的胜概。洞庭东西山是太湖里两个主峰。东山连接苏州的西郊,在没有公共汽车通行木渎、东山之间以前,是坐船去的。周围五十馀里,山势并不陡峭,因为坡度不大,又是土壤滋润,劳动人民世世代代辛苦经营，已成了丰产地区。迤逦而行，入山渐深，和寻常村落一样。山下坡田，种植粳、糯、籼各种水稻，是秋熟的主要农作物。夏熟是三麦和油菜，还有豆类和蔬菜瓜果。他们更有园艺的丰富经验，梅、杏、桃、李、樱、梨、枣、栗、柿、榴，多得数说不尽。枇杷、杨梅和洞庭红（橘名）名闻远近。这就随着春夏秋冬，先后开花结果，春天果然是"姹紫嫣红开遍"。夏天、秋天、冬天，也是各有烂漫绚丽的景色，说是"美尽东南"，并不夸张。从观赏说，四时皆宜。从生产说，那就是取之不尽、用之不竭的天然资源，可以向天空水隈，弋取黄雀、雉、凫，以及鸳鸯。而江南的许多淡水鱼，这里样样都有。朝出暮归的千百艘大小渔船，点缀湖光水色中，渔民们勤劳、勇敢，征服自然，利用自然。近来集体生产，更发挥了山农渔民的积极性，综合经验与科学技术，一切劳动成果，都得到史无前例的丰富收获。色香味并皆佳妙的茶叶"碧螺春"，不仅较前增产数十倍，而且独得之秘的采摘、焙制的技法，推广到扬州、常熟、宜兴各地，洞庭特产已和"龙井"并驾齐驱于国际市场了。

西山和东山隔着东太湖，东山最高峰——莫釐，和西山最高峰——缥缈遥遥相对，同为七十二峰的领袖。西山也是丰产地区，同是"花果山"，东山所有的名花嘉果，西山都繁生着。以前外地人都说东山的枇杷比西山好，别的产品也是如此，其实无分上下。只是由于东山人在外地比较活跃，枇杷都说是从东山来的，把西山掩盖了。现在东山、西山，像姊妹般"声容并茂"了。

从东山坐独具风格的小艇——龙飞快，驶入东太湖，莫釐峰头，云气渝然如蒸。别的不知名的远近诸山，时隐时现，好似给烟波吞吐着，山色因明暗而浓淡不一。船家果然有眼明手快的驾驶本领，坐在船里的我，到湖心时常为颠簸振荡而惊心动魄。正因为如此，而愈觉山水奇丽的得来不易的乐趣。兀立在东山、西山之间的石公山，则是以玲珑、秀逸的姿态吸引着人们。小艇乘风破浪而去，到了山下，显然可见四围的山石，经过千万年的冲刷，有了"皱、瘦、透"的美姿，早给鉴赏者陆续凿去了，苏州园林里的太湖石，都是取给于石公一带的石山。因此石公山像斧削过，没有了山脚，正如一块翡翠放在一个玻璃盘里。而山上的归云洞、风弄、云梯倒是保持了天然胜概，处处与外围风光相关连，形成"独秀"。

　　假使从苏州直接到西山，出胥口，就展开了图画，山更多，湖更大，变幻就更多。和坐在龙飞快里所见有所不同，各呈妙境。王鏊所谓"山与人相见，天将水共浮"，冯善所谓"震泽春浮涨碧漪，净涵天影漾玻璃"，能把湖山之胜，描绘得恰到好处。道书上所说的天下十大洞天的第九洞天——林屋，就在西山，三个洞门，会通一穴，一名丙洞，一名旸谷。到了里面，石壁嶙峋如雕塑，是洞庭一奇。这里有许多神话，和山农们闲谈，妄言妄听，也增添了些兴趣。而西边的消夏湾，更附会着西施的种种传说。山湾柔顺的湖水，浅而澄清，可以游泳。有着荷花、菱叶，清风徐来，颇有凉意，确是夏天避暑的好去处。到了包山寺，才窥见缥缈峰突起在丛林杂树之上，而近临不如远眺之美，大凡山水之胜，都有这个境界。有了山，有了水，才见得山的灵秀，水的空明。太湖就以此特饶奇胜。

太湖还有四个画面，和洞庭东、西山合起来，差不多得见其全貌。一是从湖州到无锡的一段水程，在群山断续中经过，前后左右可以看到不少云峦起伏着，似乎它们都有动态，与人游戏。一是从无锡到宜兴，数十分钟的汽车行程，在湖边掠过，太湖平铺在车外，远山几抹，可望而不可接。有一次，适逢阵雨，被乌云强制掩住的日光，在密密的雨丛中挣扎，一片模糊，顿时失却群山，耐人寻味。一是无锡的鼋头渚，割取了太湖的一角，经过人力的整理，有着怪石突兀，惊涛汹涌的奇趣，不仅有色，而且有声，到了夕阳将下时，馀晖照映湖面，金光璀璨，不可名状。一是苏州光福的石壁，也是太湖的一角，更见得静止处，已不是空阔浩渺的光景，而即小见大，可以使人有更多的推想。

阴、晴、风、雨、云、雾，固然使山水多变，适逢其会，逸趣横生，便是朝曦、夜月下特有的湖光山色，也是可遇而不可求的。古今诗人画师，尽管灵思妙想，摄取片段到诗、画里，有着他们的杰作，还是概括提炼。我更无能，凭我接触到的，写了些体味，或许有三言两语，能引起到过太湖者的同情，作会心的微笑。毕竟是"尝鼎一脔"，实在太湖是描写不尽，描写难工的。

（《人民文学》1963 年第 2 期，署名范烟桥）

后 记

　　范烟桥先生卒于一九六七年,我仅九岁,自然不能亲其馨欬。我读他的文章,最早是上海书店影印的《茶烟歇》,继而从魏绍昌先生所编《鸳鸯蝴蝶派研究资料》中得读《民国旧派小说史略》,继而再从民国报刊中作更广泛的领略,至于他的轶闻佳话,则在郑逸梅先生的笔记中屡屡见之。作为乡里后学,对他的道德文章心向往之,每过温家岸邻雅小筑,常让我想起元遗山的诗来,"百年人物存公论,四海虚名只汗颜"。先生鹤驾已逾半个世纪,遗著虽印而寥梢,评论虽有而浅显,自然不会让人满意。如今确乎是知"虚名"者多,知"人物"者少,这也是无可奈何的事。

　　《茶烟歇》是先生四十岁时印的一本笔记小品,今影印本删落了孙东吴、严独鹤、周瘦鹃、程小青、顾明道、尤半狂、江红蕉、金震、赵汉威、张圣瑜、金祖谦、冯超人的十二篇序,它们对先生的经历、性格、成就等多多少少作了介绍,如冯序说:"吴县包天笑应时而兴,以是名世。程瞻庐之滑稽,周瘦鹃之言情,程小青之侦探,顾明道之武侠,相继而作,咸有观感,有思想,有庄谐,有情趣。星社文章,声誉以著,范子烟桥以诗人而为之祭酒,顾尝著《小说史》,搜罗典籍,征文考献,品藻汉唐之传奇,追踪宋元之平话,又南遍吴越之山水,北挹齐鲁之胜概,胸罗万有,发为文词,《茶烟歇》一编,其事则史,其志则洁,其文则清俊,其语则风趣,于政治社会、道德文艺,皆有可观,岂仅茶馀酒后消遣之资哉。"此虽属概观之语,但评价切实,并非过誉之辞。先生在文学上的成就乃是多方面的,小说、散文、诗词、弹词、戏剧、电影、史论等,无不猎涉,著述繁富,据不完全统计,所作文字约有六七百万。真希望有人来做辑佚整理的事,编出一部相对完备的《范烟桥文集》来。

这一本是先生的游记集,收录迄今所知的全部记游文字,以写作或发表的时间先后为序,并按原文作了核校。需要说明的是,其中《吴根越角纪春游》一篇,连载于《苏州明报》一九三五年四月二十七日至六月五日,独缺五月二十五日一则。经查各图书馆、档案馆所藏《苏州明报》,均缺此日。虽然这是一个很大的遗憾,但还是要感谢北京、上海、南京、无锡、苏州等地为我寻找这份报纸的朋友们，大家都尽力了，也就只能如此，以后再来弥补这个遗憾吧。

王稼句

二〇一九年四月十七日

图书在版编目（CIP）数据

范烟桥游记 / 范烟桥著；王稼句编. —上海：上海三联书店，2019.12
（现代游记丛编）
ISBN 978-7-5426-6786-1
Ⅰ.①范… Ⅱ.①范… ②王… Ⅲ.①游记－作品集－中国－当代
Ⅳ.① I267.4

中国版本图书馆 CIP 数据核字（2019）第 203312 号

范烟桥游记

著　　者 / 范烟桥
编　　者 / 王稼句
责任编辑 / 程　力
特约编辑 / 王稼句
装帧设计 / 鹏飞艺术
监　　制 / 姚　军
出版发行 / 上海三联书店
　　　　　（200030）中国上海市漕溪北路 331 号 A 座 6 楼
邮购电话 / 021-22895540
印　　刷 / 北京天恒嘉业印刷有限公司
版　　次 / 2019 年 12 月第 1 版
印　　次 / 2019 年 12 月第 1 次印刷
开　　本 / 640×960　1/16
字　　数 / 172 千字
印　　张 / 25.5

ISBN 978-7-5426-6786-1/I・1544
定　价：49.80 元